すり替えられた誘拐

D・M・ディヴァイン

ブランチフィールド大学には問題が山積していた。入学者数の減少、窃盗の容疑者である学生の除籍処分に対する抗議運動、そのうえ新たに、講師と交際している問題児の学生バーバラが何者かに襲撃されたばかりか、誘拐が企てられているという怪しげな話が飛びこんでくる。数日後、学生の言論クラブが主催する集会の最中、彼女は本当に拉致された。ところが、この誘拐事件は思いもかけぬ展開を迎え、ついには殺人へと発展する――入り組んだ事件が鮮烈な結末を迎える、謎解きミステリの職人作家ディヴァインならではのエッセンスが詰まった長編！

登場人物

ヴィンセント・センピル……ブランチフィールド大学の副学長
エインズワース・
ハロルド・ノット……人文学部の教授
ブライアン・アーマー……ギリシャ語の講師
マイケル・デントン……ギリシャ語の助講師
ローナ・デントン……マイケルの姉、放射線技師
ヒュー・リース＝ジョーンズ……動物学科の上級講師
シェイラ・リース＝ジョーンズ……ヒューの妻、副学長の秘書
レイボーン……学生課長
セシリー・ファレル……学生課長の秘書
バーバラ・レッチワース……学生、マイケルの恋人
レッチワース卿……バーバラの父、資産家
フランク・ローレンス……学生

レナード（レン）・スプロット……学生、フランクのルームメイト
ロナルド・イェーツ……学生、学生委員会の委員長
アーサー・ロビンソン……学生、ゴーディー・クラブの会長
クライブ・ハローズ……学生、ゴーディー・クラブの一員
アン・スーエル……学生、ゴーディー・クラブの一員
ロイ・メイソン……除籍処分になった学生
レジナルド・スミス……前科者
ワッサーマン夫人……ブライアンの母
クリスティ警部……}ブランチフィールド警察の警察官
ジュリアン・エッゴ警部補……}

すり替えられた誘拐

D・M・ディヴァイン
中　村　有　希　訳

創元推理文庫

DEATH IS MY BRIDEGROOM

by

D. M. Devine

(Dominic Devine)

1969

すり替えられた誘拐

1

　新学期の第三金曜日に、その手紙は届いた。ブライアンはいつもどおり、七時四十五分に起きて、湯を浴び、ひげを剃り、身なりを整えた。台所に行く途中でテレグラフ紙と郵便物を取った時、小さな青い封筒の上にのたくる、あまり上手とは言えない筆跡に気づいた。これはエレインの字だ。

　皿の脇に新聞と郵便物を置き、朝食を作るお決まりの儀式に取りかかった。ベーコンひと切れにたまごをふたつ。トーストは二枚、むらなく、こんがりときつね色になるまで焼く。コーヒーをいれて、できあがり。この二年間でトーストを焦がす失敗は一度しかない。

　コーヒーに口をつけ、新聞はちらりと見出しに目をやっただけで、郵便物に取りかかった。電気代の請求書、本屋のカタログ、そして、エレインからの手紙。青い封筒を開けながら、なぜわざわざ手紙をよこしたのだろう、と訝(いぶか)しんだ。いつもは、電話をかけてくるのに。

ブライアンへ

この二週間、ずっとわたしたちのことを考えていました。先週、うちにあなたが来た時に言えばよかった。

でも、わたしは臆病だから、手紙を書くことにしたの。あなたとの婚約は破棄(はき)します。もうおしまい。完全に。

結婚しても――きっとうまくいかなかったでしょう。わたしたちにはセックス以外、何もなかったから。それに、わたしはあなたに釣りあうほど頭がよくないから。でも、問題はそういうことじゃないの。あなたは自分のことしか考えていない。他人なんてどうでもいいと思っている。わたしのことも。やっとわかったの、あなたが欲しいのは妻じゃなくて、女なんだって。

今後のご活躍を祈っています。

せいせいするわ。

エレイン

追伸　わたし、ロジャーと結婚します。

ブライアンは手紙を三度、読み返し、まるで曖昧(あいまい)で難解なギリシャ語の文章と格闘しているかのように、一語一語、じっくりと単語を読み取っていった。傷口が開いている間に、この教訓を消化することが大事だ。理性が傷口を治す前に。時がたてば、いずれ自分はエレインのせいにするようになるだろう。自分に言い聞かせるだろう。彼女は尻軽だった。中身のないつまらない奴だった。むしろ、あんな女からうまく逃げられてラッキーだった、と。

しかしいまなら、過失があるのは自分だとわかる。「他人なんてどうでもいいと思っている」この手紙に対する自分の反応こそが、何よりの証拠だった。悲しい、と思えないのだ。感じているのは怒りと屈辱のみ。そうだ、エレインを本気で愛していたことは一度もない。ただ身体が欲しかっただけだ……

八時四十五分にフラット（ひとつのフロア全部が一世帯用のアパート）を出た。階段をおりていくと、下の階のドアが開いて、パジャマの腕が牛乳瓶に向かってのびるのが見えた。

ブライアンはそのまま通り過ぎようとしたが、足音を聞いたマイケル・デントンが顔を出した。「おはよう、せんせ」まだひげだらけで、眼は眠そうにぼってりしている。

部屋の奥から、女の子のすねたような声が聞こえてきた。「マイク、せっけんはどこ?」

デントンはブライアンにウィンクした。「教授に、おれは今朝、遅れるって言っといて」

外に出ると、十月の太陽は朝もやの向こうで弱々しく光り、どの屋根もまだ白い霜におおわれていた。道路を横切る線路をマウントフォード八時十七分発の列車が、信号機に喧嘩を売るように警笛を鳴らしながら通っていく。

ブライアンは角を曲がり、一九六三年製のアングリアを停めている貸し車庫にはいった。今朝はなかなかエンジンがかからない。まあ、新しいバッテリーに買い替えるくらいなんでもな――いや、それなら、新しい車に買い替えてもいい。もう貯金する意味もないんだ。

歩道からひょっこりと車の前に出ようとしている長いレインコート姿の男に向かって、警笛を鳴らした。びっくりして、男はうしろに飛びのき、車に向かってこぶしを振り回した。アラビア語専攻の准教授、フェミスター博士が大学図書館へ毎朝恒例の巡礼をしに行くところだ。ブライアンが見守るミラーの中で、老教授はうまく曲がらない脚をぎくしゃく動かし、頭を左右に大きく振り振り、また歩きだした。

フェミスター博士は独身で、かつては名声を博していたが、いまは滑稽（こっけい）な変人と目されている。あれは四十年後の自分だな、とブライアンは胸の内でつぶやいて、すぐに思い直した。いや、ああなってたまるか、すくなくとも、こんなど田舎の三流大学で腐るつもりはない。手遅れになる前に出ていってみせる。

人文系の教職員のための駐車場は、増設されたばかりなのに、もう満車だった。しかたなく、ブライアンはメルボルン通りに出て車を停めると、歩いて大学に引き返した。

スイングドアを通り抜けたところで、守衛小屋の中から声をかけられた。「アーマー先生、ノット教授が会いたいそうです」

古典学科は二階の東翼にあって、壁や扉やぴかぴかの黒い床がよく調和している。ブライアンは廊下のいちばん奥にある薄いグレーの扉をノックし、中にはいった。

エインズワース・ハロルド・ノット教授はギリシャ語が専門で、ちょうどディクタフォン（口述用録音機）に向かって喋っているところだった。彼は、よく来た、と小さく身振りで挨拶してくると、口述している手紙を締めくくった。「……その日は委員会で埋まっているんだ。水曜日はどうだろう？　よろしく」

教授はディクタフォンのスイッチを切った。「この機械がなかったらやっていけないよ」これはこの新しい建物に去年、導入されたのだ。

ノット教授は小柄でほっそりした六十代前半の、薄い白髪ときらめく眼の持ち主だった。初対面での第一印象は、気さくで親しみやすい人柄に思えた。のちに、それは単に世渡り上手なだけだとわかった。教授の興味の優先順位は上から、大学内の政治、クラリネット、ホメーロス以前の古代詩、である。そんな彼は、人文学部長としての二期目にはいったばかりだった。

「私に何か？」ブライアンは言った。

「ああ、そうなんだよ、ブライアン。まあ、かけてくれ。少し時間あるだろう？」

「十時に講義があります。それに――」

「そうか、よかった。頼みがあるんだ。実は――」そこで言葉を切り、金縁眼鏡越しに、じっとブライアンを見つめてきた。「きみ、大丈夫か？」

「なぜです？」

「何かあったみたいな顔をしてるぞ」

「今朝、よくない知らせがあったので」

「お母上ではないだろうね？」ノット教授は、ブランチフィールドをごくたまに訪れるブライアンの母親に会ったことがあり、彼女にすっかり魅了されていた。誰も彼もがそうなのだ……

「いえ、母ではありません」

教授はテーブルの向こうから銀のシガレットボックスを押してよこし、ライターを差し出してきた。珍しく親切だな。いつもは、同じ身分の客にしかたばこをすすめないくせに。

ブライアンは見え透いた好奇心を満足させてやるつもりはなかった。「何か私に頼み事があるとか」そう、うながした。

ノット教授は眉を寄せた。「ああ、デントンのことだよ。苦情が来ていてね」マイケル・デントンは古典学科の助講師だ。

「仕事上のですか」

「いや――彼のモラル上のだ」

「でしょうね」

「そろそろ誰かがなんとかしないとだめだ、ブライアン。たしかにプライベートは個人の自由だが……おおっぴらにやられるのはまずい」

「苦情は誰が？」

「上からだ」

なるほど、副学長だな（学長は名誉職で、実際の大学運営のトップは副学長となる）。ブライアンはだんだん事情が呑みこめてきた。「バーバラ・レッチワースですね？」

「そのとおりだ。この件でスキャンダルはまずい」

とあるチェーン店の帝王、レッチワース卿は、当大学に多額の寄付をしてくれる後援者で、その気前よくわき出る井戸が涸れる気配はまったくなかった。

この帝王のひとり娘のバーバラは、生物学の学位を取りに来ているはずだが、危なっかしくふらふらしている。

ブライアンは言った。「バーバラなら昨夜、デントンの部屋に泊まったようですが」

「なんだと！」ノット教授は愕然とした。「もう一刻の猶予もならん。頼む、あの馬鹿な頭に常識ってものをたたっこんでやってくれ」

「なぜ私が？」

「きみは彼の友人だろう。きみの言うことならきっと――」

「友人ではありませんが」

「ご近所だろう」教授はじれったそうに言い、これで反論のかたはついたと思っているようだった。「何にせよ、きみの方が、歳が近い。私の言うことなどまったく聞きはしないんだ」教授はため息をついた。「時々、思うよ、前年度で解雇しておけばよかった」

「なぜしなかったんです」そもそもデントンは一年の試用期間だったはずだ。その彼の契約が延長されたのは、ノット教授が推薦したからである。

ブライアンは少し踏みこみすぎてしまったようだ。「私なりの理由があったんだ」ノット教授はややつっけんどんに言った。が、すぐに笑顔に戻った。「それはともかく、ぜひ……」

「いいでしょう、私から話しておきます」ブライアンはたばこをもみ消した。「そうだ、ここに来たついでに、教授――」

「うん？」教授はちらりと腕時計を見た。

「レスター大学で上級講師を募集しています」

「ああ、知ってる」

「そこに応募したいんです。よろしければ、教授に推薦人になっていただきたいのですが」

ノット教授は眼鏡をはずして、みがき始めた。

「きみはいくつだったかな、ブライアン？」

「二十九です」

「そうだろう。上級講師になるには若すぎる。もちろん、きみの本が出版されていれば……そういえば、あれはどうなっているんだ？」

「来月、校正刷があがってくることになっています」

「なるほど」教授は眼鏡をかけ直した。「これは内密なんだがね、ブライアン、もしその本が高く評価されれば、うちの上級講師に推薦するつもりでいたんだ。それでも、どうしても受けたいというなら、レスターに応募するといい。できるだけの応援はさせてもらおう」教授はやれやれというように頭を振った。「しかし、もちろんいまの私は、きみがまだ自身の能力を証明していないと言うしかない。それはきみもわかっているだろう？」

「ええ、よくわかっています」

教授は立ちあがった。「話ができて愉しかったよ。ちかぢか、うちに寄ってくれ。家内もこの間、ちょうどきみのことを……ああ、そうだ、きみのあのチャーミングな婚約者も連れてきてほしいな、なんていう名前だった……？」

*

三十七、八人ってところか、ブライアンは肩越しにちらりと聴衆を振り返って、ざっと把握した。受講生が四十五人の授業の出席率にしては、悪くない。

それにしても、いかなる平均値の法則だろうか、毎年毎年、はいってくる学生のパターンはだいたい決まっているからおもしろい。新年度の第三週でもう、このギリシャ語の一年目のクラスが、だいたいいつもの割合で、お決まりのカテゴリーに分かれるのが目に見えている。たぶん五、六人がトップクラス。あのかなり熱心な、後列の赤毛の青年もそのひとりだろう。次が、うんざりするほど大勢の平凡な成績の子の塊（かたまり）――ほとんどは女の子で、ブライアンの話した言葉を一字一句、几帳面にノートに取っている。最後が、できない子とやらない子の一団で、来年七月の試験における戦死者確定だ。

ブライアンの講義は、古典学科の中でももっとも出席率がよかった。人気の秘訣は単純だ。「自分が興味のあるものは、学生たちも興味を持ってくれる。こちらの伝達力に問題さえなければ」そして彼は努力を重ね、どれほど難解な事柄でも、わかりやすい言葉で、自分の考えを明確に伝える技術をマスターしていた。

しかし今朝は、クラスの反応が鈍い。ギルバート・マレー（古代ギリシャ語の翻訳で有名）に関する、気のきいた逸話（いつわ）を披露しても、ほとんど笑いが起きなかった。たぶん、ブライアンの気分そのものがクラスに伝わってしまったのだろう。エレインに拒絶された憤懣（ふんまん）は、まだ心の底でくすぶり続けている。が、意識してそれを押しころした。自分はプロだ。プライベートな感情を、学生たちとの間に垂れ流してはいけない。

クラスの落ち着きのなさはあいかわらず続いていた。ようやくブライアンは、教室の外の騒音のせいだと気づいた。この部屋が面している、四方を壁に囲まれた内庭で誰かが集会を開いて大熱弁をふるっているのだ。

教室の奥の中央の窓ガラスが開いていた。ブライアンは講義を中断して言った。「ローレンス君、窓を閉めてくれませんか」

階段教室の最後列に坐っているあの赤毛の青年が立ちあがり、窓を開閉する紐をもたもたとつかんだ。痩せぎすでひょろりと背の高い彼は、動作がやや不器用なのだった。演説者の何かの言葉に対して、聴衆からわきあがった怒りの声は、窓がぴしゃんと閉まると、くぐもってよく聞こえなくなった。

「あれは?」ブライアンは訊ねた。

「ロイ・メイソンの事件の抗議集会ですよ」誰かが教えてくれた。

「ふむ、そのロイ・メイソンというのは誰ですか?」ブライアンの口調は、ある判事が「ふむ、そのビートルズというのは誰ですか?」と訊ねた口調の物まねだった。が、期待した笑いは起きなかった。窓の前にまだ立っているローレンスは怒ったような眼でブライアンを見た。それ以外の学生たちはむっとしたように沈黙している。

もちろんブライアンはメイソンを知っていた。学生寮でコソ泥をしていたろくでなしだ。新聞各紙はこの話に食らいつき、いつもながら、公平な目とはかけ離れた視点で好き勝手に書き立てた。そしていま、学生委員会が呼応して立ちあがったのである。小さな戦争が始まったというわけだ。

　ブライアンは講義を再開した。しかし、学生たちとの間の信頼関係は途切れてしまっていた。彼は終業十分前に講義を切りあげた。教室を出ていく彼の背中を、冷たいささやき声が非難がましく追ってくる。

　準備室でガウンをかけているとノックの音がして、アン・スーエルが、昨日、ブライアンの返したギリシャ語長文の課題をパスポートがわりに入室してきた。

　赤毛でクリームのようになめらかな肌の彼女は、とても多趣味な娘である。一年生の間に、その才能をあまりに多くの方面にさいたものだから、あやうく単位が足りなくなるところだった。ギリシャ語は単位が取れなかった講義のひとつで、アンは今年、また受講しているのだ。

　課題に関する熱のはいらない質問をしたあと、アンは言った。「アーマー先生、わたし、今年は合格できそうですか？」

「まじめに勉強すれば」声に不愉快さが表れないようにするのに苦労した。才能を奔放に無駄づかいする人種が、まったく理解できない。

　ブライアンは学生たちに人間としての興味を持っていなかった。ただ、学者のたまごとしてしか見ていなかったのである。彼らがプライベートで何をしようと勝手だが、それも学業に影響のない範囲での話だ。ブライアンは、〝講師と学生の関係〟の近さを奨励(しょうれい)する近年の風潮になじめなかった。彼の仕事は教えることであり、子守りではない。

「一応、いろいろと余計なことをやめている最中なんです」アンは言った。「ゴーディー・クラブ以外の。あ、そうだ、わたし、あそこの書記になれたんですよ」

「おめでとう」ゴーディー・クラブというのは、頭でっかち左翼のディベート集団である。

「えっと、実は――」アンは訪問の真の目的にはいった。「――今度、学生会館でパーティーを開くんです。カクテルとかそんなのでおもてなしをします。あと、ちょっとだけディベートしたり。それで、先生たちも何人かご招待し――」

「いや、けっこう」ブライアンは言った。

「テーマは先生のご専門ですよ」ブライアンが返事をせずにいると、アンは慌てて続けた。

「同伴のかたも歓迎します。そのう、先生の婚約者とか――」

「けっこう」

アンはかっと頬を赤くした。「えっと、お時間ありがとうございました、アーマー先生」もごもご言って、戸口に向かった。

ブライアンは呼び止めた。「スーエル君、きみはあのメイソン運動に加担しているのか？」

彼女は反抗的な目で見返してきた。「気の毒な人がいけにえにされるのを黙って見ていたくないんです」

「やれやれ！　小悪党に肩入れか！」

「証拠は不十分なんですよ！　グローブの記事だと――」

「それなら、新聞にまかせておけばいい。きみは学生であり、公的な奨学金を受けて、ここにいるんだ。きみたちは大学が何のためにあるのか忘れている」

「正義、も含まれているはずですけど」アンは言った。

＊

ブライアンが講師クラブにはいっていくと、ヒュー・リース＝ジョーンズが、ずかずかと近づいてきた。「よかった！　ブライアン！　きみに会えて」

「大学教員協会の会費なら払った」ブライアンは言った。

リース＝ジョーンズは声をたてて笑った。「今日はその話じゃない……一杯どうだ？」彼はブライアンをバーに連れていった。

飲みながら、リース＝ジョーンズは先日の科学の学会でのよしなしごとを話した。彼は三十代後半で、背が高く、肩幅の広い、つやつやとした肌色で、真っ白な歯がまぶしい男だ。れっきとした上級講師たる彼にとっての動物学とは、大学における関心事の中でもかなり重要度は下であった。根っからの委員会屋で、理想主義の政治改革屋なのだ。大学理事会の一員で、評議会の兼任議員で、ブランチフィールド大学教員協会の書記で、海外交流会の会長だった。ブライアンにとっては、とにかく虫が好かない相手である。

「……ここで私が間にはいってやったんだよ」リース＝ジョーンズは言った。「それで――」

ブライアンはグラスを置いた。「私に用があったんだろう？」

リース＝ジョーンズの笑みはまったく揺らがなかった。「まあ、せかすなよ、ブライアン。昼めしを食おうか」

食堂の窓際のくぼみにある小さなテーブルが空いていた。

「バーガンディーを一本開けるから、一緒に飲もう」リース＝ジョーンズが言った。

何を企んでいるんだ？　「何かの祝いか？」ブライアンは訊ねた。

「アイディアの誕生祝いさ」ウェイトレスがスープを並べるのを待ってから、彼は続けた。「ブライアン、我々の有志たちは、この大学の状況を憂えているんだ。我が校は猛スピードで凋落(ちょうらく)している」

「大学というのはだいたい凋落しているものだ。知らなかったのか？」

「安い皮肉はいい」彼はむっとすると、ウェールズなまりがきつくなった。「よく聞いてくれ、私がここにいた十五年間で、いまほど大学のモラルが低かったことはない」

ブライアンは肩をすくめた。「きみの言うとおりだとしても、私には関係ない。仕事がある。私はここに教えに来ているだけだ」

「そのうち、きみには象牙の塔から出てきたものの、教える学生がひとりもいないなんて日が来るぞ」彼の声は大きくなっていた。隣のテーブルにいる若い経済学の講師ふたりが、笑顔のまま振り向いた。リース＝ジョーンズは少し声を抑えて続けた。「今年の入学者数を見てみろ。去年よりも、人文は二十三人減、科学は五十一人減、技術は――」

「ほかの大学も同じ危機は感じているだろう」

「こ、ん、な減り方はしていないぞ、ブライアン。我々はのんべんだらりと、学生が列をなしてはいってくるのを待っているわけにいかない。こちらから学生たちの気をひかないと。本学が提供できる、魅力的なセールスポイントが必要だ」

ブライアンはこの問題をよくわかっていた。いま現在、地元からの入学生があまりに少ないために、もっと遠い地域から学生たちを呼びこまなければならないのだ。しかし、新しい大学が雨後のタケノコのようにぼこぼこできるものだから、学生の争奪戦はいっそう熾烈になっている。

「我々にできることは」ブライアンは言った。「りっぱな学問を与えることに集中するだけだ。学びたいと思うものがここにあれば、学生たちは来るさ」

「学びたいと思うものはここからなくなりつつあるぞ。サンズがどうしてケンブリッジの特別研究員になったと思う？　フェリアがどうしてうちを辞めてリーズ大に行ったと思う？　聖書で言う〝災いの前兆を見た〟からだよ」

「つまり、沈みかけの船から逃げ出すねずみってわけか」

「ご明察」

バーガンディーが来た。リース＝ジョーンズは、おざなりに味見をし、うなずくと、ふたりのグラスがワインで満たされるのを待った。

「うちは悪いイメージがつき始めているんだ。しかもとてつもなく悪い記事まで書かれている」

「メイソンの件か？」

リース＝ジョーンズは苛立たしげに手を振った。「あれはいちばん新しい事例ってだけだ。たしかに悪いことに変わりはないが」

「きみは彼が無実だと思っているのか？」

「そんなことは知らないし、どうでもいい。私が頭にきているのは、理事会のやり方のまずさだ。理事会として見解を出すなら、正しいと自信を持って、確実に証明できないと」

「ヒュー、きみも理事会の一員だろう」

「嵐の中で、たったひとりが声をあげたって聞こえやしないのさ……」

ブライアンは言った。「それで、この話のどこに私がからんでくる？」

リース＝ジョーンズはステーキの切れ端を皿の上でつついた。「きみは気づいていないか、ある非常に奇妙な状況に？　ブランチフィールドで何かかんばしくない出来事が起きると、翌朝にはグローブ紙の記事になっている。去年はドラッグのスキャンダルがあっただろう、女の子がそれで首をくくったやつが。そして今度はメイソンの事件だ。三つ目もすぐだぞ」

「きみは、新聞が悪意をもって、大学を血祭りにあげようとしていると思っているのか？」

「違う、違う、この手の事件はニュースバリューがある――だから新聞を責める気はないさ。だけど、どうして連中はこうも早く事件について知ることができたんだ？　内通者がいるんだよ、ブライアン。誰かが汚いネタを売っているんだ」

「学生が？」

「かもしれない」リース＝ジョーンズは躊躇し、思いきったように言い添えた。「私はもっと悪い想像もしている。ブランチフィールド大の誰かが故意にトラブルを扇動して、学生たちを操り――」

「破壊活動をしている奴がいると？　馬鹿な！」

「きみが眼を開けば、これが馬鹿な話じゃないことくらいわかるはずだ。先日、理事会でこの話をしたら――」

「笑われたのか」

「どいつもこいつも、ダチョウじゃあるまいし、砂に頭を突っこんで、現実を見ようとしない……とにかく、私たちに必要なのは、ごく内輪の、非公式の、捜査機関だ、ブライアン。手始めにきみと私、それから――」

「なぜ私が」

「ただ眼を光らせて、耳を澄ましているだけでいいんだよ。それで最悪を防ぐことができさえすれば」

「悪いが、ヒュー、私も砂に頭を突っこんでいるのが好きなんだ」

リース＝ジョーンズはにこりとして歯を見せた。「ブライアン、いずれきみも、世の中にはギリシャ語の文法以外にも大事なものがあるとわかるさ。きみも世界の一部であって、義務をのがれることはできないんだよ」

「やれやれ」ブライアンは立ちあがった。「神様面（づら）はやめてくれ」

2

フランク・ローレンスは少しためらってから、大きくノックした。陽気な声が応えた。「どうぞ」

レナード・スプロットは床で膝立ちになり、レコードプレーヤーをいじくっていた。窓に近い方のベッドでは、女の子がひとり、のびのびと坐ってたばこをふかしている。すらりと細い、黒髪でミニスカートの娘だ。

「マイラ、こいつはフランク」レン（レナードの愛称）が言った。「おまえが坐ってるの、そいつのベッドだよ」

女の子はにこっとした。「よろしくねっ、フランク！」

この娘は脚を出しすぎだ。フランクはもごもごと口の中で挨拶をすると、背を向けて、本を机に積んだ。

「悪い、フランク」レンが言った。「壊れた」まだレコードプレーヤーの上にかがみこんでいる。

「いいよ、別に」

「明日、直す」フランクは立ちあがった。「うう、筋肉痛だ！　運動しすぎたな」そして、意味ありげに、にやりとマイラに笑いかけた。

彼女はその言葉を無視した。「フランク、勉強してたの？」

「うん。図書館で」感じよい態度をとりたいのはやまやまだったが、フランクの声はこわばっていた。もうひとつのベッドの乱れたシーツから眼を離せない。

マイラがたばこを消し、伸びをした。「もう帰らなくちゃ」

「まだ六時半じゃないか」レンが抗議した。

「ルールはルールよ、ダーリン」男子寮では午後二時から六時までの間は、女性を個室に招き入れることができるが、六時を回ると談話室に行かなければならない。この論理だと、学生たちは午後六時より前には性的に不能ということだ、とレンはよく言っている。

マイラは戸口から声をかけてきた。「またね、フランク。今日はありがと」レンは彼女を送っていった。

十分後に戻ってきたレンは、予想どおりに怒っていた。「あのさ、たしかにここはおまえの部屋でもあるよ、おれだけの部屋じゃない。わかってるよ。だけど、さっきのように意地悪ばあさんみたいな態度をとるくらいなら、最初から断れよ、そしたらおれだって違う予定を立てるさ。だけど、いいって言ったくせに、そんな仏頂面（ぶっちょうづら）すんな。マイラにすげえ失礼だったぞ」

「ごめん」

「いい子なんだからさ、マイラは」

「うん、いい子だよね」

「じゃあ、なんで——」そこまで言って、レンは笑いだした。「まあ、おまえはお子ちゃまだからな、フランク。いいよいいよ、いまにわかるさ、おまえも」

ふたりは学生課のミスで同室になったのである。普通は、二年生が一年生と同室になることはない。レナード・スプロットは医学部生で、じきに臨床の実習で昼も夜もなく縛られるようになる前に、めいっぱい遊んでおこうという主義なのだ。がっしりした体格で、外交的で、ラグビーチームの一軍（ファースト・フィフティーン）メンバーで、ビールと女の子に目がない青年として有名だった。そんなレナードがルームメイトを見るまなざしは、未知の生物に対峙した科学者のそれであった。

レンはフランクが持ちこんだ本の山から一冊取りあげた。「『古代ローマ文学の解釈と解説』」彼は読みあげた。「嘘だろ！　エロ本は？　おまえの今夜のおかずってこれ？」

「違う。今夜は出かける」

「おまえが！　へーえ、どこに？」

「集会。メイソンの件で」

「なんだ、あれか！」レンは手をひと振りして、その言葉を払いのけた。

「ロイ・メイソンは泥棒じゃないよ、レン」

レンは首を横に振った。「うちの叔父貴はスーダンで判事をやってたんだけど、〝あいつが被告席にいるのは、何かをしたからに決まっている〟っていつも自分に言い聞かせてたんだってさ。で、それがいつも絶対に正しい原則だったたって」

「それでも、ロイは無実なんだ」

レンは肩をすくめた。「だとしても、学生の集会なんて、控訴のやり方としちゃ、どうなのかね」

＊

フランクがロイ・メイソンと出会ったのは、ネーピア寮にはいった二日目の夕食時であった。メイソンはローデシア（アフリカの英国自治領。現在は独立し、ザンビアとジンバブエとなる）出身の、痩せっぽちで繊細そうな青年で、学費は長期休暇のアルバイトで捻出しているのだと、フランクに語った。着ているものから判断すると、メイソンの生活は苦しそうだった。

ふたりは共通の趣味が多かった。それからというもの、食堂では一緒に坐り、朝はたいてい学生会館でコーヒーを飲んだ。メイソンは二年生で、歴史学を専攻していた。

学期の第一週目に、ネーピア寮で何件かの小さな窃盗が報告された。何者かが学生の個室に侵入し、そこいらに置いてある金銭や貴重品を盗っていくらしいのだ。内輪での調査は実を結ばず、結局、警察が介入することになった。容疑はすぐ、ロイ・メイソンにかけられた。彼の部屋は捜索され、引き出しから、多額の銀貨と紙幣、加えて、別の学生の万年筆が出てきた。

メイソンは盗みを否定した。金も万年筆も誰かが仕込んだものに違いない、というのが彼の主張だった。メイソンは懲戒委員会に、次いで特別理事会に呼び出され、すみやかに除籍処分が下された。法的手段を取ったりして表沙汰にはしない、というのが大学上層部の意思であった。

その翌日、グローブ紙はこの件に関するおそろしく脚色された記事を掲載し、鋭く突っこんだ疑問をずらずらと並べ立てた。なぜメイソンの部屋だけが捜索された？　犯人は彼に違いないという決定的な証拠はあるか？　濡れ衣を着せられたというメイソンの主張を否定する根拠はひとつでも存在するのか？　もし警察がメイソンの有罪を確信しているのなら、なぜ彼は起訴されていない？

　グローブ紙の記事が出るまで、学生の大勢はメイソンを白い目で見ていた。ネーピア寮内におけるコソ泥事件は、大学の不名誉であり、犯人には同情の余地などないというわけである。フランク・ローレンスただひとりがメイソンを擁護した。しかし、有名人でもないただの新入生の身では、何の力もない。彼はネーピア寮の寮長に訴え、寮監にかけあった。ふたりとも、馬鹿なことを言っていないで勉強しろ、とフランクを諭した。

　ところが、記事が出たとたんに、風向きは大きく変わった。事件と関係ない、いくつもの要素が味方してくれたこともある。第一に、学生と大学上層部の間には不協和音が流れていた。一年以上も両者は力関係で争っていたのだ。

　メイソンの除籍処分は、一方では、またしても理事会が絶対的権力を見せつけた暴挙であると言えるが、見方を変えると、りっぱな大義名分の立つ報復のチャンスでもあった。さらに、ロイ・メイソン個人の経歴が、この擁護活動に英雄譚のような魅力を振りまいた。彼は白人でありながら人種差別政策に反発し、生まれ育ったローデシアを、自発的に出たのである。メイソンの心意気は、狙いすましたように学生たちの心臓を撃ち抜いた。

学生委員会はすぐさま行動に移った。彼らは理事会の決定に対する不服を聞き入れてもらうべく、大学評議会に訴状を提出した。しかしこれは、頭に血がのぼったメイソンの支持者たちにとって、あまりに消極的で迂遠なやり方に見えた。大集会を開く許可を得る三十人分の署名はあっさり集まった。そんなわけで、学生委員会にしてみればなぜか集会を開かされるはめになったのだ。

大集会はグローブ紙の記事が出た六日後、金曜の午後八時にダグラス会館で開かれることになった。この会館は二千五百人収容することができるのだが、この夜はほぼ満員でぎゅうぎゅうだった。

フランク・ローレンスは演壇の近くの席を取ろうと早めに行った。隣に坐ったのはギリシャ語クラスの赤毛の、とてもかわいい子だ。たしか、アン・なんとかって名前の。ルイス？　違う、スーエルだっけ、うん、そうだ。

女の子はノートの上にかがみこんで、忙しく何やら書き続けている。フランクが挨拶すると、顔を上げて、にこりとしてみせただけで、すぐにまた作業に戻った。

フランクは一度、レナード・スプロットに、知らない子をちょっといいなと思った時に、お近づきになるにはどうすればいいだろう、と訊いたことがあった。「女の子が喋るように仕向けろ」レンはアドバイスをくれた。「すげえ天気だなとか、下着が見えてるよとか——なんでもいいから。そしたら自然とお近づきになれるさ」

フランクは空咳をして、口を開いた。「何か書いてるの？」

ボールペンを握っている手が一瞬だけ止まった。「よくわかったわね」そっけなく言った。今度は顔も上げなかった。

七時五十九分に学生委員会の執行部の面々が、野次や鋭い口笛や西バルコニーに陣取るトランペットのファンファーレをお供に、舞台上に現れた。委員長のロナルド・イェーツが銀と青のローブをまとって進み出ると、音の出ないマイクに向かって何やら喋った。

会場の全方位から、「音ちっちゃいし！」「聞こえねえよ！」という叫びがあがった。イェーツがマイクを不器用にいじくると、急に彼の声が響き渡った。

彼は学生委員会の姿勢を明らかにした。ロイ・メイソンを有罪と決めつけるには疑わしい点が十分にある。ゆえに当委員会は、理事会の処分はおかしいと評議会に申し立てた。さらに、メイソンには法的な代理人をつけるように手配を進めている。現状、学生委員会としてこれ以上のことはできない。ありとあらゆる法的な手段が正当に行われつくすまでは、違法すれすれの過激な行為に走るのはよろしくない。

イェーツはまっとうなことをまじめに話しているのだが、フランクには、あまり熱意を感じられなかった。次にマイクの前に立ったのはひげ面のアーサー・ロビンソンで、今夜の集会の主催者であり、過激派のリーダーだった。そして、実際、過激であった。彼は全授業の即時ボイコットを呼びかけ、メイソンを復学させられるまで続けようと言い、内務省のもとに代表を派遣するべきだと主張した。大学の上から、正式な行動をとるように求められたから、お望みどおりにそうしてやる、というわけだ。

誰かが、内務省より教育・科学省の方がいいんじゃないの、と修正案を出した。三人目は不吉な言葉でスピーチを始めた。「学長は、合法的に……」

あっという間にその場は苛烈極まりない、そして実にレベルの低い論争でわきたった。メイソンのことは完全にそっちのけだった。集まった学生たちは次第にいらいらしだし、ざわめきは大きくなり、紙テープがリボンのように宙を飛び始めた。

アン・スーエルはさっきから立ちあがって、壇上の注意を引こうと、ノートを振り回していた。ようやく指名されたが、彼女が語り始めたとたんに、西バルコニーで新たな大騒ぎが起きて、言葉は騒音に呑みこまれてしまった。バルコニーではもみ合いが起きており、やがて大笑いと卑猥な言葉に囲まれて、肩までまっすぐに金髪をおろした女の子が勝ち誇ったように、男もののズボンをバルコニーから下に投げこんだ。そのすぐあとに、じたばたもがくズボンの持ち主が、我も我もと差し出された十本以上の手によって、なすすべもなく高々とかかげられ、その間、トランペットは〝就寝ラッパ〟のメロディーを吹き鳴らしていた。

アン・スーエルは怒りで青ざめると、フランクを押しのけて会場の前方にぐいぐいと進み、壇上にのぼった。そして、静粛に、と呼びかけているがまったく役に立たない議長の手から、マイクをひったくった。

アンはマイクに向かって何やら金切り声で叫んだ。大騒ぎはまだ続いていたが、スピーカーから流れる声が変わったことで、壇上に眼を向ける者が出てきた。すると今度は、冷やかしの口笛が盛大に吹き鳴らされ始めた。次に怒鳴ったアンの声は聞き取れた。「いいかげんにして、あんたたち!」アンは叫んだ。「ここは大学よ、少年院じゃないわ」

　トランペットが失礼な音をたてた。

「おとなのくせに!」アンは軽蔑をこめて言った。笑い声はやんだ。

　最終的に、ひと握りの頑固な〝子供〟を除いて、その場の皆がすっかりアンの言うがままになっていた。まさに、はなれわざであった。アンは学生委員会と過激派の中間点をうまく見つけて、双方を満足させてみせたのである。もちろん、ロナルド・イェーツの言い分は正しい、とアンは言った。わたしたちはまず合法的な手段を取るべきよ。だけど、彼らの言う〝法的な代理人〟ってどういう意味? ブランチフィールドなんて田舎の、三文弁護士のそのまた助手? 冗談じゃないわ、最高に腕利きの弁護士を雇わせるのよ。もし弁護費用が学生委員会の資金で足りなかったら、学生たちにカンパをつのればいいじゃない、十分な額が絶対に集まるわ。そうだそうだ、と口々に叫ぶ声が、アンの考えを力強く指示した。

　アンは続けた。もし評議会への申し立てがまた蹴られたら、その時こそ、立ちあがって徹底抗戦よ。本当のところを言えば、ミスター・ロビンソンのボイコット計画程度じゃ手ぬるいと思っているわ、わたしはね。「どうするにしろ」彼女は締めくくった。「良識あるおとなとしてのやり方で行動するのよ、馬鹿な子供の集団みたいなまねはやめて」

　スタンディングオベーションが起きた。ロナルド・イェーツがマイクに近づいて言った。「ミス・スーエルの意見が満場一致の賛成を得たことを宣言します」学生委員長は額をぬぐった。

学生たちはおとなしく散っていった。恥ずかしそうな顔をしている者もいた。アン・スーエルは壇上に残り、学生委員会の委員長と書記と話しあっている。フランクは席にとどまって、待った。なんとしても彼女に話しかけると決意したのだ。フランクは
だいぶたって、三人は演壇からおり、中央の通路を出口に向かって歩き始めた。フランクは席を立つと、つかまえに行った。

イェーツはまだ大汗をかいていた。「死ぬかと思った」彼は言っていた。「もうだめだと思った。過激派に全部、めちゃくちゃにされてもおかしくなかった。本当に崖っぷち……」

「アン」フランクはそっと呼びかけた。

彼女は立ち止まった。あとのふたりは振り返って、笑みを浮かべると、そのまま歩いていった。「崖っぷちだった」イェーツのそんな言葉を最後に、ふたりの声は聞こえなくなった。

「すばらしかったよ、アン！」

初めて、彼女がフランクを見てくれた気がした。「あなた、フランク・ローレンスよね――ギリシャ語専攻の」

学生委員会の役員ふたりが出ていく、うしろのスイングドアの軋（きし）る音がした。ホールの中にはフランクとアンだけが取り残された。

いや、違う。まっすぐな長い金髪の女の子が壁際の通路を演壇に向かって歩いてくる。おそろしくアイメイクに気合を入れた子だ。演壇の左側のドアを通り抜け、女の子は姿を消した。

アンは言っていた。「あの天才の」

「それ、ほかの奴と勘違いしてるよ」

「謙遜しなくていいのに。あなた、成績トップの奨学生でしょ、オールAの」

フランクは内心で、アンが知っていてくれたことを喜んでいた。「そんなもの全部、今夜のきみのスピーチと喜んで交換するよ」

アンは声をたてて笑った。「いやあね、かっとなっただけ……いまの何?」

フランクは耳を澄ました。「何も聞こえないけど」そう言ったとたん、彼にも聞こえた。かすかに響く女の悲鳴。

「下の方だ」言うなり、アンは走りだした。

演壇脇の戸口でフランクは彼女を追い越すと、先に階段を駆け下りていった。そこはめったに使われない裏口に続いている。

建物の外に出るドアは開きっぱなしだった。敷居の上に、さっきフランクが見た長い金髪の女の子が倒れていた。小さな声でうめいている。フランクは外の、メルボルン通りからこのダグラス会館の目隠しになっている林で、小枝が折れる音が聞こえた気がした。暗がりの中を覗いたが、何も見えなかった。

アンは女の子の上にかがみこんでいる。「何があったの、バーバラ?」そして、助け起こした。

「外に出ようとしたら、どっかのクソ野郎に殴られた」女の子は自分の頭に手を持っていった。

「ひゃっ!」金切り声をあげた。「何これ! すっごいコブができてる!」

アンは言った。「フランク、保健室の先生を呼んできて。それから警察に電話も」

女の子が鋭く言った。「だめ！」

「でも、襲われたんだから……」

「だめって言ってんの」

女の子がひどく疲れた顔になった。フランクは言った。「殴られたあとは？」

「あいつが——」女の子はそこで声を呑みこんだ。

「あなたをレイプしようとしたの？」アンがうながした。

「全然。ただのジョークよ。力かげんがわかんなかったんじゃない。大声で叫んだら、びっくりして逃げてった。だから、なんでもないってば」

「これがジョーク？　何言ってんのよ。誰にやられたかわかる？」

「ううん」女の子は急いで言った。「見たこともないやつ」

彼女は立ちあがったが、よろけて、フランクの腕をつかんだ。

「とにかく、医者には見せた方がいいよ」彼は言った。

「うっさい！」女の子はぴしゃりと言った。「何回言ったらわかんの、大丈夫だってば」そこまで言うと、声をやわらげた。「じゃあ、うちに送ってよ。車は正面に停めてあるから」

なら、なんで裏口から出ようとしていたんだ、とフランクは思ったが、口には出さなかった。

女の子は両脇からふたりに支えられて歩き、ダグラス会館の前にある駐車場まで、ぐるりと建物の外を回っていった。「あそこのあれ」街灯の下でぴかぴかに輝いている、真っ赤なアストンマーティンを指さした。

「あれって、きみの？」フランクは驚きを隠せなかった。

女の子は答えるのも面倒くさそうに鍵を渡してきた。ふたりは、助手席に乗りこむのを手伝った。

フランクはアンを手招きした。「この子、誰？」彼は耳打ちした。「王族？」

「バーバラ・レッチワースお嬢様よ」

なるほど。それならわかる。

フランクが運転席に坐って、計器の確認などしていると、アンは後部座席で居心地悪そうにもぞもぞしながら言った。「バーバラ、たしかアランデール寮よね？」

「気が変わったわ。マイクのフラットに送って」

沈黙が落ちた。「マイクって？」フランクが訊いた。

「ギリシャ語のデントン先生のことよ」アンが冷ややかな口調で言った。

「ファーンリー小路の五番地」バーバラは言った。

「そんなことして大丈夫なのかな――」フランクが言いかけた。

「その子の言うとおりにして」アンはぴしりと言った。

イグニションのスイッチを見つけ、ギアを入れると、車はすごい勢いで飛び出した。

「下手くそっ、頭に響くじゃない！」バーバラは叫んだ。「それと、ライトつけなさいよ」

ファーンリー小路は、地下鉄が短い距離、地上に現れる線路沿いの切り通し道で、煤で黒ずんだエドワード様式の家が立ち並んでいる。

フランクは、五番地の門の外にある埃におおわれた青いミニのうしろに停まった。一階の窓に明かりが見える。九時三十五分だ。

「あんたってほんと、下手くそ」バーバラは車のドアを開けながら言った。「でも、ありがと。今夜のことは誰にも言っちゃだめだからね、絶対」車を降りたとたんによろけた。「ぼやっとしてないで、腕くらい貸しなさい、ほら、赤毛ちゃん」

フランクは操り人形のように運転席から出て助手席側に回ると、彼女の身体を支えた。アンはふたりのために門を開けた。「わたし、ここで待ってるわ、フランク」

ふたりは短い庭の小径を進み、歩く間じゅう、バーバラはぐったりとフランクに体重をあずけていた。その重みはなかなか悪くなかった。

ステンドグラスのついたドアを開けるとタイルばりの玄関ホールに出て、そこから上の階のフラットに続く階段をのぼっていくと、左手にデントンのフラットの入り口があった。

フランクが呼び鈴を鳴らすと、バーバラは彼の腕から抜け出た。

マイケル・デントンがドアを開けた。「バーバラ！」彼は声をあげた。「言っただろう、今夜は姉さんが来るって……」そこまで言って言葉を呑みこみ、フランクを見た。

「ああ、この人。赤毛ちゃんよ」バーバラは言った。「そういえば名前を聞いてなかったっけ」

「ローレンス君だ」デントンは怒りをにじませて言った。「教え子だ」

「彼、すてきよ。〝死よりも恐ろしい運命〟から助けてくれたんだから……ねえ、入れてくれないの？」すでにバーバラは彼を押しのけて中にはいっていた。

デントンはフランクに言った。「きみも来るかい？」

「いえ、お気づかいありがとうございます。友達を待たせているので」

デントンがドアを閉めきる前に、フランクはバーバラの話す声を聞いた。「マイク、すっごい変なことがあって……」

アンは歩道で待っていた。「バーバラに離してもらえたのね、赤毛ちゃん」

「アン、頼むから、その呼び方はやめてくれよ。子供のころ、学校でずっとそう呼ばれてたんだ」

彼女は笑った。「わたしはニンジン頭って呼ばれてたわ」そしてフランクの腕を取った。「で、ご感想は？」

フランクはデントンのことしか考えられなかった。「想像するだけでもいやだ、先生があんな……あんな、口も性格も腐った偉そうなビッチと付き合ってるなんて」

アンはきゃっきゃっと笑った。「フランク、あなたって最高！　もう一回言ってよ。〝口も性格も腐った偉そうなビッチ〟って！」

フランクも思わず笑ってしまった。「だってどう言えばよかったのさ？」

「ビッチだけで十分よ。かわいそうなバーバラ、あの子のいちばんの敵はあの子自身なの」

「今夜のことだけど、どうしよう？」

「あの子が言ってたでしょ。黙っててって」

「だけど、あのたんこぶを見たかい？　下手したら死んでたぞ」

アンは肩をすくめた。「それはあの子の問題。犯人、知ってるみたいだし」

「なんでわかるのさ」

彼女は握っていた紙片をフランクに渡した。ふたりは街灯の下で立ち止まり、フランクはそれを調べた。くしゃくしゃの白い紙きれにはメッセージがタイプされていた。

〝今夜、集会のあとにダグラス会館の東の一階出口で待っている。そこに来てくれ。ボージー〟

アンが言った。「バーバラを見つけた時、そばの地面に落ちてたの。襲われた時に、あの子が落としたのね」

「ボージーって誰？」フランクは訊いた。

「わたしは知らない。でも、あの子が知ってるでしょ」

3

ファーンリー小路にローナ・デントンが車を乗り入れたのは九時五十七分だった。ぴったりだ。十時に行く、とマイケルには伝えてある。時間厳守、というのは彼女にとってもはや強迫観念のようなものだ――父と弟に対する反動かもしれない。

やたらと高価そうな、車高の低い真っ赤な車が、マイケルのミニのうしろに停まっている。あいかわらず汚いそのミニの前に車を停めると、ローナはトランクからスーツケースを取り出し、玄関に運んだ。そして弟のフラットの呼び鈴を鳴らした。

マイケルは姉に軽くキスして、玄関のコート掛けのそばにスーツケースを置いた。「荷ほどきはあとまわしにして。紹介したい人がいるからさ」

居間にはいり、そこにいる娘を見て、ローナは思った。むかしから、マイケルにはびっくりさせられるわ。毎度毎度、予想を超えて苛立（いらだ）たせてくれる名人なんだから。

娘は二十歳そこそこだろう。長い金髪で顔が半分隠れていた。退屈していながら落ち着きのない眼には、異様に濃いアイメイクが盛られている。鮮やかなオレンジ色の、ペイズリー柄の短いワンピースを着て、耳には大きなフープイヤリングを揺らしていた。ウィスキーのグラスを片手に、ゆうゆうとソファでくつろいでいる。マイケルのグラスは小さなテーブルの上、酒の瓶と水差しの横に置いてあった。

　彼は娘を、バーバラ・レッチワースだと紹介した。まさか、とローナは思わず胸の内でつぶやいた。この子って、あのレッチワースの娘なの？　ううん、停めてあった車があれならおかしくないわ。ローナは、いまほど弟の横っ面(つら)をひっぱたきたいと思ったことはなかった。

「姉さん、何飲む？」

「ん、ウィスキーにして」彼はもうひとつグラスを取りに行った。

「わたし、もう帰るわ」娘はローナに言った。

「あら、遠慮しないで」

　マイケルがグラスを持って戻ってきた。「バーバラは今夜、事故にあってさ……姉さんに見てもらえよ」彼は言い添えた。

　バーバラが前にかがむと、マイケルが娘の頭のてっぺんにある、鳩のたまごほどのたんこぶを指さした。

「どうしたの、これ？」ローナは訊ねた。

「ちょっとね、ごつーんってやられたの。なんか気持ち悪い、吐きそう」

「送るよ」マイケルが言った。「ほら、姉さん、これ飲んでて。すぐ帰る」

「わたしなら気をつかわなくていいわよ」ふたりとも気をつかわなかった。玄関から出ていく娘のけらけらと笑う声が聞こえた。

　ローナは客用寝室にスーツケースを運び、荷ほどきを始めた。わたしってば、どうして来ちゃったのかしら。マイケルだって来てほしいと思っていないのに。先週、電話をかけた時も、来るなとはっきり言われた。

それでも、ローナは弟に責任を感じていたのだ。わたしがあの子を見守らなければ。もう二十四とはいえ、マイケルはある意味でおとなになれていない。

たぶんローナの失敗だ。弟を甘やかしすぎた。母はローナが十五、マイケルが十一の年に亡くなった。父は一年とたたずに再婚し、マイケルにもローナにもほとんど関心を持たなかった。おまけに継母は意地悪だった。

だからローナがマイケルの母親役を買って出た――甘やかし、おだて、わがままを聞き、猫かわいがりした。そのくせ、弟はむかしのことを蒸し返しては、〝威張り散らされた〟と憎まれ口を叩いた。しかし、ローナが監督していなければ、〝A〟の成績は取れなかっただろうし、大学を卒業できたかどうかも怪しかった。マイケルは頭がいいのに、怠け者だった。

ローナはマイケルのために自分の人生を犠牲にした。マイケルが希望の進路をたどれるように、自分は医師になりたいという夢をあきらめ、地元で放射線技師の資格を取った。感謝されたいと望むことも、自分を憐れむことも、愚かしいとわかっている。それでも、マイケルから冷たくされるのはつらかった。

緑のドレスをクロゼットにかけながら、鏡に映る自分の姿をじっと見た。光の中で白髪がはっきり見える。顔はすべすべだった。わたしはまだきれいだ。我ながら、若いころは美しかった。デイヴィッドだって美しいと言ってくれた、プロポーズしてくれたあの夜に……

呼び鈴が鳴った。ローナは出迎えに行った。

背が高く、肩幅の広い青年が、玄関前に立っている。その顔は陰に隠れて見えなかった。

青年は驚いたようだった。「失礼しました。デントン君に用があったのですが」

「いま、留守にしています。わたしは姉です」

「あ、ああ、そういうことですか。初めまして。アーマーと申します。マイケルに、私が来たとお伝え願えますか」

「どうぞあがって、お待ちになったら? すぐに戻るはずですから」

彼は迷ってから、言った。「そうですね、お邪魔でなければ……」

陰から出た青年が整った顔立ちをしているのが見えた。すっきりとした鼻、よく締まった口元と顎。しかし、彼の態度は冷たかった。

ローナは彼にウィスキーを注ぐと、手つかずの自分のグラスを取りあげた。

アーマーは、ひとつ上の階に住んでいる者だと自己紹介した。いま帰宅したところ、マイケルのフラットの居間の明かりがついていたので、遅い時間だったが寄ることにしたのだ、と言う。内々に話したいことがある、と。

「ここにはいつ着きましたか?」彼が訊いてきた。

「三十分前です。ウェリングステッドから車で」

「ウェリングステッド? 弟さんが大学を出たところじゃないですか?」

「そうそう。地元なんです。わたしはいまもそこで働いてますけど」

「大学で?」

「いえ。地元の病院で」

「お医者さんですか?」

「違います。放射線技師です」

「ああ!」

ローナはこの「ああ!」に聞き覚えがあった。社会的地位ではなく学歴に対する感想のようだが、感じが悪いことに変わりはない。いけ好かない人だわ、このミスター・アーマーって。ううん、ドクター・アーマーね。教授でもおかしくない。いかにも学究の徒らしい、謹厳実直な顔つきをしているもの。

「アーマーさんのご専門は何ですか?」ローナは訊ねた。

「弟さんと同じですよ。ギリシャ語です。弟さんは私の話をされませんでしたか?」

「マイケルとはめったに会わなくて。あの子は一度も手紙をよこしたことがないし」衝動的に、ローナは言い添えていた。「弟は女の子を家まで送っていったんですよ。レッチワースさんっていう。すぐに戻ると言ってました」

マイケルのことを話したくなったのは、弟がまだ実家にいた時の感覚に戻ってしまったからだ。当時は弟が遅くまで帰宅しなければ心配でいてもたってもいられなかったものだが、弟は弟でそんなことはしょっちゅうだった。当時のローナは、そのたびに恥を忍んでマイケルの友人たちに、弟の居場所や誰が一緒にいるのかを訊いてまわったものである。

アーマーは特に何も言わなかった。ローナはなおも言った。「レッチワースさんをご存じ?」

「うちの学生です。レッチワース卿のお嬢さんですね」

やっぱり。「こんなことを言うなんてひどいと思われるでしょうけれど、今夜、初めてお会いして、あのお嬢さんと交際するのは、マイケルのためにならないと思いました」

彼は意を決したようだった。「今夜ここにうかがったのは、バーバラ・レッチワースの件で話があったからです。弟さんに彼女と会うのをやめるように伝えろと、上から言われたもので」

マイケル本人に問題があるわけではない、と彼は安心させるように言った。ただ、大学側はミス・レッチワースをスキャンダルから守りたい理由があるのだと。

「理由?」ローナは訊いた。

「彼女の父親が過去に続けてきた、そして未来も続けてくれるであろう、本学への寄付です」

「大学教職員と学生が親しくなることがスキャンダルですか?」

アーマーは言葉を選びながら言った。「それは、親しさの度合いにもよります」

その口調は淡々としていて公平というよりも、無関心に聞こえた。当事者たちの気持ちをまったく考慮していない。この人は冷血漢だわ……

十一時の時計の鐘が鳴った。アーマーは立ちあがった。「長居しすぎました」彼は言った。

「マイケルには明日、話します」

心配のあまり、ローナの苛立ちはぴりぴりと、とがっていた。「あの子は言ったたって聞かないと思いますよ」

「聞かないでしょう。でも、私は上に約束したので」

そして、アーマーは唐突に言った。「あなたがお姉さんだとは思いませんでした」

「どうしてですか?」

彼はにこりとした。「理由を言えば、私を不作法な男だと思われるでしょう。おやすみなさい、デントンさん」

マイケルが帰ったのは十一時四十五分だった。口笛を吹いている——うしろめたさをごまかしているしるしだ。

「悪い、姉さん」彼は言った。「けど、あの子がぐったりしちゃってさ」

「でしょうね」ローナは冷やかに言った。

マイケルは苦笑して、自分の酒を注いだ。「いや、まじめな話、今夜、あの子はひどい目にあったんだ」

「どういうつもりであの子と一緒にいるの、マイケル? 愛してるの?」

「野暮（やぼ）なこと訊くなよ。バーバラとぼくは愉しんでるだけさ。それだけで十分な理由だろ?」

「あんたたちの場合、そうはいかないのよ」ローナはアーマーの訪問について語った。

「偉そうに。あいつら……だからってぼくをクビにはできないぞ。契約書には禁欲しろなんて条件はなかったし」

「本気でそう信じてるんなら、あんたはわたしが思ってるよりずっと子供ね」

そこでやめておくべきだった。しかし、いつもどおり口やかましく続けてしまった。

「マイケル、あんた、いいかげんに落ち着いたら？」

「鈍い田舎娘と結婚して、泣きわめくガキを作れって？　ごめんだね」

「鈍いかどうかなんてわからないでしょ……でも、今夜、ここにいたあの娼婦みたいな――」

「おい、姉さん！」

「誰が見たって娼婦よ！　クスリもやってるんでしょ、どうせ」

「大麻だよ、ただの」

「ちょっと、マイケル！」

「ちょっと、マイケル！」彼は姉の口まねをした。「ほっといてくれ。ぼくはもう半ズボンのガキじゃない」

「ふん、生意気。あんたなんかいまも半ズボンがお似合いよ」

マイケルは姉をにらみつけた。そして、ふたりは揃って笑いだした。

「シェイラ・ホワイトとはよく会う？」ローナは訊いた。シェイラは同郷で、マイケルと同年代だった。二年前まで、ふたりは結婚すると思われていた。しかし、ローナががっかりしたことに、ふたりの仲は自然消滅してしまった。ほどなくシェイラは故郷を離れ、ブランチフィールド大学に働き口を見つけ、ローナがどうしても覚えられない、ハイフンでつながれた二重姓の、なんとかいうウェールズ名の講師と出会って結婚した。

「いや、全然」マイケルは答えた。

「挨拶しなくちゃ。まだここで働いてる？」

「ああ」明らかにシェイラのことには触れたくない様子だった。たぶん、それなりにうしろめたいのだろう。

「仕事の調子はどう?」ローナは訊いた。

「なんだよ、また説教?」

「違う、ちょっと聞きたかっただけ」

彼は肩をすくめた。「ぼちぼちだね。こないだの春には古典レビューの雑誌に論文が載ったんだ」

「すごい!」

「おかげで教授の機嫌が少しよかったよ。実のところ、あれのおかげで首がつながったようなもんで……今日はなんだかきれいだね、姉さん」

「そう?」ローナは嬉しくなって頬を染めた。姉のおしゃれに気づいてくれるなんて、マイケルらしくない。

「で、いまは――?」マイケルは最後まで言わなかった。これぞ姉弟だ。ひとことふたことで会話が通じる。

「全然。もう、こりごりよ」

「男はほかにもいるだろ」

「知ってる」

＊

ローナは朝食を並べたトレイを持って、弟の部屋にはいった。マイケルは眼をこすり、目覚まし時計を見て、またたいた。「まだ八時半じゃないか！」姉につっかかった。

「土曜も授業があるのか訊くの忘れちゃって」

「休みだよ。上階の先生みたいなくそまじめ野郎以外は」

「ごめんってば……それより、ほら、これ、興味があるんじゃない」ローナはベッドにトレイを置くと、小脇にはさんでいた新聞を手渡した。

新聞の印刷開始後に飛びこんできた最新ニュースを差しこむお決まりのスペースに、赤文字で「ブランチフィールド大の学生、暴行される」という見出しの記事があった。続いて「昨夜、ダグラス会館の外で女子学生が一名、殴られて負傷した。犯人は逃走」と書かれていた。

「グローブの記者って早耳よね」ローナは感想を言った。

マイケルはまじまじと見つめていた。「早すぎるな」同意しながらも、その表情は怯えているようだった。

「どうしたの、マイケル？」

「別に」

「この記事の内容？」

「違う、内容じゃない」マイケルは躊躇した。「昨夜、バーバラに言われたことだよ。覚えてるかい、姉さん、ぼくが小学生だったころ――」そこで口をつぐんだ。

「なあに?」ローナはうながした。

「いや、やっぱりいい。たいしたことじゃないかもしれないし……今朝は、郵便は?」

「これだけ」ローナは大学の消印が押された封筒を一通、手渡した。

マイケルは開けもせずに、傍らに放り出した。「家賃の督促状だ」彼が住んでいるこのフラットは大学の持ち物なのだ。

ローナは言った。「期限は?」

「五月だった」

「馬鹿じゃないの、マイケル! まさか、また馬をやってんじゃないでしょうね?」賭け事も彼の悪徳のひとつである。

「ほんのちょっとだよ。こないだ、たまたま運が悪かっただけでさ」

ローナはため息をついた。「どのくらい困ってるの? 援助しようか?」

マイケルは笑みを見せた。「ありがとう、でも大丈夫……一時的な金欠だったから。もう、解決したんだ」

*

ローナが九ヶ月前にブランチフィールドを訪れた時は、激しい雨に降りこめられて、マイケルのフラットからほとんど外に出られなかった。この日の朝はお日様が輝いていたので、町や店を見に行った。そして大学も。

ブランチフィールドの町は、南に広がる二百五十エーカーの手つかずの土地に大学を建てる許可を王室から得た、当時の町役人たちに感謝しなければならないだろう。そこは南を川に、北を林に仕切られた、風光明媚な土地で、時に〝小オックスフォード〟と呼ばれた――そう呼ぶのは主に、本物のオックスフォードを知らない者だが。

御多分に漏れず、建設計画のミスはあった。そのいくつかは、一九五〇年代から六〇年代初めにかけて急激に規模が大きくなったことが原因で、不可抗力だった。しかしそれ以外は、実にお粗末な不手際のせいだった。例を挙げれば、新しい図書館がわざわざ学生会館と体育館の間を埋めるように、無理やりねじこまれていたりするのだ。

それぞれの建物は、キャンパス全体に無計画にばらまかれたように思われたが、よく晴れた十月の朝、お日様が川をきらめかせ、紅や黄金の木々の葉を艶やかに輝かせている目の前の光景は、なんとも言えず麗しいものだった。

ローナはシェイラ・ホワイトを探すために、受付に向かった。シェイラについて知っていることといえば、結婚してウェールズ系の姓になっていることと、この大学の職員として働いていることだけだ。

窓口は閉まっていた。ローナは守衛小屋に訊きに行った。

「ああ、リース＝ジョーンズさんのことだね、副学長の秘書の」守衛は小窓から外を覗いた。「車があるねえ。なら、今日は出勤してるよ」

守衛は鍵束を手に取り、ローナと一緒に受付に行き、鍵を開けた。「二階の右側の二番目の部屋だよ」

ローナは初め、シェイラだとわからなかった。モデルのようにほっそりして、艶やかな濡れ羽色の髪が美しい娘だったはずだ。その黒髪はあいかわらず艶やかだったものの、身体の細さは消えていた。リース＝ジョーンズ夫人は明らかに妊娠していた。

ふたりは共通の知人のよもやま話を交わした。けれども、シェイラはあまり関心がないようだった。すぐにローナは言った。「もうおいとまするわね。お邪魔のようだから」

「ううん、行かないで」シェイラは無理に微笑んでみせた。「ちょっとむしゃくしゃしてたの、せっかくの土曜の朝に、することもないのにこんなとこにいるから」

「なんでいるの？」

「〝陛下〟をお待ち申し上げているのよ」シェイラはたばこの箱を差し出し、ローナが断ると、自分の分を一本つけた。「そういえば、マイケルは？」さりげなく訊いてきた。

「あいかわらず、どうしようもない子よ……あなたはあまり会ってないの？」

「行動範囲が重なってないもの」ふっと煙の輪を吐いて、付け加えた。「弟さんのことで、ちょっと耳の痛い話を聞く気はある？」

「あるある」

「なら、バーバラ・レッチワースと別れるように忠告して。わたしの上司様がかっかしてるから」

「副学長が？　どうして？」

シェイラはファイル戸棚を指さした。「あそこにマイケルの調査資料ファイルがあるわ。うちの学生と寝るだけでも大問題なのに、お金までたかるなんて――」

「嘘でしょっ！」

シェイラは肩をすくめた。「こんなことほんとは言うべきじゃないってわかってたけど……でも、本当なのよ、ローナ。わたしはマイケルが好きだから、彼が自分で自分の首を絞めるのを見たくないの」

ローナはシェイラが好きだった。彼女のマイケルに対する愛情が本物なのも知っていた。二年前に、短いが真剣な交際が終わった時に、実はマイケルよりもシェイラの方が傷ついたのでは、と思ったほどだ。

「あの子とよく話しておく」ローナは言った。

ノックの音がして、学生がひとり、はいってきた。

シェイラは眉を寄せて言った。「土曜日は休みよ」

「だって、ドア開いてたし……」

「しょうがないわね、ご用件は、ロナルド？」

「いますか？」学生は右側のドアをちらりと見た。

「いいえ。今日、ロンドンの副学長集会に出席して、まだ戻ってないわ」

「ええー！　じゃあ、学生課の人は？」

「ゴルフよ。月曜じゃだめ？」

「だめなんです」

「わかった、話を聞いてあげる」

学生がローナを見たので、彼女は立ちあがった。「いいのよ、もうおいとまするところ」

シェイラが呼び止めた。「ローナ、すぐにすむから。こっちで待ってて」彼女が三番目のドアを開けると、そこは小さな待合室で、安楽椅子が二脚と、雑誌をのせたテーブルがあった。

シェイラがきちんとドアを閉めていかなかったので、〝レッチワース〟という名が、もれ聞こえてきた。ローナは雑誌を置き、足音を忍ばせて戸口に近づいた。

「たしかなの？」シェイラは言っていた。

「そう聞きました」

「誰から？」

「十分に信用できる情報源ということで勘弁してください」

「馬鹿な子たち！　そんなことして何になると思ってるのかしら」

「でしょう――だから、ここに来たんですよ。その、学生委員長として、ぼくは――」

「ええ、ロナルド、あなたは正義の味方だものね。いつだって」ローナの耳にその言葉はなんとなく、文字どおりではなく、嫌味っぽく聞こえた。

シェイラは続けた。「首謀者は誰？　ロビンソン？」

「たぶん。間違いないと思います」

「それで、連中はいつ、あの子を誘拐するつもりなの?」

「今度の水曜に開かれるゴーディー・クラブで。大学評議会の前日なので――」

「よくわかったわ。知らせてくれてありがとう、ロナルド。センピル副学長に伝えておくわね」

「だからって」学生は歯切れ悪く言った。「ぼくは別に、メイソンに同情していないわけじゃないんです……」

「ええ、わかってる。でも、保険をかけとくのに越したことはないものね」今度は、彼女の言葉のとげは隠れていなかった。

学生が行ってしまうと、シェイラがローナにもう出てきてもいいと声をかけてきた。「どうもあの子は虫が好かないのよね」シェイラは言った。

「いまの子は誰?」

「ロナルド・イェーツ、学生委員長よ」

ローナは言った。「誰かを誘拐する計画があるの?」シェイラが眉を上げると、ローナは言い添えた。「ドアが閉まってなかったから……」

シェイラは肩をすくめた。「ええ。マイケルのガールフレンドを誘拐して、解放の交換条件を出すんですって。目的はお金じゃないのよ……ロイ・メイソンって名前は聞いたことがある?」

「大学を除籍になった子だっけ」

「そうそう、その子。今度の木曜、大学の評議会で除籍処分の取り消しが審議されるの。うちの賢い坊やたちは、その評決に影響を与えられると思って……」

「無理でしょ」

「さあ」シェイラは新しいたばこに火をつけると、苦々しげに言った。「もうここにはうんざり。でも、どうでもいいわ、わたし、もうすぐ辞めるし」

「どこかに行っちゃうの?」

「ううん、町は離れない、退職するだけ」彼女は腹部をさすった。「家庭の事情。でも、このことがなくても、そのうち辞めることになってたと思う。もう言っちゃうわ、ローナ、わたしと上司は水と油なの」そして言い添えた。「あーあ、副学長がエイドリアン卿のころはとてもよかったのになあ」

「センピル副学長は、何がよくないの?」ローナは訊いた。マイケルの命運を握っている人物なら、どんな人間か知っておかなければ。

「よくない? ううん、全然。むしろ、ふさわしくないのはわ、た、しの方」そう言うと、笑いだした。「変なの、どうしてわたし、彼をかばってるのかしら」

シェイラによると、センピル副学長は気弱のくせに、自惚れ屋だった。有名な学者のわりに、同僚を信用せず、むしろ恐れていた。そして自分におべっかを使う連中を露骨にひいきした。学生たちはこの副学長を嫌っていた。学生たちとはまるで波長が合わなかったのだ。

「緊張は増す一方だわ」シェイラは言った。「ヒューも言ってる——」

「ヒュー?」

「主人よ。そのうちきっと大学と学生の正面衝突が起きるって。主人はなんでも知ってるの」

最後の言葉は軽蔑するように吐き捨てられた。ローナはリース＝ジョーンズとはどんな人なのだろう、と思った。マイケルはおもしろみのない退屈な奴だと言っていたけれど。シェイラの悩みはもしかすると、職場だけのことではないのかもしれない。

「しかも執念深いし」シェイラは副学長について喋っていた。「だからマイケルはよく考えた方がいいわ……」

＊

ローナはファーンリー小路に、十二時半に戻った。門を開けた時、一台の車が道端に寄せて停まった。振り返ると、アーマー博士が緑のアングリアから降りるのが見えた。

ローナは彼に微笑みかけてから、玄関に向かって歩きだした。うしろをゆっくりとついてくる足音がして、背中に彼の視線を感じた。呼び鈴を鳴らしてマイケルが出てくるのを待ちながら、ローナは悪戯(いたずら)心で出し抜けに振り返り、アーマーがうろたえるのを見てやろうとした。が、彼はまったく彼女を見ていなかった。アーマーは新聞をじっと見つめたままで、ひとことも言わずにローナの脇を通り過ぎ、階段をのぼっていった。

「うわ、どうしたの？　顔、真っ赤だぞ？」ドアを開けたマイケルが声をあげた。

4

「警察に知らせた方がいいんじゃないでしょうか」学生課長は言った。彼は灰皿の上でパイプをとんと叩いた。灰が少し、絨毯にこぼれた。

センピル副学長が顔をしかめるのが見えて、学生課長はなんと言われるかを予想した。

「ウィスキーを取ってくれるかね、レイボーン君」この言葉を翻訳すると、身の程を知りたまえ、きみは意見ができる立場ではない、という意味だ。

学生課長はのそのそとテーブルのデカンタに歩み寄った。彼はプライドの高い人間ではなかった。副学長がいい気分でいられるなら、執事のまねごとくらい、安いものだ。

皮肉なのはレイボーンが、この大学でヴィンセント・センピル副学長を嫌っていない数少ない人物、いや、それどころかむしろ、好いている非常に数少ない人物ということだった。センピル副学長は鋭い頭脳を持ち、弁護士の心を持っている。(そもそも、なぜみんな彼の学者としてのすばらしい経歴を軽んじるのだろう? ロンドン大学法学部を首席で卒業し、エール大学の弁論大会では、専門のテーマで優勝したというのに?) 副学長は新しい良きものをどんどん取り入れる主義で、学生の記録をコンピューターで管理したいというレイボーンの訴えにさっそく同意してくれた。前副学長のエイドリアン卿は、何年も口約束でのらりくらりとごまかしていたものだ。

センピル副学長がエイドリアン卿のように人の扱いに長けてさえいれば！　しかし彼はプライドが高く、気難しく、他人の言うことを深読みしすぎてアドバイスをすなおに聞かない性格だった。

今日のこの会合を、味気ない会議室ではなく学寮長公舎で行おうというのも、いかにも副学長らしい判断である。彼の腹づもりは見え見えだった。もてなすことで、皆の心を、自分の意見に同調しなければならないような気分にさせる気なのだ。

とはいえ、皆もおもてなしされることにやぶさかではなかった。大学教員たちの共通点があるとすれば、それは他人の金で飲む酒に目がないということだ。レイボーンが皆のグラスになみなみと酒を注いでまわることを咎める者は、ひとりもいなかった。

この集まりは大学理事たち——副学長、七人の学部長、そして学生課長——による懲戒委員の会合だ。バーバラ・レッチワースを誘拐する計画があるという怪しげな噂について話しあっているのだが、意見は割れるばかりで、まったくまとまらなかった。

十日前、懲戒委員会は満場一致でロイ・メイソンの除籍処分勧告を採決し、理事会はリース＝ジョーンズが反対しただけで除籍処分を実行した。それ以来、変化があったのは学生たちの意見だけではなかった。三、四年生たちの多くは、その場しのぎの愚かな失敗と考えており、中にはその正当性を疑う者さえいた。

マスコミにすっぱ抜かれて世間様の大注目を浴びたうえ、学生たちの態度がかたくなになったことに、委員会の面々は動揺しだした。妥協案を探るべきと考える者も出始め、すくなくとも二名の学部長がぐらついている。

副学長はそうではなかった。「やらせればいい」彼は言った。「やらせればいいだろう。そうすれば首謀者を――」

「ですが、副学長――」医学部長のハッペンストールが口をはさんだ。「――おとり捜査めいたことを我々がするのはいかがなものでしょうか。犯人を罰することより、犯罪を防ぐことを優先すべきです。誘拐劇は下手をすると暴力事件を誘発します。けが人が出るかもしれません」

「では、どうするのがいいと?」

「評議会がすむまで、実家に送り返しましょう」

センピル副学長は微笑した。「私はミス・レッチワースと話した。彼女は実家に帰ることを拒否したよ」

あのお嬢ちゃんは、自分の身に危険が迫っていることを承知のうえで計画を承知しているどころか、片棒をかついでいてもおかしくないんだがねえ、とレイボーンは思った。彼は副学長ほど、バーバラ・レッチワースに幻想を抱いていなかったのである。

「彼女のお父様はどうお考えです?」誰かが訊ねた。

「今朝、私から電話を入れた」センピル副学長は言った。「心配していなかった。娘がそうしたいなら、おとり役をさせてやれということだった。彼もまた私と同様に、学生たちの無責任さと野放図さにうんざりしておられた」

それは不適切な言葉だった。ノット教授は品よく空咳をして言った。「副学長、公正な目で見れば、学生たちの多くはメイソンの件について真剣に考え、不当だと感じているのです」

「それはもちろんそうだろう。しかし彼らは数人の不謹慎な扇動者たちに焚きつけられている。私が叩きたいのはこの連中だ。狂信的な共産主義者どもめ」一同が黙りこんでしまったので、副学長は付け加えずにいられなかった。「私が大げさだと思うかね?」

明らかに彼らはそう思っていた。「私はただ」社会学部長が言った。「巣立っていった私の教え子たちが、ロビンソンと同じくらい知的で勤勉であってほしいと願っております。彼は――」

レイボーンが言葉をさえぎった。「ロビンソンはまさに副学長が言ったとおりの人間ですよ。狂信的な共産主義者だ。そしてブランチフィールド大の共産主義者は、彼ひとりだけじゃない。連中は学生委員会と学生連合に、労働組合と同じやり方で思想を浸透させようとしています。ほかの大学でも同じことが起きている――実例ならたくさんあります」

センピル副学長のくちびるが引き結ばれ、硬い微笑が浮かんだ。レイボーンはその意味をよく知っている。学生課長ふぜいに弁護をされて不愉快というわけだ。

まあ、勝手にやきもきすればいいさ、とレイボーンは思いながら、落ち着いてパイプを詰め直した。歳を取るにつれ、彼は達観するようになっていた。これまで自分が勝って――時には負けて――きた戦いは、振り返ると、不思議なほどどうでもよく、いまにして思えばまとはずれだったように感じられた。歴史は、その流れを変えようともがいた者たちを嘲笑(あざわら)うものなのかもしれない。

その観点からすれば、現在の大学の病の原因や治療法を探すなど、くだらないことに思われた。いずれ時が癒す。大学の歴史は山あり谷ありだ。ちょうどいま、ブランチフィールド大が呑みこまれているように。

それでも、レイボーンはすべてを宿命としてあきらめるような人間ではなかった。そもそも、いま現在の病は大学の普段のサイクルにあまりに深く根をおろしている。何か普通ではない、特異な原因があるに違いない。

原因のいくつかは明らかだった。経済的な苦境、数名の特に優れた教員の流出、学生の質の低下。そしてもしかすると、ヴィンセント・センピル博士が副学長に就任したせいもあるかもしれないが、レイボーンはほかの要因ほど彼に責任があるとは感じていなかった。

しかし、これらすべてでも説明のつかない何かがあった。この大学は災厄を呼びすぎた。あまりに短期間に多くのことが起きたのである。レイボーンは時々、この災難の連続は何者かの意図がからんでいるのだろうか、と考えることがあった。

彼はまた、危険とクライマックスが近づいてきていることを敏感に感じていた。これまで学生の悪ふざけに警察が介入することをよしとしなかった彼でさえ、今度ばかりはそうするのもやぶさかではないと思い始めたくらいだ。とはいえ、ただの本能的な勘で、これと言うはっきりした証拠があるわけではない。強いて言うなら、先週末に起きたバーバラ・レッチワースの奇妙な襲撃事件が、グローブ紙の記事になったのに、不思議にも当の本人が否定したことだろうか……

懲戒委員会の話し合いは駆け引きの段階にはいり、この日は副学長の方針に固まりつつあった。ミス・レッチワース本人が、評議会が終わるまで身を隠すことを拒否しているのだから、実際、どうしようもないのだ。議題は、どうやってその誘拐劇を阻止するか、ということに移っていた。

「そのゴーディー・クラブとやらは」副学長は言った。「参加するのは学部学生だけなのだろうか?」ブランチフィールド大に赴任して一年がたつのに、彼はまだここの慣例に明るくなかった。

「研究生たちもです」学生課長が説明した。「それから、討論会に教員を数名、招待するのが恒例ですね」

「討論会?　私は水曜日のその集まりはパ、ー、テ、ィ、ー、だと理解していたが」

ノット教授が言った。「それはそのとおりですが、討論会もあるんですよ。古典学科の教員が何人か招待されています」

「出席するつもりなのかね?」

人文学部長は肩をすくめた。「さあ。デントン君はもちろん行くでしょうが。ミス・レッチワースの同、伴、で」そして、副学長が口を開く前に先回りして言った。「私はたしかに副学長のお言葉をデントン君に伝えましたよ。でも、馬耳東風で」

センピル副学長は言った。「デントン君は実に思慮の浅い若者だからな……とはいえ、きみ、招待を受けるようにすすめてくれたまえ。古典学専攻の諸君に」

「かしこまりました」彼の眼がきらめいた。「それで、皆への指示はどうしましょう？　取り押さえさせますか？」

「まさか。ただ観察し、報告してくれればいい。何かが起きた時のために、守衛や警備員を配備しておく。問題が我々の手に負えなくなれば警察を呼ぶように指示しておこう」

学生課長が言った。「先に警察を手配しておいた方がいいと思いますが。問題を予防するために。学内の雰囲気がたかぶっています。何が起きてもおかしくありません」

その意見が拾われることはなかった。誰も警察の介入をのぞんでいない——とりわけ副学長は。レイボーンは嘆息した。学内の規律を守るための、ほんのわずかな暴力沙汰さえごめんだと思っているのだろう……

＊

学生課長は四時十五分にオフィスに戻った。秘書のセシリー・ファレルがわざとらしく匂いを嗅いで言った。「いまマッチを擦ったら、わたしたちふたりとも燃えちゃいますね」

レイボーンはにやりとした。「酒は文明的なビジネスの道具さ、知らないのかい……私の口述した手紙は？」

「全部清書して、サインもして処理しました。バーミンガム大に送る手紙だけ残しておきましたから——お願いします」

セシリーはレイボーンのあとに続いて彼の部屋にはいっていった。手紙は三ページあった。

レイボーンは読みもせずに署名した。彼の秘書の仕事なら問題ないはずだ。

「ありゃあ何をやってんの？」レイボーンが訊いた。窓の向こうに、白のオーバーオールを着た男がふたり、大学のチャペルの東壁に沿って組まれた足場の上にいる。

「消そうとしているんです、ええと——落書きを。うまく消せないみたいですけど」

「落書きって何……ああ、なるほど」彼は壁にでかでかと書かれた白い文字を読み取った。

〝いますぐメイソンを復学させろ、偽善者ども〟

「お昼休みの間にやられたんでしょうね」セシリーが言った。チャペルのこちら側の壁は守衛小屋からしか見えない。そして守衛小屋は一時から二時まで閉まっている。

「悪い奴がいるもんだなあ」レイボーンが言った。

セシリーがうなずいた。「ブランチフィールド大はどんどん悪くなってきますね」

彼は微笑みかけた。「いい奴もまだいるさ」

レイボーンはよく、自分があと十歳若ければ——もしくは、十歳老けていれば——セシリー・ファレル相手に思いきったことができたかもしれない、と夢想したものだ。が、現実には、おもしろみのない日々の暗さを明るくするような、ごく軽い、色っぽいおふざけのやりとりをするのが関の山だった。

セシリーは春に結婚のために退職することになっている。それを思うたびに、レイボーンの気持ちは沈んだ。だから、つとめて考えないことにしていた。

セシリーが言った。「リース＝ジョーンズ先生があなたに面会したいと何度かいらっしゃいましたよ」

「追い返してくれた？」

「上階（うえ）の奥様のところでお待ちですけど」

「おいおい、嘘だろ！」彼は未決の書類入れをげっそりした顔で見た。「わかった、おりてくるように伝えてよ」そしていつもどおり、階段をのぼっていく彼女の尻のうねりを、じっくりと堪能した。

*

「お邪魔じゃなかったかな？」リース＝ジョーンズは白い歯を見せながら言った。

最初から答えなど求めていない質問だった。彼はレイボーンが返事をするのも待たずに、さっさと腰をおろした。

「それで、会議はどうだった？」リース＝ジョーンズは何でもずけずけと物を言えることに誇りを持っているのだ。

こういう人間は大学に必要だ、とレイボーンは思っていた。社会的地位が低い者の代弁者、教職員や理事や評議委員の中の一匹狼、現実だろうが妄想だろうがあらゆる不当な行いに対して、常に戦いをいどみ続けている。人呼んで〝職場代表〟（雇用者との交渉に当たる労働組合の指導者）とは彼のことであった。

学生課長は、懲戒委員会の決定事項を教えた。秘密にする意味はなかった。彼が探り出す方法はいくらでもあったからだ。

リース＝ジョーンズは言った。「そんなことをしたって全然だめだ。きみ、わからないのか、このままだと衝突は避けられないぞ？　我々は破滅まっしぐらだ」

「私に言われても――ただの議事録をつける係でしかありませんからね」

リース＝ジョーンズは口の中で何やらつぶやいた。「ポンティウス・ピラト（キリスト処刑の最終決定をしたローマの総督。自分はキリストの死に責任がないと言った）」と言ったように聞こえた。

レイボーンはそっけなく言った。「じゃあ、先生ならどうするんです？」

「私ならはじめから水曜のパーティーは中止にさせるよ。そしてもう、いまから木曜の評議会が終わるまで、その女子学生を警察の監視下に置くね。本人が望む望まないにかかわらず」

彼の考えはレイボーンのそれとそう変わらなかった。

「私にはそんなことをする権限はないんですよ」学生課長は言った。

「そうだね、きみはただの議事録をつける係でしかないからな」リース＝ジョーンズは軽蔑するように言って、歩き去った。

セシリーがドアの向こうから頭を突き出した。「今夜はまだほかにご用はありますか？」

「うん。むかつくから胃洗浄を頼む」

秘書は声をたてて笑った。「まあ、毛嫌いしちゃって。彼がウェールズ人だから気に入らないんでしょ」

「うちの母親はカーディフの出だよ」

「じゃあ、彼のボディラインに嫉妬してるのね」

むしろ、その方が近いかもしれない。あの男は運動が大嫌いで、身体を鍛えることなどしたためしがないのに、ひとつまみの贅肉もついていないのだ。レイボーンは思わず、自分のたるんだウエストラインを見おろした。

5

十月最後の水曜日、カズウェル・パークにブランチフィールド大の一軍チーム(ファースト・フィフティーン)対マンチェスター大の試合を見に来た観客は、ほんのひと握りだった。これに対抗する催し物として、偽りの葬列が町じゅうの大通りを練り歩いたせいである。

ふたりのスコットランド人がバグパイプで挽歌(ばんか)を演奏しながら先導し、あとに続くモーニングとブラックタイ姿の四人の男は、黒布をかけた棺台をかついでいた。棺台には遺灰を入れる壺がのっており、壺に立てかけられたボール紙のプラカードには〝理事たちに殺されし正義の遺灰　ここに眠る　一九六八年十月〟とあった。うしろから二列になって付き従う学生たちの二百メートルもの行列は、しずしずと無言で進んでいく。

葬列はカースルヒルをぐるりと回って本通りを横切り、西回りの車をせき止めた。警察はそっとあとをつけていたが、介入する気はないらしい。

バスターミナルまで来ると、葬列は右手に折れて川方面に歩いていき、メルボルン通りから再び大学構内にはいった。

ブライアン・アーマーは自分の準備室で長文読解の採点をしていたが、どこからともなく聞こえてきたバグパイプの陰気な音が、意識にはいりこんできた。その音はどんどん大きくなって、いっそう激しく、甲高く響いた。やがて、四方を壁に囲まれた中庭に続くアーチにはいったのか、くぐもって聞こえた。その一瞬後、部屋の窓の真下で、天にも届けとばかりに音はさらに限界を超えて響き渡った。

たまりかねて立ちあがり、窓を閉めようとした。が、外の光景に手が止まった。

にわかづくりの演壇が真下の芝生に、人文学部棟の壁を背にして、いつの間にかできている。スコットランド高地の民族衣装に上から下まで身を包んだふたりのバグパイプ奏者が単調な挽歌を続ける間、かつぎ手たちは壺をうやうやしく、急ごしらえの架台の上にのせた。それがすむと数歩下がってバグパイプ奏者の隣に並んで立ち、頭を垂れた。

しばらくすると会葬者たちが無言で中庭にはいってきて、十列ほどの巨大な半円を作り、それぞれが位置に落ち着くと、音楽が止んだ。最前列からひげの男が離れて、演壇に向かって歩きだした。

「ミスター・ハローズ、どうぞ、弔辞を」彼は言った。

ブライアンの耳元で、声がした。「特等席だね」眉を寄せて振り向くと、「ちゃんとノックはしたよ、せんせ」マイケル・デントンがいた。

演壇には新たな人物が立っていた。長身で、猫背ぎみで、長い金髪がうなじにかかっている。

「友よ」彼はカナダなまりで語り始めた。「私が来たのはシーザーを葬るためであって、讃えるためではない……（シェイクスピア作『ジュリアス・シーザー』のアントニーの演説。シーザーを暗殺したブルータスは公明正大である、という内容だが、実は暗にブルータスをなじっている）」

ブライアンは窓を閉めた。「どうやってはいってきた？　それより、あのハローズってのは誰だ？」

「医学部の学生だよ。ロビンソンの副官さ。バーバラの話じゃ、リーダーのロビンソンより狂信的らしい」彼はもう一度、窓の外を見つめた。「感動的なパフォーマンスじゃないか」

「そう思うか？」

「そりゃ、学生委員会から禁止されたことを思えば……二千人も集まったなんてすごいぜ」

「およそ九百人だ」ブライアンはざっと計算して言った。

デントンは笑いだした。「どうしても正確じゃないと気がすまないんだな、きみは。姉さんが言ってたとおりだ――」それ以上、続けようとしなかった。

「ローナさんが何だって？」ブライアンはなぜ自分はむかっ腹を立てているのだろうと思った。

「別に……九百人だとしても、けっこうでかいデモだね」

「安っぽい企画だ。一週間もすれば、興奮も全部おさまる」

「きみのように確信が持てればなあ……一本もらえるかい？」

ブライアンはたばこの箱を渡した。デントンはたばこに火をつけると、窓辺に戻った。外ではまだ弔辞が続いていたが、もう何を言っているのか聞き取れない。

外を見つめながらデントンは言った。「とにかく早く今夜が過ぎてくれないかな。ひと波乱起きる気がしてならない」

「レッチワース君を巻きこんで？」

「バーバラは軽く考えすぎだよ。誘拐され、た、がってるんだ」

「かまわないじゃないか。連中はレッチワース君をたっぷり愉しませて、誘拐ごっこが終われば、お父さんのもとに安全に届けてくれるだろう」

「そう思うかい？」デントンは自信なさそうだった。「ブライアン、今夜のパーティーに来る？」

「行くことになった。上からの命令だ」ブライアンは憤慨していたので、どたん場でやめてやろうかとさえ思っていた。

「あの子を見張っていてくれないか？」

「レッチワース君を護るナイトは、きみだと思っていたが」

「バーバラはおれを撒こうとするに決まってる。あの子は刺激のためなら何だってするんだ」

「マイケル、彼女が誘拐されて何か不都合があるか？　学生の悪ふざけだろう――どこに騒ぐ必要がある？」そして、まだ採点しなければならない長文読解の課題の山を、いらいらしながら見やった。

デントンは半分しか吸っていないたばこをもみ消した。「先週の金曜にバーバラが頭に一発食らったのは？　あれも悪ふざけだと？　あの学生ふたりが通りかかってくれなければ……」

ブライアンは不思議だった。デントンは姉と顔がそっくりなのに、どうしてこんなに性格が違うのだろう。ローナには、弟のどうしようもない欠点の、弱さやわがままさがまったくない。

「わかった、マイケル」ブライアンは言った。「できるだけのことはする。どっちにしろ、パーティーに出ろという教授の言葉を正しく理解するなら、たぶんそれが私への指示だ」そして言い添えた。「しかし、きみも自分の身が大切なら、今後はバーバラ・レッチワースと会うのを控えた方がいい。その件も頼まれ――」

「わかってる。姉さんにも言われた……だけど、上に口を出す権利はないよ、ブライアン、そんな規則はないんだから」

ブライアンは肩をすくめた。「好きにするといい」これで義務は果たした。

「まあ、でも、ありがとう、せんせ」デントンは言った。「これでも感謝してるんだ、本当だよ」もうひとつ、ローナと違う点があった。彼は話をする時、目を合わせようとしなかった。

＊

八時になる直前に、ブライアン・アーマーは図書館のうしろにある駐車スペースの最後のひとつに車を停めた。アスファルトをおおう霜が月光を受けてきらめいている。

図書館と学生会館の間の細道に詰めかけた学生たちは、叫び、口笛を吹き鳴らし、野次っていた。ブライアンが近づいていくと、いちばんうしろの列で騒ぎが起きた。ひとりの学生が口元をおさえて飛びのくのが見えた。口から顎に、ひと条の血がつたっている。ブライアンはその大男が、学生委員長のロナルド・イェーツだと気づいた。

誰かがわめいた。「センピルを倒せ！」それがすべての列で繰り返されていく。

ブライアンは学生たちをかき分けて、細道にはいろうとはしなかった。かわりに学生会館の外側をぐるっと回ると、東の壁と体育館の間の抜け道を進んでいった。

回り道してたどりついた学生会館の入り口付近では、学生たちが押し合いへし合いしていた。緑の制服を着た警備員たちがふたりほどいたが、学生たちを解散させることができずにいる。

階段の上では、学生連合のがっしりした身体のふたりが身分証を確認し、ゴーディー・クラブの会員と招待客だけを通していた。ブライアンが近づいていくと、ひとりの学生がもめている。

「おれだって学生連合に所属してんだ、おまえらにおれを閉め出す権利あんのかよ」そうだそうだ、という声がうしろからあがる。

「執行部の決定でね」用心棒はにべもなく言った。

学生はとても文字にできない言葉で学生連合執行部を評した。そして振り返った。「覚悟はいいよな、おまえら？」

学生たちはためらった。その時、はっとする出来事が起きた。車路をゆっくりと進んでくる真っ赤な車を出迎える歓声があがったのだ。ブライアンが見晴らしのよい階段の上から眺めると、それはバーバラ・レッチワースのアストンマーティンだった。運転席にはデントンが、そしてバーバラ本人は助手席に乗っている。

車は階段の下で停まり、バーバラがひらりと飛び降りると、雷鳴のような喝采が起きた。彼女はすぐに車の屋根の上にかつぎあげられ、そしてそこに立って手を振りながら、投げキッスをした。

こうなると、下品な歌が始まるのはお決まりだった。

〝どうしてきみはそんなにきれいに生まれてきたんだい？

どうしてきみは生まれてきちまったんだい？……〟

バーバラはグレーと黒の短いフェイクファーのコートに、白いロングブーツを合わせていたが、むっちりした脚にはあまり似合っていなかった。顔がやけに紅潮している。酒かクスリでハイになっているように、ブライアンには見えた。

やがて彼女は、大勢の手に助けられて屋根をおりた。が、その中にデントンの手はなかった。デントンはむっとした顔で運転席側のドアの近くに立っていた。

「マイク、車を置いてきて」バーバラが声をかけた。「ここに置いといたら危ないから」彼女は皆に押されるように、学生会館の入り口に続く階段をのぼっていった。クラブの会員証を念入りに確認されてから、そのまま中に姿を消した。

ブライアンも学生会館の中にはいると、集会が開かれる講堂に向かった。アン・スーエルはゴーディー・クラブの書記として、会長のひげのアーサー・ロビンソンと共に入り口でゲストを迎えていた。

アンが言った。「アーマー先生、来てくださって嬉しいです」感情のこもっていない声だった。

フロアのステージから遠い側の半分の椅子は片づけられ、五十人以上の人々が三々五々集まって、飲み物を片手に歓談している。

バーバラ・レッチワースは、羽目板張りの壁にゆったりともたれている背の高い金髪の男と話していた。学生だとすれば、ほかの者たちより歳を食っている。痩せぎすの顔の左頬に、うっすらと長い傷があった。その顔がこちらを向いた時、例の葬式ごっこで弔辞を読んでいたハローズという男だと気づいた。

アン・スーエルが「カクテルとかそんなの」と約束したおもてなしは、酸っぱいユーゴスラヴィアのワインと、どこのものともわからないチーズだった。

ブライアンは退屈し、特に話をしたいと思う相手も見つからなかったので、ヒュー・リース＝ジョーンズと、ラテン語の小柄な講師トニー・グリーンのそばに行った。

「やあ！　ブライアン」リース＝ジョーンズが挨拶してきた。「今夜、私たちのどっちが正しいか、きみにもわかると思うよ」

「何のことだ？」

リース＝ジョーンズはあたりを見回し、声をひそめた。「ちょうど、トニーに言っていたんだ。ひと騒動起きるぞって……あれを聞いてみろよ！」

外ではやけにリズミカルなコールが響いていた。言葉は聞き取れなかったが、だんだんボリュームが上がってくるのはわかる。

「何をしてるんだろう？」グリーンが訊いた。

「煽(あお)ってるんだ。期待してるお楽しみイベントが起きなければ、自分たちで起こすだろうな。

そういうムードになってしまっている」

ブライアンはマイケル・デントンがはいってくるのを見つけた。彼は眼をさまよわせたかと思うと、速足でフロアを突っ切り、バーバラ・レッチワースとハローズに近づいていった。ハローズがちらりとそちらを見てバーバラに何か言い、彼女はけらけらと笑った。

ディベートは、アーサー・ロビンソンが豊かなバリトンでよどみなく、短い歓迎の挨拶を述べたあとに始まった。メインの討論者——講師のグリーンと三人の学生——が登壇した。ほかの者たちはフロアの前方に並んでいる椅子に移動した。

テーマは〝死語は葬られるべきである〟——エドワード朝の衣装を着たエレガントな青年によって進行された。クラブのルールで、討論者はそれぞれ、最初に十分ずつ与えられていた。長すぎる。

何もかもが予想どおりの展開だ、とブライアンは思った。古くさい金言、おもしろみのない冗談、すり切れるほど聞き飽きた主張。しかも、外部の討論者がはいってくるわけでもない、ごく内輪での論争だ。

ブライアンと同じ列にはアン・スーエルが、ひょろりとした赤毛の青年と手をつないで坐っている。それがローレンス青年であると気づいて、舌打ちしたい気分になった。あれほど才能のある青年なら、もっと分別があってしかるべきだ。あの娘は軽薄すぎる。エレインと同じタイプだ……

ハローズとバーバラ・レッチワースは最後列にいた。このふたりも密着しすぎだ。ブライアンはデントンの姿を探したが、どこにも見えなかった。

トニー・グリーンは、ディベートの行く先を静かに、それでいて実に手際よく、舵取りしていた。とても静かに。ふと、ブライアンは外の大騒ぎが、驚くほど唐突に静まり返っていることに気づいて、愕然とした。あたりを見回してみた。バーバラとその連れが横の小さなドアから消えようとしているのが見えた。

瞬間、明かりが消えた。同時に、この建物のどこかから騒音が聞こえてきた。ドアが叩きつけられる音、叫び声、走っていく足音。

講堂では壇上から呼びかけるロビンソンの声が響いていた。「席を立たないでください。ブレーカーが落ちただけで……」

しかし、ブライアンはすでに、並んだ膝小僧を押しのけ、椅子の列の外に出ると、羽目板の壁を手で探りながら、バーバラたちが消えた小さなドアに向かった。

そうこうする間に、侵入者の一団が中央通路から講堂に突撃してきた。スイングドアが大きく開かれたと思うと、一拍おいて、ぽん、ぽん、と何かがはじける音が二度した。刺激的な煙が充満し、皆、咳やくしゃみが止まらなくなった。どこかで窓の割れる音がした。

ブライアンは目的の小さなガラスのドアにたどりついたが、すでに先客がいて、ウェールズ語でぼそぼそと毒づいていた。

「ヒュー、私だ」ブライアンは声をかけた。「あのふたりはここから出ていった」

「知ってる。そして、このドアに向こうから鍵をかけていったよ」リース＝ジョーンズは呟きこみだした。

　ブライアンは肘でガラスを割って穴を開け、腕を突っこんだ。鍵は鍵穴に刺さったままだ。彼はそれを回して、ドアを開けた。リース＝ジョーンズもあとに続いて来た。背後の講堂から、吐いたり咳きこんだりする阿鼻叫喚が聞こえてくる。

「くそ！」リース＝ジョーンズの声はしゃがれていた。「だから忠告したのに……」

　ふたりは狭い通路を抜けて鉄の螺旋階段の下に出た。頭上の開いた天窓から星空が見える。流れこんでくる夜気は冷たく、新鮮で、生き返る心地だった。

「この階段は？」ブライアンはリース＝ジョーンズのあとから階段をのぼっていきながら言った。

「ステージの上の照明を調整しに行く階段だ——屋根の上にも出られる」

　階段のてっぺんのドアは鍵がかかっていた。ふたりは短いはしごをのぼって、開いた天窓から平たい屋根の上に出たが、そのとたんに、何かにけつまずくところだった。見れば、誰かが両腕を胴体にくくりつけられ、さるぐつわをかまされて、身もだえしている。ブライアンがポケットナイフでさるぐつわを切ると、カナダなまりの罰当たりな言葉の奔流があふれ出してきた。ハローズだ。ブライアンは彼を縛りあげている紐を切り始めた。

　屋根の端からリース＝ジョーンズが大声で言った。「下で激突が起きてるぞ」

　ブライアンは最後の紐を切ると、屋上の手すりに近寄り、下をのぞきこんだ。壁づたいに、ジグザグの非常階段が地上までのびている。真下には小さな車が停まっており、騒ぎはその車の中と外で起きているのだ。

月下の戦いはクライマックスに達していた。車の外に半分はみ出している娘の身体を、車中と車外の陣営が引っぱりあっている。後者の方が重量でまさり、娘は車から引きずり出された。すぐにエンジンがかかり、車は後部ドアが開いたまま、前に飛び出した。ひとりの青年がドアに飛びつき、しがみついて、車に乗りこもうとした。しかし、学生会館の角を車が勢いよく曲がると、青年は振り落とされ、建物の壁にぶつかって動かなくなった。

リース＝ジョーンズは振り向いた。「何があったんだ？」ハローズに声をかけた。

「バーバラもおれも飽きたから、屋上に来たんですよ、気分転換に。屋根に一歩上がったとたんに、野郎四人に胸を押さえつけられて」

「レッチワース君は？」

「非常階段から下へ連れていかれました。けど、待ち伏せされて、つかまったんでしょう」

ブライアンは言った。「きみたちの屋上の逢引きはもとから予定していたのか？」

「いや、その場の思いつきです。あのしょうもないディベートを聞いていられな――」ハローズはそこで言葉を切った。「ああ、そういうことか！　どうしておれたちがここに来るのを、あいつらが知ってたかって」彼は苦笑した。「バーバラに聞いてください――あの子が、ここに来たいって言ったんです」

つまり、あの娘は計画に一枚かんでいて、誘拐されたがっていたということだ。マイケル・デントンが言ったとおりだった……

「おりよう」リース＝ジョーンズが言った。

＊

秩序はみるみるうちに取り戻されていった。学生会館内の照明がつき、発煙筒の煙もおさまり、学生たちのほとんどは冷静に避難していた。

ブライアンはリース＝ジョーンズとハローズと連れだって、逃げた車から振り落とされた青年の上にかがみこんでいる保健医のカーニー医師に近づいていった。二メートルほど離れて、バーバラ・レッチワースがおそらく無傷で、マイケル・デントンと一緒に立っている。彼女はちらりとハローズを見上げたが、すぐにうつむき、ひとことも喋ろうとしなかった。

カーニー医師が身を起こした。「足首が折れているね、たぶん」彼は言った。「それと脳震盪（のうしんとう）を起こしている。病院に搬送しないと」暗がりから、わらわらとわいて出た警備員たちのひとりが、救急車を呼びに行かされた。

リース＝ジョーンズはブライアンに言った。「こんな猿芝居を見たことがあるか？」

「は？」

「この壮大な茶番さ。本物の事件だと信じてるんなら、サンタクロースだって信じられるだろうな」リース＝ジョーンズは怒っているような口ぶりだった。たぶん彼の予言が、大げさな杞憂だったと証明されてしまったからだろう。

保健医の車のライトが、灰色の正面の壁をつたう鉄の階段を照らしている。学生会館の平たい屋根から地上に続く非常階段だ。いまになってブライアンは、なぜこのルートが誘拐劇のために選ばれたのか理解した。この建物の北面にはドアも窓もなく、唯一、警備員たちが見張っていない死角になっていた。運がよければ、あっという間にさらって逃げることができただろう。

学生課長の声がした。「やあ、アーマー先生、ハローズを発見したのは先生ですかね?」レイボーンがいることにブライアンはいまのいままで気づかなかった。

「ああ」彼はいきさつを説明した。

救急車が到着した。ぐったりしていた人影は、身じろぎし始めていたが、ストレッチャーに乗せられた。

「あれは?」ブライアンが学生課長に訊ねた。

「イェーツですよ」

「学生委員会の委員長?」

「そうそう……役立たずだと思ってたけど、案外、骨のある奴だとわかりましたねえ。ほとんどの人間がびっくりしてるだろうけど」

救急車のドアが閉められ、走り去った。

「このあとは?」ブライアンは言った。

「今夜はもうどうしようもないですよ。目撃者の名前や連絡先もろもろは控えたし。あの車が誰のかわかってるし」

「あなたはずいぶん早く現場に着いたんだな」

「ああ、今夜はずっとこのあたりをうろうろしてたんですよ。きっと何か起きると思って。そしたら、やっぱり起きちまった。はああ、こりゃもう大変な責任問題だ」彼はしょんぼりしていた。

大げさだな。まあ、職員の立場なら無理もないか。「ただの茶番だろう」ブライアンはなぐさめた。「たしかにけが人は出たが、連中もあんなおおごとになるとは思っていなかったんじゃないか」

学生課長はブライアンに言い返した。「なら、副学長にそう言ってくれませんかね。真っ暗な部屋に七十人が閉じこめられてるところに発煙筒をぶちこんだ、かわいい茶番だったって。ひとつ間違えたら大変なことに……え、なんですか?」マイケル・デントンがいつの間にかそばに来ていた。

「おれとバーバラはもう失礼してもいいかい?」

レイボーンは肩をすくめた。「ご勝手に」

*

ブライアンが十時四十五分に帰宅すると、門の外にはアストンマーティンが、デントンのミニのうしろに停められていた。

一時間後、寝室のカーテンを引いていると、下のフラットのドアが閉まる音がした。ブライアンは窓辺で待った。ほどなくしてバーバラが、あいかわらずあのみっともないフェイクファーのコート姿で現れ、真っ赤な車に乗りこんで、走り去った。彼はその車が橋を渡ってクロフォード通りの彼方に消えていくのを見守っていた。

それからずいぶんたって、ブライアンが眠りに落ちるころ、外の通りで別の車のエンジンがかかり、走り去る音が聞こえてきた。

6

バーバラ・レッチワースには、みずからの将来がぞっとするほど鮮明に見えていた。いつの日か、きっと自分は命を絶つ。たぶんそう遠くない日、間違いなく二十五歳になる前に。すでに二度、自殺しかけたことがある。錠剤とコップに入れた水を並べ、父宛に哀れだが勇敢でもある内容の短い手紙を書いた。が、最後の最後で、踏みとどまった。けれど、いつか必ず、踏みとどまれない日は来る。

友達は（……友達？）――知り合いはみんなショックを受けるに違いない。「あのバーバラが？」きっとそう言うだろう。「でも、まさかあの子が……いつだって、あんなに人生を愉しんでいたのに……」

バーバラは自分が不幸でなかった時を思い出せなかった――両親が離婚する前の、子供時代にまでさかのぼっても、そんな記憶はない。父母は顔を合わせれば口論し、どちらもバーバラを、相手に対する攻撃の材料にした。バーバラが十歳になると、離婚訴訟の法廷で双方が正当性を主張する際に、家庭の数々の汚点をおおやけの場でさらされるという屈辱が長々と続いた。親はふたりとも、戦利品として以外に子供を欲しくないくせに、親権を争って口汚く罵りあった。そして父親が勝った。財産がからむと、だいたい父親が勝つことになっている。

バーバラは寄宿学校で孤独な年月を耐えた。当時の彼女は肥っていて、不器量で、人間関係を築くのが苦手だった。頭は良かったが、引っこみ思案で、くよくよと気に病むたちだったのである。休暇の時期は、別の形の孤独が待っていた。リヴァプールの辛気くさい大邸宅に閉じこもるのだ。ここでの話し相手は、毒舌の家政婦ひとりだけで（ごくたまに）父親と口をきくこともあった。

バーバラの変化は学校最後の年に起きた。その萌芽(ほうが)は外見から現れた。まったく突然に、本人が何をしたわけでもないのに、子供のころ特有のむくむく肥った身体がすっきり痩せたうえに、面立ちもまた、美人とは言えないものの、十人並みになったのだ。そのおかげで生まれた自信は、バーバラがそれまで過小評価してきた〝長所〟によって補強されることとなった。すなわち、金である。

バーバラの父親、レッチワース卿はただの金持ちではなかった。驚き呆れるほどにすさまじい超大金持ちであった。バーバラが、仔馬が欲しい、ダイヤモンドのブレスレットが欲しい、車が欲しい、と言えば、何でも手にはいった。やがてバーバラは、念入りに選んだプレゼントによって、人気を買い始めたのである。それはたいていの場合、成功した。

こうして、この世には〝人づきあいを習得する努力〟の代替品が存在すると、バーバラは知ってしまったわけだ。そんな彼女の学内におけるステータスは、近所の男子校の生徒のひとりとあやうい友人関係を結ぶという冒険に踏みだしたとたん、いっそう高まった。ベッドの中でのあれこれを、バーバラは最初のうちこそ誇張して言いふらしたものだが、すぐに真実が虚言(きょげん)

に追いついた。

大学にはいってからも、その図式は続いた。少数の過激な連中の間では、都合のいい財布だとか、誰とでもすぐ寝る便利な女だとか、そんな評判が立った。フェニックス・クラブが企画したアドリブ芸術（ハプニング）で服を脱ぎ、すっぱだかで観客ともつれあっていたのが、バーバラだった。LSD研究会の（その存在が理事の耳にはいってすぐに、この麻薬研究団体は廃止されたが）初代にして唯一の代表になったのも、当然のことながらバーバラだった。

バーバラは、自分がそんな無軌道な行為を愉しんでいると思いこもうとした。ある程度まではたしかに愉しんでいた。けれども、それは熱病に浮かされているような愉しさで、魔法から覚めると、激しさに比例するように、強烈な自己嫌悪という反動が待っていた。しかも、魔法の効果はだんだん弱くなってきた。前と同じくらいの興奮を味わうためには、いっそう強烈な刺激が必要だった。

ひとりでいる時だけ、バーバラは心の暗黒を御することができた。こんな本当の自分を誰にも悟られるわけにはいかない。誰も気づいてはいないはずだ。たぶん、マイケル・デントン以外は……

マイケルはほかの者たちとは違っていた。年上だが、ずっと感受性が強く、精神的に誰よりもバーバラと似ている。彼もまた、絶望に苦しむことがあるのだろう。自堕落な生活で、才能を無駄にしていることに気づいて、ふと我に返る時に。前年度、彼の雇用契約はあやうくなった。今年度は間違いなく打ち切られるだろうと、彼は言った。「どうして打ち切られるの？」

その時、ふたりはベッドの中にいた。「原因なら、きみさ。きみとこうしているからだよ」「クビになってもいいの？」「かまうもんか」

そう、やはり彼と彼女は精神的にそっくりだ。バーバラはほんの一時、自分が恋をしている、と思いこんだ。しかし、そもそも彼女は何ごとも長続きしないたちだった。ちょっとした目新しさは——大学の教員と肉体関係を持つという行為は——すでに特別感も、わくわくする力も失っていた。バーバラはマイケルにもう飽き始めていたのだ。

近ごろのマイケルは、やたらと独占欲が強く、嫉妬深い夫のように振る舞っていた。今夜は、バーバラがクライブ・ハローズといい感じになっていたことがおもしろくなかったらしい。それでいて、きみの身の安全を心配していた、としか言わない。肝心な時、クライブと自分が講堂から抜け出た時に、全然気づきもしなかったくせに。あとを追ってきたのは、アーマーとリース＝ジョーンズだけだ……

バーバラは腕時計を見た。十一時十分。あと三十分で帰らないと。

「ダーリン、何してるの？」

「コーヒーをいれてる」

しかし、トレイを持ってきた彼は、パジャマとガウンに着替えていた。

面倒なことになりそうだ。「マイク、今夜はゆっくりできない。頭痛いから」

彼はコーヒーを注いだ。「もうやめろよ、バーバラ」

「やめろって何を？」

「何か企んでるんだろう？　今夜のあれは全部やらせだったよな。きみは自分が誘拐されることを知ってたし、助けられることもわかってたはずだ」

なるほど、彼はそれほど馬鹿ではなかったらしい。「だから何？」

「自分の運を過信するんじゃない。きみは大勢を相手にしてるんだぞ」

「もう、なんで急にお説教？」

「ここの誰かがきみを嫌っている」

「わたしを嫌ってる人なんか、大勢いるし」

「そいつらが全員、きみを殺したがってるわけじゃないだろ」

バーバラは笑った。「マイクってば、大げさ！」

「きみだって、一度は考え直してたじゃないか。思ったんだろう、あの時……」

そう、あの時は本当に殺されると思った。容赦のない襲撃だった。もし、アン・スーエルとあの赤毛の男子が通りかからなかったら……

「ねえ、〝ボージー〟の正体はわかった？」バーバラは訊いた。

彼は妙なまなざしで見返してきた。「ああ、ボージーが誰なのかは知ってる……」

「ほんとに？　教えて」

「だめだ。教える意味はない……だけどバーバラ、信じてくれ。知ってるからこそ、おれはきみが危険だと思ってるんだ」

「わけわかんないこと言わないでよ。誰なの？」

しかし、彼は教えることを拒んだ。ある意味、バーバラは喜んでいた。ボージーの正体になんとなく見当をつけていたものの、確定しない方がスリリングだ。

「ねえ、知ってる、マイク？　あなた、いい勘してる。わたし、今夜、別の人とデートすることになってんの。いますぐ行きたくなった、あなたのせいでね」

彼が言うような危険はないと賭けてもいい。オッズはたいしたことないが。彼女は背筋をぞくぞくする快感がかけのぼってくるのを感じた。

「刺激のためなら何でもするって？」マイケルは言った。

「そ。刺激のためなら何でも」彼女は立ちあがった。

マイケルが言った。「バーバラ、死ぬまで自分を騙し続けることはできないぞ」

これだから頭のいい男は面倒だ。「あなたがそれ言う？」彼女はぴしゃりと言った。「自分の人生を自分で台無しにしてる、どうしようもない人が！」

マイケルはうなずいた。「うん、そのとおりだよ。バーバラ、きみ、結婚を考えたことは？」

「結婚！　何言ってんの！」そろそろ十一時四十五分――もう出なくちゃ。

「いままで、きみに結婚を申しこんだ奴は？」

「いろんなことをいろんな人から要求されたけど。結婚はないな」

「何ごとにも一度目はあるよ……」

マイケルが本気で言っているのがわかった。いやだ、この人、わたしを好きになっちゃったんだ、ほんとにどうしようもないやつ。一瞬、ほだされそうになったが、すぐに思いとどまった。同情の気持ちを、生まれた瞬間にくびり殺すことは、ずいぶん前に学んでいた。「今日いちばんのおもしろ話だった」バーバラは言った。「いい歳して馬鹿なこと言わないの、マイク！……じゃね」

彼は答えなかった。庭の小径（こみち）を歩いていきながら、バーバラはまだ、彼の顔に浮かんだ表情を解析しようとしていた。

結婚！　あの人がそんな、べたべたすることを言いだすなんて。そもそもバーバラは、自分が結婚にむいていないとずっと前から自覚していた。小学校を卒業する前に、すでにこんな詩を書いていたのだ。〝死がわたしの花婿　墓石がわたしの持参金〟。この文句はいまだに彼女の結婚観をそのまま表している……

遅刻しそうだ。しかし、彼女は慌てなかった。「自然に見えるように振る舞うんだ」クライブにそう言われている。

道路の霜が解けかけていたが、ところどころまだ凍っていて、アストンマーティンを動かすと、ハンドルがとられる感覚があった。左折して鉄橋を横切り、もう一度左折してクロフォード通りにはいって、アランデール寮に向かうふりをした。マイケルが見張っていた時の用心だ。町に半分ほどはいったところで右折し、大回りをしてノースエンド住宅地に向かった。

十一時五十四分に、指示されたとおり、三日月形（クレセント）のビーティ通りで牛乳屋の外に停めた。アーサー・ロビンソンの下宿から二ブロックのところだ。

戸口から人影がひとつ現れて、車に向かってきた。バーバラは助手席側の窓を開けた。クライブ・ハローズだった。「遅刻」開口一番、そう言った。

「ロビーはどこ?」

「先に行った……どけよ――おれが運転する」彼はぐるっと回って、バーバラがまだ席を移りきらないのに、無理やり運転席にはいってきた。足がバーバラの足首に乱暴に当たったのに、謝りもしなかった。

再びバーバラは、ぞくっとする歓びに似た恐怖を覚えた。なんだかおかしい。どうしてアーサー・ロビンソンはいないの、打ち合わせどおりに? ううん、ハローズが言ったとおりに?

バーバラにとって、クライブ・ハローズは大学でもっともひきつけられる男性だった。このカナダ人の医学部一年生は十九歳と言っているが、もっと年長に見える。背が高く、引き締まった身体は力強い。左の頬を横切る傷痕も、かえって彼の魅力を増している。

入学してすぐネーピア寮にはいったが、ほんの二週間で出てしまった。「うるさすぎる」というのが彼の言い分だった。寮長は、ハローズに対して特に苦情はなかったものの、共産主義者であることを公言していたので、寮生への悪影響がないとは言いきれないことを考え、むしろ喜んで見送った。ハローズはいま、本通りの下宿にはいっている。

彼は同学年にひとりも友人がいなかった。しかし、共産主義仲間のリーダーであるアーサー・ロビンソンには、一目置かれているようだった。入学してひと月足らずで、ハローズはもうロビンソンの地位を横取りしつつある、と目されていた。

学部は違ったが、バーバラは生物学の講義でちょくちょく彼を見かけた。彼の方は、バーバラを見下しているように、なんなら頭の中で彼女を脱がせて、その結果にぴくりとも興味を覚えなかったかのように、横目で一瞥するだけだった。それがかえってバーバラの負けん気に火をつけた。

ハローズの方からいっこうにアプローチしてこないので、彼女は自分から先に動いた。しかし、道は険しかった。彼は無礼なほどに無口でぶっきらぼうだった。バーバラの感触では、彼が無関心なのはポーズだけに違いないのだが。

そんなバーバラの確信は、ハローズとロビンソンが狂言誘拐の計画に彼女を誘ってきたことで、いっそう揺るぎないものとなった。狂言のシナリオは、最初にゴーディー・クラブを舞台としたフェイントをかける。その後、騒ぎが落ち着いたころに、本物の〝誘拐〟が行われるというものだ。バーバラはロビンソンとハローズが用意した秘密の隠れ家にひと晩——必要ならそれ以上——泊まる段取りになっている。そして、その意味を彼女はわかっていた。たしかに第一の目的は、大学評議会にロイ・メイソンの復学を認めさせるように圧力をかけることだ。しかし、アーサー・ロビンソンとひとつ屋根の下で一夜を明かす——バーバラの経験上——何も起きないわけはなかった。まして、ハローズも一緒ということは……

彼は車を巧みに操った。北の郊外の迷宮のような通りをうねるように抜けて、あっという間に開けた田舎の風景にはいりこむと、曲がりくねった狭い道を、何度も分かれ道を選びながら進んでいく。バーバラは自分がどこにいるのか、わからなくなった。

「どこに行くの?」彼女は訊ねた。

「そのうちわかる」

バーバラはため息をついて、ハローズにすり寄ると、ためらいがちに彼のふとももに手をのせた。

道路から眼をそらすことなく、彼はバーバラを乱暴に押しのけた。「ここではよせ」それは未来の約束に聞こえた。

バーバラは距離メーターをずっと観察していた。ここまで、二十四キロ。不自然に遠くまで来た気がする。もうしばらく、明かりも民家も見ていない。

やがてハローズはスピードを落とし、大きく左に曲がって、でこぼこの小径にはいった。それから百メートルほど急な傾斜をのぼり、まったいらな草原に出た。

ハローズは車を停めると、ライトを消し、キーを抜いた。「着いた」彼は言った。

バーバラは、彼の眼をじっと見つめたまま、車を降りた。右の手の中に、爪切りばさみを隠しながら。

ここは、誰もいないキャンプ場の駐車場だった。月光がトイレや洗濯場の特徴的なコンクリートの建物の輪郭(りんかく)を、夜空にくっきり浮かびあがらせている。すぐそのあたりに何台も、冬の間はトレーラーが打ち捨てられているのが見えた。潮の香がして、遠く波の音が聞こえてくる。ということは、ここはミドルシー村を抜けてすぐのあたりで、離れたところでまたたくいくつもの光がその民家の明かりだ。裏通りを通ってきたに違いない。

「こいつがおれたちのだ」ハローズが、端から二台目のトレーラーを指さした。湿った草の上に足跡を残しながら、ふたりはそれに向かって歩いていった。

バーバラは内心、小躍りしていた。これこそ人生、これこそ冒険だ……死と隣り合わせのランデブー。

それはここにある中でもっとも大きいトレーラーハウスだったが、型は古そうだった。ハローズはエール錠に鍵を差しこんだ。

「ロビーがいないみたいだけど」バーバラは言った。

「道に迷ったんだろ」ハローズは馬鹿にした口調を隠そうともしなかった。

彼はドアを開けて、マッチを擦り、手で火を慎重におおった。バーバラがトレーラーの中にはいると、ハローズはドアを閉めた。彼は新しいマッチを擦り、折りたたみ式のテーブルにのっている石油ランプに火をつけた。

ふたりがいるのは、いちばん大きな部屋で、とても暖かかった。石油ストーブがついており、窓は板でふさがれている。

バーバラはフェイクファーのコートを脱ぎ、わざとブラウスの上のボタンをふたつはずした。右手にはまだ小さなはさみをしっかり握ったままだ。

「ここ、誰の?」彼女は訊いた。彼が返事をしないので、続けて言った。「あそこの壁のあれは、ばたんって開くの? ベッドになるやつ?」

「ああ」

「わたし疲れちゃった。ね、もう寝よ?」

「そのうちな」彼の視線はじっとブラウスに注がれている。バーバラは思った。うまく手札をさばきさえすれば……

緊張を見せてはだめだ。疑っていることがばれないようにしないと。「クライブ」彼女は呼びかけた。「これって、馬鹿な考えじゃない?」

「何が?」

「評議会をやっつけようとしてること。こんなことくらいで、あいつらがメイソンを学校に戻してくれるわけない――」

「ああ、馬鹿だな」彼は同意した。薄笑いを浮かべている。襟にファー付きの短いコートも、ぴっちりした革手袋も身につけたままだった。

「じゃあ、なんで――」

「おれはメイソンなんてどうでもいい。そいつの復学も」

「なら、何が目当て? わたし?」

彼はげらげら笑った。「いや。金だ」

ハローズはまだじっとブラウスを見ている。でも……

「どういう意味――お金って? 誰から」

「おまえの親父さんだ。この手紙を……」

彼は胸ポケットを探った。バーバラはチャンスとばかりに、眼を狙って飛びかかった。ハローズの反応は素早かった。さっとうしろに頭をそらしたので、かわした爪切りばさみは、彼の頬から口にかけてをざっくりと深く切った。

次の瞬間、手袋のこぶしがバーバラの顎に打ちこまれた。二発目で彼女は床にくずおれた。

バーバラは痛みに悲鳴をあげ、必死に後ずさった。彼は顔から血をしたたらせながら、ゆっくり近づいてくると、バーバラの腹を蹴った。彼女は気絶した。

意識を取り戻した時、バーバラは椅子に坐っており、足首は椅子の脚に縛りつけられ、両手は背中でくくられていた。顔は麻痺し、吐き気がする。

ハローズは彼女と向きあって立ったまま、ローストビーフを切り分ける大きな肉切りナイフで木片を削っていた。木くずが、まるでバターのようにするするとはがれ落ちる。左頬の傷からしみ出す血が、古い傷痕を横切るように流れている。

「ああ、気がついたか」彼は言った。「ようやくお互いの立場がわかっただろ、え?」

バーバラの心臓は恐怖で早鐘のように鳴っていた。死をもてあそぶのとはわけが違う。死が迫り来て、さらにその苦痛を前もって味わうのは、思っていたのと全然違う。マイケルの警告を聞いていれば……

「ねえ、クライブ――」舌がもつれた。「――降参よ――逃げられない。だから、時間を有効に使わない?」そして、もう一度、折りたたみベッドを見やった。

ナイフが閃き、ブラウスの前を全部切り裂いた。彼はバーバラをじっと見た。「全然、そんな気すら起きないね」

「女はだめってこと?」

再び、ナイフが突き出された。鋭い痛みを感じて、バーバラが見おろすと、胸から血が細く流れていた。

「あと五センチ深けりゃ、心臓だ」彼は言った。

バーバラは、彼のカナダなまりがいつの間にか、ロンドンなまり(コックニー)に変わっていることに気づいた。

ハローズは胸ポケットから一枚の紙を取り出した。「この手紙を書き写して、サインしろ」

膝に置かれた手紙を、バーバラは読んだ。手紙はただの白紙にタイプされていた。「お父さんへ。わたしは無事です。お願いですから、この人たちの要求を聞いてください――彼らは取引の条件をきちんと守るはずです。バーバラより」

「ずいぶん、かたっくるしいな」ハローズは感想を言った。「けど、おまえはこんなふうに書くんだろ、そう聞いた」

「誰から？」

ハローズはにやりとした。「企業秘密だ」

「いやだって言ったら⁉」

彼はじっと考えながらバーバラを見た。「顎、痛いだろ。もう一発、欲しいか？」

「わかった。書く」

ハローズはバーバラの両腕を自由にすると、椅子ごとテーブルまで引きずっていき、彼女の目の前に一枚の白紙とボールペンを置いた。腕のしびれが取れて、字を書けるようになるまで五分かかった。

バーバラは苦労して手紙を書き写した。どうにかして、自分が監禁されている場所や、犯人の情報を盛りこめないかと頭をめぐらしたが、とうてい無理だった。

この期に及んで、父に懇願などしたくはない。でも、怖かった。だから、言うことを聞いた。怖いのは死ぬことではない。怖いのは痛みだ。これ以上、痛みを与えられるなんて耐えられない。

ハローズは彼女の腕を縛り直すと、テーブルに坐り、無言で木片を削り始めた。

「何を待ってんの？」バーバラは訊ねた。「ゴドーさん？」

しかし、彼はあてつけがわからないようだった（ゴドーは、サミュエル・ベケットの戯曲中、ふたりの無宿者が待っているのに、ついに現れなかった人物）。

「そのナイフは何のため？」

「木を削る」

しばらくして、彼女はまた訊ねた。「わたしはどうなるの？」

「何も。いい子にしてたらな」

「でも、わたしはあなたの顔を見たわ、クライブ、あなたが誰なのか知ってる。誰が犯人なのか言えるんだけど」

彼はにやりとした。「ああ、そいつが問題だ、な？」

また沈黙が落ちた。一時間が過ぎた。やがて車の音が聞こえてきた。急な坂をのぼってくるローギアの唸りは、平地になって楽そうな音に変わった。それはこのトレーラーハウスのすぐ外で停まった。ドアの閉まる音がした。

「ゴドーさんが来たぜ」ハローズは言った。ちゃんと意味はわかっていたのだ。

鍵穴で鍵が回り、ドアが開いて、男がひとり、はいってきた。彼の顔を見た瞬間、バーバラは悟った。わたし、死ぬんだ。

7

レイボーンが何度も見る悪夢があった。夢の中の彼は、開いた棺の中に生きたまま横たわって、動くことも喋ることもできずにいる。すると、どこからともなく誰かの声がする。「さあ、諸君、棺の蓋を打ちつけたまえ」その瞬間、毎回、彼は飛び起きるのだ。

今夜、目覚めた彼は、汗をかいていた。電話の音だ。寝室の時計は一時三十五分を示している。

そっとベッドを抜け出し、モイラを起こさないようにガウンをひっかけ、一階におりていく。受話器を取りあげた。「レイボーンです」心臓がどくどくと鳴っている。初孫のイヴォンヌがずっと具合がよくなかった。まさか……

甲高い小鳥のさえずりのような声がした。「レイボーンさん、ハロワーです」ミス・ハロワーはアランデール寮の寮母である。「こんな時間にすみません、でも、もうこんな時間なのに、バーバラ・レッチワースがまだ帰っていないんですよ」

ほっとしたが、その安堵と同じくらい強烈な怒りがわきあがった。

「ハロワーさん、いまは夜中の一時半だよ。どうしろと？　探しに行けって？」

「あなたにお知らせするべきだと思ったんですよ。学生課長でいらっしゃるから、学生のことは把握しておかなければいけないでしょう」

「レッチワース君の夜遊びだか朝帰りだかは、別に珍しくないよ」

「わかってます、だけど誘拐の話があるから……どうしようかと思ったんですけど――」

彼はミス・ハロワーの縁なし眼鏡をかけた、几帳面で神経質でおどおどした小さな顔を思い浮かべた。彼女は寮母がつとまるほどの人物とは言えなかった。いまも責任の重圧に怯えているのだ。「わかったわかった、ハロワーさん。朝になったらこっちで調べとくさ。知らせてくれてどうも」

レイボーンは、バーバラ・レッチワースが居そうな場所を知っていた――どうせ、あのデントンの部屋だろう。これだから若い奴は。レイボーンはあくびをすると、二階の寝室に戻っていった。階段をのぼっただけで息が切れる。すっかり不養生で、体重も増えてしまった。もっと節制しないとな。

＊

レイボーンは九時二十分に出勤した。

セシリー・ファレルが言った。「副学長がお呼びです」

「やれやれ。お早いこった……セシリー、その服いいじゃないか。きみの眼の色やらなんやらに、よく合ってるよ」

「あら！」秘書は緑のタータンチェックのエプロンドレスを見おろした。

彼は言い添えた。「バーバラ・レッチワースがどうしてるか、ちょっと調べてくれる？」

秘書は眉を上げ、上司の言葉の続きを待った。レイボーンはミス・ハロワーから来た電話について話した。

セシリーが言った。「あの子がどこでひと晩過ごしたのかなんて、わたしは見当がつきますけ――」

「うんうん。それでもさ、一応、今朝、ちゃんと登校しているか調べてよ。三年の専攻は九時からだろ？」

彼は階段をのぼって副学長の部屋に向かった。今朝は息切れしていない――昨夜の悪夢と電話のせいだな。ぐっと腹をひっこめて、見おろした。そう肥っていない、ないじゃないか……

「どうぞ、おはいりください」リース＝ジョーンズ夫人が言った。

彼女はもう、かなりおなかが大きくなっていた。疲れた顔をして、どこか不機嫌そうだ。どうしてまだ産休を取らないのか、レイボーンには理解できなかった。

センピル副学長はタイムズ紙を読んでいた。いつもどおり、部屋にはいってたっぷり十秒は過ぎてから、学生課長が来たことに気がついたふりをした――この副学長のいつもの意地悪は、たいていの人がいやがっている。けれどもレイボーンは、波風を立てない、というのが信条なので、まったく気にしたことがない。

「ほかに知らせは、レイボーン？」学生課長は昨夜のうちに、学生会館での出来事について報告していたのである。

「今朝のうちに何人かの学生に話を聞いて、証拠を集めるつもりです……懲戒委員会の前に、首謀者たちと会いますか?」

「ああ。首謀者たちを頼む。特に、ロビンソンとハローズを」

「あのふたりなら昨夜はどう見ても無関係でしたよ。ハローズなんて暴行の被害者ですからね。まあ、一応、そう見えます」

「きみは信じているのか?」

「正直に言えば、いいえ」

副学長はうなずいた。「よろしく頼む。それから、今晩、委員会を招集してもらおうか」

「五時半では?」レイボーンは言ってみた。

「いや、六時に講演会の予定がはいっている。食事のあとにしよう。八時十五分で頼む」我が家のディナーパーティーはおしまいか。モイラの機嫌がまた悪くなるな。

＊

レイボーンはまず、昨夜、ロナルド・イェーツが入院した市立病院に行ってみた。今朝の彼はベッドに坐り、眼のまわりの真っ黒なあざと、腫れあがったくちびるを見せびらかしていた。「足首は折れてませんでした」彼はレイボーンに言った。一応、念のために入院させられているらしい。

昨夜の出来事は彼の自尊心のためになったようで、声がはずんでいた。たしかに、彼にしてみれば、ありがたい事件だったかもしれない。

学生委員長になって日の浅いイェーツは、物議のたねになっていた。学生委員会の会計として非常に優秀だったという理由で、彼は選挙で勝利したのだ。しかし、いまでは支持者たちから、権威にしっぽを振る日和見主義だと思われるようになっていた。大学上層部に寝返った裏切り者、となじられている。

レイボーンはその批判は不当だと、気の毒に思っていた。イェーツは彼の年齢や年代にしては珍しい資質を持っているだけなのだ。つまり、法や秩序に敬意を払い、憲法に触れる行動を是としない。だからこそ、彼は誘拐の計画を知ってすぐに、まず副学長に報告し、彼自身は計画を阻止しようと積極的に動いたのである。

イェーツは学生課長のために、情報の空白を埋めてくれた。先週の土曜、彼は学生会館で、ふたりの学生がバーバラ・レッチワースを、ゴーディー・クラブの集会中に誘拐する計画を立てているのを偶然、耳にした。イェーツはその足でまっすぐ、副学長の部屋に行った。

「ふたり？」レイボーンは訊いた。

「ウィギンズとヘクター・スミスです」どちらも、昨夜の不発に終わった誘拐劇に参加していた学生だ。

「そのあとは？」

月曜日、イェーツはアーサー・ロビンソンから、共産主義仲間たちを代弁してクレームと要望をずらずらと書きつらねた三枚にも及ぶ手紙を、学生委員長として受け取った。手紙のいちばん下にはうかつなことに、短い手書きのメモがクリップにはさまっていた。〝クライブ〟と署名されたそれには、誘拐計画が詳しく書いてあった。

常々(つねづね)レイボーンは学生たちの、ものを疑わない純真さに驚き呆れていた。「きみは全然、疑わなかったのかい、そんなふうに計画がばれるなんて、ずいぶん都合がよすぎるって?」

「たしかに、何かの罠かもしれないとは思いましたけど」イェーツは認めた。「でも、信用して対策しても、こっちの損にはならないし……それに、昨夜(ゆうべ)の乱闘は本当だったじゃないですか。あいつら本気で戦ってましたよ」

学生課長は苦笑した。「たしかに。でも、ロビンソンとハローズは頭がもげるほど大笑いしてたんだろうな。もちろん、レッチワースさんも」

「彼女もグルだったんですか?」

「間違いないね……そりゃそうと、最後のヒーローごっこはどういう風の吹き回し? 犯人をつかまえて、お姫様を助けて——」

「きっとあの時のぼくは、頭がおかしかったんです」謙虚に微笑んでいたが、明らかに誇らしげだった。

「死ぬかもしれなかったんだよ、きみは」レイボーンはそう言った……が、思った。やれやれ、こう言われて、この子はむしろ喜ぶんだろうな。

*

レイボーンはオフィスを出る時に、話を聞きたい学生のリストを秘書に渡しておいた。十一時に戻ると、くだんの学生たちは秘書室で待っていた。彼女は追加の椅子を用意してくれたようだ。

学生のほとんどはおどおどしていた。アーサー・ロビンソンだけは別で、遠慮会釈なくセシリーを眺めて愉しんでいた。

セシリーは言った。「ハローズさんはまだつかまりません。探していますけど……あ、それからレイボーンさん、伝言です」

そう言いながら差し出されたのは、セシリーがタイプで打ったメモだった。「レッチワースさんは行方不明です。ギリシャ語の例の人に、とても慎重に探りを入れました。何もご存じありませんが、心配しているのは間違いありません」

つまり、デントンと話したという意味だろう。どうやら、バーバラ・レッチワースは結局、誘拐されたらしい。それなら、彼女の解放と引き換えにメイソンを復学させろという要求が即座になされるはずだ。

「郵便で何か来てなかったかい?」セシリーが、言外の意味をわかってくれることを願いながら訊いた。

彼女には伝わった。「いえ、いまのところ……皆さんとはどういう順番で話されますか?」

「みんな一緒に話そう……ロビンソン君だけ別で——きみ、あとで話せる?」

「どうぞ」ロビンソンは言った。「おれはここで、いい眺めを愉しませてもらってますよ」

彼以外の学生たちは、レイボーンのあとに続いてオフィスにはいっていった。

学生課長は苦もなく、話をすっかり聞きだした。一同は昨夜の大騒動を悔いていた。ただの悪ふざけが、エスカレートしてどうにもならなくなってしまった、と彼らは説明した。自分たちはロイ・メイソンを助けたかっただけなんです。

ロビンソンとハローズが戦いの計画を練りあげた。計画は実に大胆だった。九時十五分きっかりに、六人の学生が学生会館に突入し、ブレーカーを落とす。別働隊の四人が屋上に待機し、バーバラ・レッチワースと付き添いを待つ。付き添いのハローズは〝負けて〟縛られ、ミス・レッチワースは外の非常階段で地上までおろされ、待機している車に乗せられる、という算段だ。

学生委員会側に待ち伏せされていたのはショックだったらしい。つまり、学生たちはいまだに、自分たちが裏切られたことに気づいていないのだ。レイボーンは、彼らの傷口に塩を塗るようなことは言わずにおいた。

発煙筒を使うなんて全然、知らなかった、と学生たちは必死に訴えた。六人が学生会館に突入するのに続いて大勢の学生がなだれこんだうえ、暗闇だったせいでますます場は混乱していた。発煙筒は誰にでも投げこむことができたわけだ。

レイボーンはそれ以上、追及しなかった。ただ、八時十五分に理事室に来て報告するように告げ、一同を解放した。そのあと、アーサー・ロビンソンを呼んだ。

いつ会っても、ロビンソンという男はわけがわからなかった。行動を見れば、社会に対する深い恨みがあるらしいのはよくわかる。ところが、実際に会う彼は、洗練され、教養もあり、どちらかと言えば恵まれた境遇で育ったように思えるのだ。

外見はこのうえなく魅力的だった——背が高く、肩幅が広く、額は形がよく、黒々とした口ひげをたくわえている。すでに教養学部で学位を修得しているが、卒業せずに、いまはさらに社会学を研究していた。

レイボーンは言った。「きみが昨日のような騒ぎにのっかるなんて思わなかったよ、もっと分別があると思っていたんだが……否定しても無駄だよ。お仲間が全部、喋ってくれたからね」

ロビンソンは肩をすくめた。「おれはガキなんですよ。あれは害のない冗談で。若者ってのは、いろいろ発散しなきゃならないんです——心理学の先生に訊いてみてください」

「発散が必要ってのはわかるよ。けどな、発煙筒はどう考えてもやりすぎだ」

「おれは発煙筒を使えなんて、ひとことも言ってないです」

「あれを使える環境を作ったのはきみだ。どんな危険が起きてもおかしくない状況だったんだぞ」

「ああ！　そう来たか！　副学長はおれに全部、おっかぶせるつもりなんですね？」

「当然だと思わないかい？」

ロビンソンは笑った。「もっと頭のいい人だと思ってたんだけどな」

「なんであんなことをしたんだ？」学生課長は訊いた。

「ロイ・メイソンを助ける運動に花を添えようかなってね。おれたちの考えとしちゃ——」

「きみたちの主張なら知ってる。本当に馬鹿馬鹿しいと思うが……知りたいのはそんなことじゃない。なんだってきみはこの計画をわざともらした？」

「あなたにそれを証明できるかなあ、レイボーンさん」

レイボーンは腕時計をちらりと見て、苛立ちまじりに言った。「なあ、ロビンソン君、時間を無駄にするな。もうわかってるんだぞ、あの騒動はただの目くらましだって。本当の誘拐はそのあとだろう」

「は？　なに言ってるんです？」

「なにって、お嬢さんは行方不明じゃないか……」

ロビンソンは口ひげをなでていた。初めて、彼はうろたえているように見えた。「バーバラなら、昨夜、学生会館を出てから、会ってませんよ」

「嘘はよくないぞ」

「本当です」

レイボーンは言った。「ロビンソン君、きみたちは真実と方便の区別がつかないのかい。実際にこんな結果になっちまっている以上、きみの言葉は信じられないぞ」

レイボーンがロビンソンを説教するのは、これが初めてではなかった。

ロビンソンは言った。「たしかに、おれたちはそんなようなことを計画しましたよ。だけど、バーバラがブルってやめたんだ」

「しかし、現に彼女は行方不明なんだから」

「そう言われても」

「その計画には、ほかに誰が加担してる？　つまり、全体の計画に。ハローズだけかい？」

「ハローズ？」ロビンソンは、初めて聞く名前だと言うように繰り返した。

学生課長も、ついに堪忍袋の緒が切れた。「今夜、八時十五分に理事室へ行くんだ」ロビンソンは出ていった。

セシリーが部屋をのぞきこんだ。「あの子、動揺してましたね」

「まさか」

「絶対ですよ、だって、出ていく時にわたしの脚を一度も見ようとしなかったもの……」

「行方不明の娘の消息は？」

「いえ。ハローズもです」

「評議会への要求も？」

「ありません」

レイボーンは初めて、いやな予感がした。

大学評議会は二時半に始まった。出席率はよかった。ドラマチックなことが起きるかもしれないという期待で、みんな出てきたのだ。

学生課長は二時二十九分にはいり、楕円形のテーブルの端で、議長のドナルド・メイヤー卿の右隣に坐った。それまで、控えの間でロイ・メイソンと彼の弁護士と話していたのだ。メイソンと話してみると、あいかわらず、やはりいい子だと思う。しかし、もちろん世の中に絶対というものはない……。

議長が木槌を打ち鳴らすと、雑談のざわめきがぴたりと止まり、会議が始まった。誰かが、前回の会議における小さな事項の適正さについて質問した。エイドリアン卿が副学長のころなら、あっさり修正されたはずだった――実際、修正してもしなくても、たいした違いはないのだが。しかし、センピル副学長は評議会における議長の役割を横取りするくせがあり、その点について頑として持論を譲らず、問題提起をした者は恥をかかされた形になった。

次に、会計委員会の報告になった。議題のひとつ――大学助成委員会に長年所属している古参委員の定員に関する解釈だが――これにヒュー・リース＝ジョーンズが、新人委員の権利を説く、よい材料だとばかりに食いつき、粗をつつき始めた。学生課長は、普段は人に対する評価は甘くて、だいたい好意的に見るのだが、リース＝ジョーンズだけはなぜかそのような目で見られなかった。レイボーンは彼が嫌いで、信用できず、なんなら人としての誠実ささえ疑っている。おおかたの評価は違っていた。大学全体として、このウェールズ人のはりきり屋に寛容であるばかりか、誇りに思っている節がある。

時が過ぎていった。ねちねちとした力わざで、リース＝ジョーンズは解釈を撤回させた。委員会は予定表どおりに進んでいった。学生寮委員会、建物修繕委員会、施設委員会、敷地緑化委員会――それぞれの報告が議論を産んだ。いつもどおりの風景だ。

ようやく四時二十分に、一同はメイソンの訴えを聞く用意が整った。事件の事実関係、嘆願の理由といった、この件に関する詳細が書かれた書類が、それぞれの前に置かれている。短い予備的な話し合いのあと、評議会の雑用係をつとめる、レイボーンの助手のひとりのエリック・ローモンドが、ロイ・メイソンと彼の支援者を呼び出しに行った。支援者には、メイソンの弁護士に加えて、学生委員会の副委員長と書記も含まれている。

評議委員たちはテーブルの上座側に席を詰めて、上訴に来た面々の坐る場所を作った。前置きの説明を終え、議長が話し合いを始めようと口を開きかけた。

まさにその瞬間、リース＝ジョーンズ夫人がはいってきて、まっすぐ議長の左手に坐る副学長に歩み寄ると、レイボーンには聞き取れない何ごとかをささやいた。

センピル副学長の顔が険しくなった。彼が秘書に言うのが、レイボーンの耳にまで届いた。

「言っただろう、評議会に出ている間は邪魔するなと」

秘書がさらにささやくと、副学長は鋭く言った。「学生課長、きみが対応してくれないか」

レイボーンは身振りでローモンドに、自分のかわりに席に着くように指示してから、リース＝ジョーンズ夫人のあとについて、部屋を出た。

「何があった?」後ろ手にドアを閉めながら、彼は訊ねた。

「レッチワース卿がいらしてます……娘さんの件で」

「娘?」不吉な予感はいよいよ鋭さを増した。

リース＝ジョーンズ夫人は首を横に振った。「直接、話してください」

レイボーンは、メイソンの処分に関する評決を待って部屋の外に集まった学生たちをぐいぐいかき分けて進み始めた。が、途中で立ち止まって、シェイラ・リース＝ジョーンズが追いつくのを待たなければならなかった。副学長秘書の顔は青く、眼はどんよりしている。妊娠が相当、身体にこたえているんだろうな、と彼は思った。無理をしないで、家で足を高くして寝ていればいいのに。

*

レッチワース卿は副学長室で、張り出し窓から外をじっと見つめていた。葉巻の煙が充満している。

学生課長が一歩、はいったとたんに、卿はさっと振り返った。

「ごきげんよう、レイボーン君」そう挨拶して、すぐに険しい声で言った。「センピルはどこだ?」

「評議会がちょうどいま、大事な話に——」

「恩知らずが！　ほんの少しの礼儀も知らんのか、これだけ——」卿は最後まで言い終わらなかったものの、続く言葉は明らかだった。〝——この大学に金をつぎこんでやったのに〟

レッチワース卿は赤ら顔で腫れぼったい眼の大男だった。四十年前、彼はリヴァプールの裏通りにある食料品店を二軒、受け継いだ。始まりはそんなささやかなものだったが、いまやレッチワースは全国展開の巨大チェーン店に成長していた。彼の爵位は、先の大戦中に軍需大臣へ名前の出ない貢献をなした功績により、賜ったものである。

卿は狡猾で、執念深く、容赦のない人物だった。あれは人の心を持たない金の亡者だと、誰もが噂した。それでも、三年前に心臓発作を起こして以来、大きく宣伝される慈善をなしたおかげで、少しばかりイメージは向上している。

ブランチフィールド大学は、もっとも恩恵を受けているもののひとつだった。レッチワース卿はブランチフィールドの町に支店をひとつ持ち、娘がそこの大学に通っていた。この大学はちっぽけで、卿の寄付の印象がそれだけ大きくなるのも好都合だった。そろそろ名誉博士号をくれてもいいころだ……

レッチワース卿は言った。「読むといい」そして、学生課長に二通の手紙を渡した。どちらもただの白紙を使って、片方は手書き、もう片方はタイプされている。一通目にはこうあった。

〝お父さん、わたしは元気です。この人たちの言うとおりにしてください――要求どおりにすれば約束を守ってくれるはずです。よろしくお願いします。バーバラ〟

タイプされた方にはこうあった。〝娘の解放の値段は一万ポンドだ。使い古しの紙幣で用意しろ。今夜、追って指示を出す。娘の命が惜しければ、警察にもマスコミにも連絡するな〟

「これはいつ？」レイボーンは訊ねた。

「今日の二便だ。受け取ってすぐ、ここに来た」

レッチワース卿は一、二年前に、リヴァプールの街を出て、いまはブランチフィールドの百五十キロ北の郊外にある広大な大邸宅に住んでいた。

「どこから発送されていますか？」

「二通ともひとつの封筒に同封されてきた。消印はブランチフィールド局で、十月三十一日の午前八時に押されている。今朝だ……まったく人を馬鹿にするにもほどがある」卿は言い添えた。「すぐにできるかぎりの措置を取りたまえ」

「これは狂言だとお考えですか？」

「はっ、狂言に決まっとるだろう。センピルはあれが誘拐されると予想しとったんだ……」

「こんなふうにではなかったはずです」レイボーンは受話器を取りあげ、自分の秘書を呼び出した。「ファレル君、いま副学長の部屋にいる。できるだけすぐにアーサー・ロビンソンをここに呼んでくれ。それから、ギリシャ語のデントン先生も。いまきみがやってることを全部中断して、最優先で――」

「ロビンソン君なら、いまわたしの部屋にいます」セシリーが答えた。「あなたをずっと待っていますよ」

「なら、こっちによこしてくれ」そう言って、受話器を置いた。

レッチワース卿は彼をじっと見つめていた。「いまのは何だ？」

学生課長は直接、答えずに言った。「これはお嬢さんの筆跡ですか？」

「ああ」

「間違いありませんね？」

「見くらべた」

「もし本当に狂言だとしたら、お嬢さんがあなたを巻きこむと思いますか？」

レイボーンは、卿の心に初めて疑惑が揺らめいたのを感じ取った。「そんなまねをすれば、私が小遣いを止めると、あれはわかっているはずだな……」

ノックの音がして、アーサー・ロビンソンがはいってきた。

学生課長は言った。「ロビンソン君、こちらはレッチワース卿だ。お嬢さんに会いにいらした。頼むから本当のことを言ってほしい。お嬢さんはどこにいる?」

「たぶん、ハローズと一緒に行ったんだと思います」彼は神妙な声を出した。

「自分から進んで?」

「わかりません」

レッチワース卿が口をはさんだ。「ハローズというのは誰だ?」

「カナダ人の学生です」レイボーンが答えた。「医学部の一年生です」

ロビンソンがさえぎった。「自称カナダ人ですよ。すごく変わった奴で」

そして、彼は話し始めた。初めのうちこそ、政治的な目的を分かちあい、それを突きつめるためのアイディアを豊富に持っているということで、ハローズにひきつけられたものの、ほどなくロビンソンは、この男のあまり好ましくない資質に気づいた。中でも特に気に入らないのが、裏切りだった。

「あいつはおれにとってかわろうとしてた。おれたちは互いに相手の隙をうかがってる状態だったんですが、おれはメイソンを助ける運動が終わるまでは、あいつを泳がせておくことにしました。ハローズは有能すぎて、切るのはもったいなかったんです」

運動を指揮し、〝葬式〟と狂言誘拐を企画したのがハローズだった。さらに彼は、最後の仕上げまで計画した。学生会館の襲撃を失敗させて防衛側がほっとしている間に、バーバラが行方をくらませ、評議会に最後通牒を突きつける、という段取りだ。

レッチワース卿は言った。「きみは本気で、評議会が屈すると思ったのか?」

「いいえ」

「では、なぜ――?」

学生課長がかわりに答えた。「もっと大きな計画の一部だったんですよ。大学を不穏な状態にする、この大学に不名誉をもたらす、それが本当の目的なんです」

レッチワース卿はロビンソンを、嫌悪のまなざしで見た。「ああ、きみは共産主義者なのか」

ロビンソンは否定しなかった。「だけど、おれはまだブルジョア気取りを捨てきれないんです。だから、暴力沙汰はごめんだ。発煙筒なんて思いつきもしませんでしたよ――あれを手配したのはハローズに決まってます」

ロビンソンは自分のフラットで、バーバラ・レッチワースとハローズが深夜零時ごろに来るのを待っていた。ところが十一時にハローズが、計画は中止だ、と電話をかけてきた。バーバラが怖気(おじけ)づいたのだと言う。

「お嬢さんはひと晩、どこに隠れている予定だったんだ?」レイボーンは訊ねた。

「おれんちです」

今朝、学生課長からバーバラが行方不明で、ハローズに連絡がつかないと聞かされてすぐ、ロビンソンはもしや、と思った。ハローズの下宿に飛んでいくと、彼が昨日の朝に出ていったと知った。大家のおかみは、あの人なら荷物を全部まとめて、家賃を払って、タクシーで行ってしまった、と答えた。

レッチワース卿は言った。「娘の素行がいいとは、親の私でも思っていない。ふたりがホテルにこもっているということは……」

「それじゃ彼女はがっかりしてますよ。あいつは男しか相手にしない」

沈黙が落ち、やがて学生課長が言った。「警察に電話します」

外から、わあっと狂喜乱舞する大勢の叫びが聞こえてきた。レイボーンが校舎に囲まれた中庭をのぞくと、学生の一団は数百人の群衆にふくれあがっていた。誰かが肩車されている。そして皆が歌っていた。「〝彼はいいやつだ！〟」（「彼はいいやつだ」For He's A Jolly Good Fellow は英国の有名な祝い唄）。

ロイ・メイソンが復学を勝ち取ったのだ

8

レッチワース卿の声がかかった。「レイボーン君、受話器を置きたまえ」

学生課長は眉を上げたが、肩をすくめて、言うとおりにした。

「私がいいと言うまで、警察を呼ぶな」レッチワース卿はそう言うと、ロビンソンに向き直った。「ハローズについて、ほかにきみが知っていることは？」

「身元をごまかしているんじゃないかと思います。本人は十九歳と言ってますが、どう見ても二十五はいってますよ。それに時々、カナダなまりが怪しくなるし」

レッチワース卿は現実主義者だった。彼は狂言誘拐説を捨て去り、娘が本当に瀕(ひん)している可能性を現実として受け入れた。心配したいと思ったが、できなかった。バーバラには何の愛情も持っていなかったのだ。

そもそも、彼は相手が誰だろうが愛情を持てないたちだった。生まれつき眼が見えない者、耳が聞こえない者がいるように、レッチワース卿は生まれつき、人を愛するための機能を持っていないのだ。

卿はみずからのそんな部分を自覚しており、自分には巷(ちまた)の人々と分かち合えない世界があることも、知識として把握していた。一度、ただ一度だけ、他者へ愛情を抱く能力も、学習すれば身につけられるはずだと自分に言い聞かせて、そんな世界にはいっていこうとした。こうして卿はイヴリンと結婚したのだ。

おそらくは誰が相手でもうまくいかなかったのだろうが、イヴリンとの結婚は、まごうことなき災厄そのものだった。十四年間の地獄ののちに、卿は離婚した。バーバラの親権のために争ったのは、淫乱な母親に引き取られる方が、娘にとってより不幸だとわかっていたからにすぎない。

バーバラがイヴリンと同じ道をたどり始めたことに卿は驚かなかったものの、その時期は予想より早かった。こんな娘に何をどうしろと？　父親としてできるかぎりのことをしてきたつもりだが、十分ではなかったらしい。たっぷりな小遣い、足りなければ好きなだけ使える小切手帳――これだけ与えておけばよいはずではなかったのか。

イヴリンはよく、あなたの才能はお金を貯めこむことだけ、と言っていた。そうだとすれば、なけなしの才能をうまく使えていたわけだ。しかし、妻は誤解していた。レッチワース卿にとって、金儲けはあくまで二義的なものにすぎない。本当に心躍るのは、力を求めて闘うこと、みずからの才覚で他者を蹴落とし、のしあがることだ。自分の成功を正当化していく行程の、すべての瞬間を心から愉しんできた。

そうしてできた莫大な財産は、言ってみれば副産物、単なるおまけだ。それでも、このおまけは役に立った。ことに、緊急時には。

卿は自問してみた。この状況は出費を正当化するだろうか？　バーバラの命は自分にとって一万ポンドの価値があるのか？　たとえあったとして、この出費で目的を達せられるか？　これまでに読んだことのある誘拐事件の記事をつらつら思い返せば、身代金を支払うことは必ずしも命を保証しない。払おうが払うまいが、犯人はバーバラを殺すかもしれないのだ。そもそも、いまこの瞬間、すでに死んでいてもおかしくない。

とはいえ、卿は自分があげた疑問にいちいちまともに答える必要はなかった。離婚して以来、レッチワース卿は、娘の要求には、物質的にならどんなものでも応えると決めていた。良心の呵責(かしゃく)を少しでもやわらげようとしているだけだと自覚はしている。いや、むしろ〝はしごの下を歩くべからず〟というような、縁起かつぎに近いかもしれない。

そんなわけで、卿にしてみれば、バーバラの要求に従う以外に選択肢はなかった。その要求とは、単に身代金を払うばかりでなく、警察や新聞にも知らせないでほしいと言う望みをも意味していた。

卿はロビンソンに言った。「このことは誰にも言うな——特に新聞記者には」

ロビンソンは肩をすくめた。「了解です。でも、もし明日のグローブの朝刊にこの件の記事が載ってなかったら、おれ、このひげを全部剃りますよ」そう言うと、学生課長に向き直った。「行っていいですか？」

レイボーンがレッチワース卿を見ると、卿はうなずき、学生は出ていった。

レッチワース卿は言った。「なぜこの大学で、あんなやからを受け入れているのかね？」ロビンソンは卿がもっとも嫌いな要素の塊(かたまり)が服を着て歩いているような人間だった。口ひげ、極端な左翼思想、不作法な振る舞い。

「彼はとても才能がある青年ですから」レイボーンは答えた。それが答えになっていないのは重々承知だが……

副学長が評議会から、仏頂面で戻ってきた。彼はメイソンの復学に反対したのだが、評決で負けたのである。

レッチワース卿は、人を見る目の正確さには自信があった。センピル副学長のような人物を卿はよく知っていた。頭はいいが常識に欠けている、すなわち優先順位というものがわからない〝木を見て森を見ない〟タイプの人間だ。自分ならこんな男を、どれほどささやかでも責任ある立場につけたりしない。

センピル副学長は、警察に知らせるべきだという学生課長の訴えに同調した。「お嬢様が本当に誘拐されたのなら、遅れれば遅れるほど、警察の捜査が困難になるでしょう」

しかし、レッチワース卿は頑固だった。

*

卿の館の電話が鳴ったのは十一時十五分だった。夕食のあと、卿はブランチフィールドから車を走らせ、いまは書斎でスペンサー&ウェストハウスの買収に関する、会計士の報告書を消化しようと読みこんでいるところだった。

というよりもむしろ、消化しようとしている、、、、、、という方が正しいかもしれない。しかしバーバラの姿が頭に浮かんで邪魔をした。最後に、三ヶ月前に見た娘の姿が。バーバラは長髪の青年と休日を愉しもうと、フランスに行く前に、父親に小遣いをねだりに来たのである。珍しいことではなかった。

あの日のバーバラは、母親に生き写しだった。それゆえに卿は娘を嫌悪した。バーバラに百ポンド与え、さっさと送り出してしまった。もっとたくさんやればよかった。かわいそうなバーバラ……

レッチワース卿は気を取り直した。何がかわいそうなバーバラだ！　あれは母親と同じ淫乱女だぞ。あんな女は娘でもなんでもない。卿はまた報告書の読みこみに戻った。

ひと晩じゅう、電話が来るのを待っていたはずなのに、いざ、かかってくると、ぎょっとした。胸が締めつけられ、咽喉が干上がった。

興奮は禁物です、と主治医には警告されている。早鐘を打つ鼓動が落ち着くのを待って、卿は受話器を取りあげた。「レッチワースだ」

カリカリという雑音で、公衆電話からかかってきたとわかった。くぐもった声がした。「金は用意したか？」

「まだだ。明日の午後にならないと用意できない」卿は自分の主任会計士のマシューズに手配させていた。金持ちの利点のひとつは、金持ちであること自体が、奇人であることの免罪符になっている点である。どんな奇妙な命令を出そうが、理由を訊こうとする者はいない。マシューズは一度だけ控えめに意見したが、卿に鼻で笑われると、それ以上は逆らわなかった。マシユーズは、使い古しの紙幣で一万ドルを、明日の午後までに用意することになっている。

声は言った。「いまから言う指示を書き留めろ、耳を澄ましてよく聞け――一度しか言わない」

レッチワース卿はメモ用紙を引き寄せ、鉛筆をかまえて待った。声は口述筆記程度の速さで続けた――「本通りを南に向かって、ブランチフィールドから出ろ。六キロ先の橋を越えたら、ピカリング行きの標識をたどれ。そこから十キロ先の、踏切を越えてすぐの待避所に車を停めろ。土曜日の午前三時ちょうどに、そこに来い。待避所に停めてあるアストンマーティンの運転席に、用意した金を置いたら、そのまま来た道をまっすぐ戻れ。罠にかけようなんて考えるな、少しでもおかしなまねをすれば、おれが捕まる前にバーバラは死ぬ。言うとおりにすれば土曜の朝に、娘をブランチフィールドに帰してやる。わかったか?」

レッチワース卿は答えた。「ああ。しかし、どこに保証が――」

かちり、と電話は切れた。

レッチワース卿の心臓はうるさいほどに鳴り響き、胸の締めつけは本物の痛みに変わってきた。緊急時のために処方されたカプセルをひとつ飲み下すと、ようやく、自分の書き留めたメモを読み返せるようになった。

卿は声そのものについて考えた。男の作り声で、なまりが混ざっている。カナダ人を装ったイギリス人か? その可能性はある。

それから十分以上たったころに、玄関の呼び鈴が鳴った。レッチワース卿は家政婦が出るのを待った。もう一度、呼び鈴が鳴ったので、卿はみずから玄関に向かった。ホーダー夫人はもう寝てしまったのだろう。玄関ポーチの明かりのスイッチを入れ、チェーンをかけたままドアを少し開けて、呼びかけた。「どちら様かな?」

「マイケル・デントンと申します。今日、午後にブランチフィールドで私に会いたがっておいでだったと、うかがいました。お邪魔してもよろしいでしょうか」

レッチワース卿はチェーンをはずした。書斎でふたりになると、卿は答えた。「ああ、レイボーン君からきみに緊急に会いたいと連絡がいったはずだが」

「申し訳ありません、町の外に出ていましたので……それでも、あとでレイボーンに会いました。何があったか聞きましたよ」

「それで?」

「彼の推測どおりです。昨夜、バーバラは私のフラットにいました。ですが、十一時四十五分に出ていきました――誰かと会う約束があると。私が知っているのはそれだけです」

「きみはレイボーンにそう言ったのか?」

「はい」

「それなら、なぜわざわざこんなところまで、同じことを繰り返しに来たのかね?」

デントンは両手を握ったり開いたりした。「私はバーバラと結婚したいと思っています」

「バーバラはどう言っている?」

デントンは真っ赤になった。「本気に受け取ってくれないんです」

「それは私にはどうしようもないな」

「わかってます。でも、レッチワース卿、あの子はいま危険な目にあってるんです。助けないと……先週、バーバラが殺されかけたのをご存じですか？」

「ああ、襲われたらしいな」

「殺されかけたんです」デントンは繰り返した。「バーバラがもうこの世にいないという可能性は考えたことがありますか？」

「もちろんだ」

「でも、学生課長はあなたが身代金を払う気でいると言っていましたが」

「あれが生きているという前提で動くのは当然だろう」まるでバーバラがかわいい愛娘（まなむすめ）のような言い種だ。奇妙ではあるが、卿はある意味では本気でそう感じていた。電話の向こうの声を聞いて、いまさらだが、卿は娘のことが心配になっていた。

デントンは言った。「何か新しい情報はありますか？」

レッチワース卿はじっと相手を見た。ふと胸の内を疑念がかすめたのだ。まさか、この声……？ 卿は疑いを振り払った。

「三十分前に電話で指示をされた」卿は言った。

「どういう指示です？」

「きみに話す義理はない」

「レッチワース卿、私は味方です。私も警察に介入してほしくないと思ってます。マスコミにも」

「それなら、きみの望みは何だ?」

「金を受け渡す時に、近くにいさせてください」

「なぜ?」

デントンは躊躇(ちゅうちょ)した。「ただ、ある疑いを持っているとだけ言っておきます……」レッチワース卿は待ったが、デントンはそれ以上、続けようとせず、坐ったままじっと床をにらんでいる。気がつけば、この男は一度もレッチワース卿と目を合わせようとしなかった。

レッチワース卿は腹をくくった。「ついてきたまえ」何にせよ、誰かしら一緒にいてもらった方がいい。さっき興奮してから、いまだに心臓がひどい音をたてている。明日の晩、さらなる興奮に耐えられるかどうかわからない。ひとりでいたら、なおさらだ。

卿の見立てでは、マイケル・デントンは、気の弱い、無能で、怖がりの男だった。が、この男がバーバラを心から案じているのもたしかだろう。きっと、大丈夫だ、と卿は思った。人を見る目には自信があるのだ。

＊

金曜の深夜、レッチワース卿はベントレーに乗りこみ、出発した。霧雨で、月はなかった。助手席には身代金を詰めこんだ大きなスーツケースをのせている。

金の受け渡しをすることは、デントン以外に話していない。昼間にセンピル副学長とレイボーン学生課長が何度も電話をかけてきたが、卿はひとこともらさなかった。

金曜日のグローブ紙はメイソンの訴えに対する決議に焦点を当てていた。そしてまた、コラムでは水曜の夜に学生会館で起きた誘拐未遂事件が話題だった。しかし、編集部は本当の大事件を嗅ぎつけそこなったらしい。新聞はバーバラ・レッチワースの失踪について、まったく言及していなかった。今回ばかりは、スパイさながらの記者たちの優秀な情報網も、読者の期待に応えられなかったわけだ。

静かな道路をレッチワース卿は一時間で八十キロ走り抜けた。卿は少しスピードをゆるめた。思っていたより早く着きそうだったうえ、首と両腕の結合組織炎に集中力が邪魔される。それとも、この締めつけられるような痛みは結合組織炎ではなく、いつもの狭心症の発作の予兆だろうか？　最近はそれがよくわからなかった。腕の痛みは、なんでもない時もあり、迫りくる命の危険を意味する時もある。

卿は死にたくなかった。彼の帝国をさらに広げる計画が、人間のライバルではなく自身の死によって脅かされるなど、我慢ならない。

バーバラが死ぬと考えるのもいやだ。生まれてこのかた、バーバラは厄介もので、卿の人生最大の汚点――イヴリンとの結婚を思い出させる、望まない形見だった。とはいえ、この二日間、娘が危険な目にあっているに違いないという予感が高まってくるにつれ、罪悪感も激しく突きあげてきた。今夜の遠征は、藁をもつかもうとする演技などではない。卿は心から娘を助けたくてたまらなかった。

午前二時十分、ブランチフィールドの町明かりが前方に見えてきた。車は眠る町の中にはいると、柔らかな音をたてて、人気（ひとけ）のない通りを抜けていった。

レッチワース卿は、ファーンリー小路の五番地の外にある、青のミニのうしろに停まった。予定より十五分早い。首と両腕の痛みがやわらぎ始めた。ということは、ただの組織炎だったに違いない。卿は葉巻に火をつけた。

薄暗い街灯が、優美とはほど遠い家並みの曲線を浮かびあがらせた。反対側では、貨物列車が、がたんごとんとゆっくり通っていく。

五番地の一階の窓には明かりがついていた。二時半ぴったりに、明かりが消えて、ドアが開いて閉まり、マイケル・デントンが道の向こうからやってきた。

レッチワース卿は車のドアを開けた。「それをうしろに入れてくれ」スーツケースを指さした。

「うっ、重いな！」デントンはやっとのことでそれを後部座席に移した。よく見ると、彼は脚にぴったりはりつく黒ズボンに、とっくりのセーター、黒手袋を身につけている。

「そのバットマンの扮装はなんだね？」レッチワース卿はベントレーのギアを入れながら訊ねた。

「見られないためですよ」

「きみを車の外に出すわけにいかんぞ。わかっているだろうな」

「どうしても行かなきゃいけないんです。命をかけてでも」彼はレッチワース卿と同じくらい不安そうだった。息がアルコールくさかった。

レッチワース卿は車を停めた。「娘の命をかけさせるわけにはいかん。私は犯人に約束したんだ、絶対におかしなまねはしないと」

「邪魔はしません。どっちにしろ邪魔なんかできないですよ――おれは臆病でどうしようもないやつなんだ。ただ、見たいだけなんです」

「何を?」

「誰がアストンマーティンに乗って、金を持っていくのかを。もしバーバラが殺されたとしたら、誰がやったのかどうしても知りたいんですよ」

レッチワース卿は葉巻を投げ捨てた。両腕の痛みが戻ってきた。「きみも私もハローズのしわざということで同意したと思っていたんだがね」

「ハローズも関わっているでしょう、でも、彼が主犯だとは思えない」

「なぜ?」

デントンは質問に答えなかった。「早く行かないと、間に合いませんよ」

大学の東を流れる川にかかった、古い橋を渡った。エンジンの柔らかい音とワイパーがこすれる音だけが聞こえていた。霧雨は雨に変わり、風のない空から音もなく降ってくる。

レッチワース卿は言った。「大学の連中は知っているのか?」

「バーバラが誘拐されたことをですか? 知らないと思います、ロビンソンが喋ってなければ。バーバラの姿が見当たらないことはすぐに知れるはずですが、きっと別の理由でいないのだと思われるでしょう。外泊はいつものことですから……」

「娘は不幸な生い立ちでね」まさか自分がバーバラをかばうとはな、と卿は内心驚いていた。

ヘッドライトが、右手を示す白い標識を照らしだした。〝ピカリング　二十キロ〟と読める。

レッチワース卿は大きな車の頭をそちらに回した。

狭い田舎道は、ブナ並木の間をうねうねと曲がりくねってのびている。

「スピードを落としてください」デントンが言った。「また早く着きすぎる」ダッシュボードの時計は二時四十六分を示していた。残りはあと十キロだ。

「なぜこの道を選んだんだろうな」レッチワース卿が疑問を口にした。

「人里離れているからですよ。誰もいない。よその車が通る心配もない」

「きみは知っているのか？」

「ええ」デントンはたばこに火をつけ、すぱすぱと落ち着きなく吸った。「耳を澄ましてよく聞いてください。踏切に近づいたら——」

レッチワース卿が口をはさんだ。「あの男と同じだ」

「え？」

「電話でそう言われた。〝耳を澄ましてよく聞け〟と。受け渡しの指示を言う前に」

一瞬の沈黙のあと、デントンは荒々しく言った。「別に珍しい言い回しじゃないでしょう」

「それはそうだが——」レッチワース卿は疲れ、混乱し、どう考えていいかわからなかった。

とりあえず、流すことにした。「踏切がどうとか言っていたな？」

「うんと徐行して、でも停まらないでください――きっと、ライトを見張られている。おれは飛び降ります」

「それから?」

「心配いりません。計画は立ててます」

「きみが見つかったら?」

「見つかりません」

「しかし――」

「ああ、もう、ごちゃごちゃ言わないでください!」デントンの声は甲高くなった。彼は灰皿でたばこを押しつぶした。「バーバラのためにやるんだ。こんなこと、やりたくてやるわけないでしょう」

再び沈黙が落ちた。二時五十七分、レッチワース卿は道路の右側の少し離れたところに線路が通っているのを見つけた。

「もうすぐか?」

「あと一キロです。この線路は道路と平行に走ってますが、じきに道路と交差します」

「あれは何線だろう?」

「カーンモアからピカリングに向かう古い支線ですね。廃線になりましたが」ひと呼吸おいて、彼は言った。「いまです、ブレーキをかけて」

レッチワース卿は時速三十、二十、と落とし、針は二十から十、五とすべるようにずれていった。助手席のドアが開き、タイヤが線路を踏んで上下に揺れたタイミングで、デントンは車から飛び降り、闇に消えた。レッチワース卿は横に身を乗り出すと、そっとドアを閉め、再びスピードを上げ始めた。

道路は大きく右に曲がり、まっすぐになった。ベントレーのヘッドライトの光が、五十メートルほど先で待避所に停まる車をとらえた。レッチワース卿はそのうしろに停まった。プレートのナンバーを見て、バーバラの車だと確認した。

エンジンを切り、ライトを消したところで、どんどんとうるさく鳴る奇妙な音の正体がわからなかったが、やがてそれが自分の心臓の音だと気づいた。痛みはいま、左手の指に集中している。ポケットを探って、カプセルを取り出し、口に一錠放りこむと、持ってきたフラスクのブランディで飲み下した。

ようやく、車の外に出る力を取り戻した時には午前三時を五分過ぎていた。雨は土砂降りになり、あたりは真っ暗だった。

ベントレーの後部座席のドアを開け、スーツケースを引っぱりだし、その重さに息が止まりそうになった。それでも、水たまりの泥をはね飛ばしながら進んだ。暗闇の中、手探りで前の車を探しあて、今度は運転席のドアのハンドルも手で探った。ドアを開けたが、やはり何も見えなかった。ライトはつかないようにされていた。

車内に誰かがいる、そんな気がした。間違いない。そう思って耳を澄ましたが、自分のもの以外に、息づかいは聞こえなかった。ライターを取り出し、一瞬迷って、そのまましまった。

そして、あえぎながら、スーツケースを持ちあげ、運転席にのせると、ドアを閉め、ぬかるみに足を取られながら、ベントレーに戻った。

午前三時十二分、卿は車を回すと、ブランチフィールドに向かって、もと来た道を戻っていった。寒さと恐怖に震えが止まらず、ナイフのように鋭い痛みが胸を何度も突き刺していた。自分は死ぬのだ、と卿は覚悟した。

もう、何もかもどうでもよかった。確信したのだ――理由はわからないが――バーバラはすでに死んでいる、と。

9

フランク・ローレンスは引き出しをかき回した。「レン、ぼくのハンカチ、知らない？」

「あー、悪い。でも、おれの方がおまえより必要だから」レナード・スプロットは鼻風邪をひいて寝ついていた。

「一枚くらい残しておくだろ、普通」フランクは文句を言ったものの、そこまで気にしていないのか、そのまま靴をみがき始めた。

レンは日曜版の新聞をぱらぱらめくっていたが、急に口笛を吹いた。「いいねえ。見ろよ、フランク」そう言いながら指さしているのは、ビキニを着たバーバラ・レッチワースの写真だった。「ちょっと脚がむちむちだけどな」そう付け加えた。

バーバラの失踪は今朝の一面トップ記事だった。身代金を払ったのに娘が戻らなかったので、レッチワース卿が土曜のうちに警察に通報したのである。記事によれば、卿は心臓の具合が思わしくなく、入院中とのことだった。さらに、警察はクライブ・ハローズという人物の消息を追っているとも報じられていた……

「ふたりがグルだったと思うわけ？」フランクは訊いた。

「バーバラとハローズが？　さあ、どうだか。あのお嬢様が親父さんを恐喝する必要ねえだろ……いや、かわいそうだけど、やられたんじゃねえの、バーバラは」

「殺されたってこと？」

「変か？　あるだろ、可能性は」彼は鼻をかんだ。「それより、どこに行くんだ？」

フランクはなんとか寝ぐせを櫛でとかそうとしていた。「礼拝堂」

「あっそ、午後は？」

「特に決めてない。彼女も——」

「ここに連れてくんなよ。マイラが葡萄を持って見舞いに来るんだから。おれには女の子の癒しが必要なんだ……な、そのかわり、バイク貸してやるよ」

レン・スプロットは大きな音をたてる古いバイクで町じゅうを走り回るのが趣味だった。フランクは実家の兄のバイクで、一応、乗り方を覚えていた。一度だけレンのバイクを借りて、ほんの少しだけ走ったこともあるが、特に大きな問題を起こさずに乗りこなせた。

フランクが迷うのを見て、レンは言い添えた。「統計では、九三パーセントの女性がバイクのうしろにまたがると興奮するらしいぜ。最近の研究では——」

フランクはレンの頭めがけて靴みがきの布を投げつけた。が、申し出はありがたく受けた。アン・スーエルとデートするようになってから、フランクの株は急上昇していた。アンはただの女の子ではなかった。学内の有名人で、男子からも女子からも人気があった。

彼女がフランクのどこに魅力を感じたのか、誰もが不思議がったが、そもそもフランク本人にも謎なのである。そしてフランクはまだアンの前では緊張してしまい、拒絶されることを恐れていた。ふたりの仲がいっこうに、手を握ることから先に進まないのは、そのせいだ。しかし、今日の午後はことによると……

＊

大学の礼拝堂は満員だった。おそらく、ドラマチックなことを期待した連中が多かったのだろう。しかし、ミサの説教ではバーバラ・レッチワースに関する言及は一切なかった。

ミサのあと、フランクはロイ・メイソンと一緒にネーピア寮に歩いて戻った。メイソンは特にごたごたもなく、すんなりと大学に戻っていた。大学が基金から慰謝料を渡そうとしたとか、学生委員会が彼のために募金を集めると言いだしたとかいう噂が流れてきた。どちらの計画も実現しなかった。なぜならメイソンが、ほどこしを受けるつもりはない、と明言したからである。「だいたいさ」のちに、メイソンはフランクに言った。「いまだにぼくを泥棒だと思ってる人が大学に大勢いるのに、そんなの受け取れるわけないし」メイソンの評議会での訴えは、一票差で勝てたということだった。

この日、ふたりのお喋りは自然と、バーバラ・レッチワースの失踪に関することになっていた。当然、クライブ・ハローズも話題にのぼった。

「見た目からして、うさんくさいよね」フランクは言った。新学期初めの二週間のうちに、彼はネーピア寮の内外でハローズを見かけていた。彼に気づかない方が難しかった。頰を横切る大きな傷痕が目立つのだ。「でも、本当はどういう奴なんだろう」

「教えてやろうか」メイソンが言った。「一度、晩めしのあとで部屋に誘われて、次から次にビールを飲まされた。どんどん馴れ馴れしくなって、最終的には、あいつのトレーラーハウスで一緒に週末を過ごさないかって誘われたよ……」

フランクはうなずいた。「同性愛者だって聞いた」

「うん。でも、悪いけど、ぼくは違うんだ。彼に失礼な態度をとってしまったのは自覚してる。だけど——」

フランクは口をはさんだ。「ハローズのことだけど、ボージーって呼ばれてなかった?」

「ボージー? さあ、知らないな。でも、確実に知ってることがひとつある。あいつがカナダ人ってのは嘘だ。そもそも、どうやって大学にもぐりこんだんだか。頭が全然よくないのにさ」

「頭のよくない奴に、誘拐は計画できないだろ」

「わかってる。おかしいよな……それと、フランク、ぼくを泥棒に仕立てたのはハローズだよ、絶対。ぼくに誘いを断られて、復讐したんだろう……」

その可能性はある。メイソンが泥棒だと訴えられてすぐにハローズがネーピア寮から出ていったのは意味深長だ。

フランクは言った。「ロイ、彼のトレーラーハウスってどこにあるんだ?」

「トレーラーハウス? 知らないよ。ぼくは行ったことない」

「でも、どこにあるかとか言ってなかった?」

「そういや、どこかの海岸って言ってたような——なんでそんなことを訊くの?」

「ちょっと思いついたことがあって……」

＊

一時のニュースでは、バーバラ・レッチワースはいまも行方が知れず、警察は重要な情報源として、クライブ・ハローズ氏の行方を探すことに力を入れているとのことだった。

フランクは急いで昼食をすませると、一時半には、レンのバイクを走らせていた。目指すはファーンリー小路である。

デントン先生のミニが車道の端に停まっているのを見つけた。先生の車は、いつもどおり汚れていた。タイヤは黄色い泥におおわれ、右側の泥除け（フェンダー）に分厚くこびりついた泥には誰かが落書きをしている。〝洗わないで――何か植えて！〟

フランクが門を開けたちょうどその時、小径（こみち）をアーマー博士が歩いて近づいてきた。「私に用があるのかい？」

「いえ。デントン先生に会いたくて」

アーマー博士はうなずき、通り過ぎようとして、不意に足を止めた。「きみが前回提出した長文の翻訳は期待はずれだった。雑すぎる」

フランクは顔が赤くなるのを感じた。学校でも、大学にはいってからも、勉強で手抜きをしたとなじられたことは一度もない。こんなのおかしい。あの宿題にはいつもと同じくらい時間をかけた。いや、だいたい同じくらい……

アーマー博士は続けた。「ローレンス君、きみは非常に優秀で才能に恵まれている。せっかくの天賦の才を無駄にしないように。恋愛と勉学は両立しないぞ」彼は歩き去った。

マイケル・デントンは三度目の呼び鈴で出てきた。ガウンと室内履き姿でひげを剃ってもいない。まるで初対面の相手を見るような眼でフランクを凝視している。

「デントン先生、少しだけ話が」

「悪い、今日はちょっと……」

「勉強のことじゃないんです」

デントンは戸枠で身体を支えた。「じゃあ、なんだ?」言葉がもつれていた。

「バーバラ・レッチワースの件で」

「はいって」

フランクが通された部屋はたばこの臭いが充満し、汚いことこのうえなく、おそろしく散らかっていた。暖炉からは石炭の灰があふれ、小テーブルの上はウィスキーの空き瓶が一本横倒しになり、その脇に開けたばかりの酒瓶が立っている。炉棚には中身が半分残ったグラスが五個も六個も置いたままだ。灰皿が床に落ちて、中身が絨毯の上にばらまかれている。天井の明かりがついて、カーテンは閉まっていた。

デントンはカーテンを引き開け、流れこんできた陽光に眼をおおった。炉棚からグラスをひとつ取りあげ、「迎え酒だよ」とつぶやきながら、椅子の中にうずくまった。

フランクが入学した当初の思い違いのひとつに、すべての教員は自分よりずっと賢くて、りっぱな人である、という認識があった。この幻想を壊してくれたのが、マイケル・デントンである。ある日、個別指導中にフランクが『オデュッセイア』の一文の訳し方について、（我ながら独創的だ、と自負していた）別の解釈を示してみた。なんとデントンは、意図を理解できなかったどころか、興味さえ持たなかった。賢い、とはとても思えない。りっぱな人云々（うんぬん）については、バーバラ・レッチワースとデントンの交際のありようを見ているかぎり、どうして尊敬できるだろう？

　しかも、いまは酔っぱらいだ。フランクが出ていこうと決意した瞬間、デントンが沈黙を破った。

「で、バーバラのことで何が訊きたいって？」

　フランクは言った。「ぼくらがバーバラをここに連れてきた夜——」

　デントンがさえぎった。「思い出したぞ！　きみ、あの時の赤毛（ジンジャー）君か！」

「そうです。ええっと、あの時、ぼくらはバーバラが落とした手紙を拾いました。〝ボージー〟ってサインのはいってる……」

　デントンは酒を飲みほすと、手探りでたばこを取り出した。フランクがマッチを擦（す）ると、デントンは大きく煙を吸いこんだ。「なるほど、きみらが手紙を見つけたのか。バーバラはあれがないって、ずっとぐちぐち言ってたよ」

「すみません。ぼくらが拾ったんです」

「警察に言ったの？」

「いいえ、バーバラは問題をおおっぴらにしないでほしがってましたから。でも、ぼくはずっと気になってて。ボージーって、クライブ・ハローズのことじゃないんですか?」

デントンは頭をのけぞらせ、大声で笑いだした。

「先生、何がそんなにおかしいんです?」

「きみにはわからないさ……」

フランクは言った。「もう警察に言った方がよくないですか?」

笑い声がやみ、デントンの両肩が下がった。「遅すぎたよ、赤毛君。あの子は死んだ」彼は椅子の中でちぢこまった。「でも、きみの言うとおりだ。今日の午後に警部と会ってくるよ。ボージーについて知ってることを話す。警部に手柄を立てさせてやろう」

玄関まで歩いていきながら、フランクは寝室のドア近くにある椅子にのった、服が詰めこまれた大きなスーツケースが開けっぱなしなのを目にした。

デントンがその視線に気づいた。「明日、マンチェスターでやる結婚式で、花婿の付き添い(ベストマン)を頼まれてるんだ」彼の声がヒステリックに甲高くなった。「くそ、ここにいても、おれにやれることは何もない。あの子は死んだ。死んだんだ」

＊

フランクはサセックス寮のアンの部屋を訪れる約束に十分遅れた。いちばん新しく、いちばん殺風景な寮である。ここは全国でもっとも、学生ひとりあたりにかける金をけちっていると言われており、そんな意見を誰ひとり否定しなかった。学生たちはこの寮を新たに〝ホロウェイ〟（ロンドン北部にある女子刑務所）と名づけたものである。

アンは玄関ホールで待っていた。あの華やかな赤い髪も、光踊る悪戯っぽい瞳も、フランクの眼には、見るたびに息を呑むほど、いっそう魅力的に映った。

「どう、合格？」アンは言った。「それとも、わたしの鼻に何かついてる？」

「ごめん、そんなにじろじろ見てた？　きみの服のことを考えてたんだ。それ、あんまりふさわしくないなって」

「ありがと」アンは新しいレモン色のコートを見おろして、声をたてて笑った。「フランク、あなたってほんとにおもしろいよね」

「ええと、つまり、バイクのうしろに乗るのにってこと」

「ええ？……映画見て、それからお茶にするって言ってたのに」

「あ、きみがその方がいいんなら――」

アンはまた笑った。「ううん、待ってて、すぐ着替えてくる。レンのバイク？」彼女は階段を駆けあがると、すぐにスキー用ズボンとアノラックに着替え、頭にスカーフを巻きつけて、おりてきた。「革の服は全然持ってないの、こんなのでごめん」フランクに渡されたヘルメットのストラップを留めながら、アンは言った。これはマイラ用のヘルメットで、フランクはレンのを借りている。

フランクがバイクにまたがると、アンはうしろに乗った。「カーンモアに行きたいな」彼女は言った。「とってもおいしいお茶とお菓子が――」

「いや、海の風を浴びに行こう」

「え！　どんどんワイルドになってくる」アンはそう言ったものの、いやがる様子はなかった。

フランクがスターターを蹴ると、エンジンが咆哮と共に息を吹き返した。バイクは危なっかしくよろめきながら中庭を回り、門の外に向かった。

「ヘルメットかぶっててよかった」本通りで一時停車した時、アンが言った。

「女の子に抱きつかれるのに慣れてないだけだよ」

「抱きついてるんじゃないわよ、馬鹿ね、安全のためにつかまってるだけ」そう言って、ますますぎゅっと抱きついてきた。

バイクは川沿いをシーポートまで走ると、今度は海岸通りを北に向かった。冷たい風の吹きつける日で、海は白く波立っている。雲は空を流れ、日の光を何度もさえぎった。

カーベリービーチのカフェでお茶にすることになり、ふたりは窓辺の席を取ると、誰もいない白い砂浜に波が打ちつける様を見ていた。

「ほらほら、さっさとぶちまけて」ウェイトレスがいなくなったとたんに、アンが言った。

「何を？」

「悩んでること。あなた、わかりやすいんだもの」

フランクはマイケル・デントンの部屋を訪れた顚末について説明した。

アンはこう言っただけだった。「デントン先生はひとつだけ正しいわ。バーバラは死んじゃってる。間違いないわね。生きてたらこんなに長い間、黙ってられるわけないもん」

「ぼくもそう思う。ぼくがずっと考えてたのは——」

アンはさえぎった。「ちょっと砂浜、歩こうよ」

「バイク、嫌いなの？」

「あれに乗ったまま話できないでしょ。それに、ずっとガタガタいってて、お尻が痛いし」

アンは統計の残り七パーセントの女性なんだな、とフランクは思った。

「ぼくはトレーラーハウスを探したいんだ」

「トレーラーハウス？」

フランクは説明した。バーバラ・レッチワースは水曜の夜に誘拐された。身代金は持ち去られた——おそらくはハローズの手によって——土曜の早朝に。それまでの間、彼はどこに身をひそめていた？

まず間違いなくブランチフィールドの町からそう遠く離れていない場所だ。ホテルか？ いや。バーバラの父親がすぐに警察に通報しないという保証はない。そもそも、頬の大きな傷のせいで、ホテルに泊まれば目立ってしまう。

それなら、どこだ？ ロイ・メイソンが、トレーラーハウスの存在を口にしていたのが、その答えだろう。まさにうってつけの隠れ家だ。

「そうね」アンは冷静に指摘した。「隠れ家にするトレーラーハウスのことをメイソンに話しちゃったり——しかもその中で一緒に過ごそうって誘うくらい、ハローズがお馬鹿さんならね」

「ロイは、ハローズは頭が全然よくないって言ってたよ……」

アンは馬鹿にしたように鼻を鳴らした。めちゃくちゃなことを言っている、と指摘しさえしなかった。「まあ、いいわ。あなたが正しいとしてよ？　ハローズがここらへんに置いてあるトレーラーハウスに隠れていたとして、まさかいまだにそこに隠れっぱなしだと思ってるわけ？」

「いや。でも、なんか手がかりが残ってるかも――」

「それはわたしも賛成。だからこそ、警察に知らせなきゃ。それとも、自分の方が警察よりもうわてで、トレーラーハウスを見つけられると思ってるの――本当にあるとしたら？」

アンの言い分はもっともだった。フランクのそれはむちゃくちゃで、しかもアンに対する邪念がまざっていた。いいところを見せたい。世間知らずのガリ勉ではなく、タフで大胆な行動もできるりっぱな男だと認めさせたい。

フランクが負けを認めようとしたその時、アンがきびきびと言った。「ね、そろそろ砂浜、歩きに行かない？」

アンバランスなふたりの関係を、彼女なりに受け止める用意がある、というはっきりした意思表示だ。フランクはこれが最後のチャンスとばかりに、質問に答えず、こう言った。「カーベリービーチはトレーラーハウスの駐車場が二ケ所あるよ。そこから始めよう」

アンは眉を上げて肩をすくめただけで、何も言わなかった。

ひとつ目の駐車場には、一台も停まっていなかった。もうひとつには三台のトレーラーハウスがあったが、どう見ても、冬に不要になって乗り捨てられたものだ。フランクは泥水をはね飛ばしながらぬかるみの中を歩き回り、一台一台、中をのぞきこんだ。誰もいる様子がない。まわりの泥には足跡もタイヤの跡もついていない。

アンは駐車場のゲートに停めたバイクのそばで待っていた。「次は?」その顔は無表情だった。

海岸沿いで普段、トレーラーハウスを見かける場所といえば、休暇を過ごすリゾートだけだ。フェアヘイブン、カーベリービーチ、ミドルシー、グランリーベイ。もちろん、ハローズが適当な場所にトレーラーハウスを停めている可能性もある。車を持っていれば、自由に移動して好きな場所に停められるだろう。しかしフランクは、ハローズは車を持っていない、と確信していた。それならトレーラーハウスは、それ専用の駐車場に置きっぱなしの可能性が高い……

「フェアヘイブンかな」フランクは言った。このあたりでいちばん北のリゾートである。残りふたつのリゾートも回ってから帰れそうだ。

アンがつぶやいた。「もっといい日曜の過ごし方があるのに」

「どんな?」

アンは答えなかった。

フェアヘイブンはカーベリービーチに点在したどのリゾートよりも設備が整い、地面もぬかるんでいなかった。停めてあるトレーラーハウスも――十台ほどあったが――より高級なものばかりに見えた。いくつかには人がいた。

アンテナがついていて、テレビから流れているらしい音楽が聞こえるトレーラーハウスを選んで、フランクはドアをノックした。出てきた女性は、いまここには七家族が住んでいる、と教えてくれた。新しく来た人はいませんか？　いないね――それに、使われていないトレーラーハウスに誰かが住みついたら、必ずわかるから。

五時になり、ぽつぽつと雨が降り始めた。あと三十分もたたないうちに、日が沈むだろう。

アンは硬い声で言った。「もう帰して」

「途中でミドルシーを通過しよう」

「〝通過〟って便利な言葉」

フランクはミドルシーの村のそばを走る幹線道路にはいった。丘陵を半分ほどのぼったところに看板があった。〝ミルパーク・キャンピングサイト　トレーラーハウス歓迎〟とあった。右に百メートルほど言ったところだ。

フランクは肩越しに叫んだ。「ここものぞいていったらどうかな？」

アンの返事はなかった。きっと聞こえなかったのだろう。

右に大きくハンドルを切ると、傾斜のきついでこぼこ道にはいっていた。タイヤはすべり、再び地面をしっかりとらえたものの、またすべって、バイクはがたつき、よろめいた。片側に大きく傾いた時、フランクは脚をのばして、倒れないように支えた。うしろに乗っていたアンは不意をつかれて反対側にふっ飛ばされ、黄色いぬかるみの上で腹ばいになった。

フランクはバイクから降りると、助け起こしに行った。アンのヘルメットは脱げて、髪は泥でべたべただった。

「触らないで!」アンは怒鳴った。

フランクは彼女を立たせると、両腕ごと抱きすくめて長いキスをした。もう一か八かだった。アンはもがいて抜け出すと、何か叫んだ。フランクがもう一度抱き寄せると、アンはまた叫んだ。今度は聞き取れた。「ヘルメット、脱いでよ!」

しばらくすると、アンはもう怒鳴らなくなっていた。「もう、死ぬまでわたしの気持ちに気づいてくれないんじゃないかと思った。言ったでしょ、もっといい日曜の過ごし方があるって」そう言うと、フランクにすり寄った。

タイヤ痕に気づいたのはアンだった。数台の車が——もしくは一台の車が複数回——ここ数日の間にこの道を通っている。

大きく弧を描く坂をバイクでのぼり、門をくぐると、てっぺんの広い平地に出た。こちらは裏口のようだ。正面入り口と施設の建物の大半が、敷地の反対側の、村と海を見おろす位置にある。

ふたりが立っている場所からそう遠くない位置に、ひと目で捨てられたとわかるトレーラーハウスが五、六台、フェンス際でごちゃごちゃかたまっていた。トレーラーハウスと門の間に広がる草むらに、タイヤの跡が深々と刻まれている。

二台目のトレーラーハウスのそばで、それまでまっすぐな平行線だったタイヤの跡はカーブして円を描き、先には続いていなかった。ここで車は停まって、方向転換したのだ。トレーラーハウスのドアの外には、めちゃくちゃに乱れた足跡が残っている。

そのトレーラーハウスはまわりに停まっているほかのものと似ていたが、より大きいという点だけ違っていた。窓には板が張られ、ほかのトレーラーハウス同様に、打ち捨てられて荒れ果てた雰囲気に包まれている。ドアはロックされていた。フランクは真ん中の窓をおおっている板に隙間(すきま)がないかと探したが、見つからなかった。

アンの叫び声が聞こえた。彼女は車体の反対側に回っていた。フランクもそちらに向かった。

「中に誰かいる」ささやくアンは震えながら、窓を隠している二枚の板の細い隙間を指さした。

フランクは隙間に片目を当てた。小さな部屋の床、椅子の脚、女ものの白いブーツ、そこからのびる足首とふくらはぎ。足首は椅子の脚に紐でくくりつけられている。

フランクは木の板を乱暴に叩いた。内側からは何の音もせず、動く気配もなかった。

「アン、助けを呼びに行かないと」彼は振り返った。

アンは動かなかった。「フランク、もし生きてたらどうするの？　こんな空気もはいらないとこに……」

フランクは、今度はドアに肩を当てると、どのくらいの力が必要かためしてみた。岩のようにびくともしなかった。

フェンスの外にはブナの人工林があった。五十メートルほど先に生える巨木は、トレーラーハウスの駐車場の上に大きく張り出した枝を切り落とされていた。その落とした枝がまだ、フェンスの脇に放置されている。

フランクはいちばん重たい枝を選ぶと、それをふるって、窓の上に張られた板を破壊し始めた。薄い板はマッチ棒のように折れ、その下の窓ガラスが砕けて、内側の床に甲高い音をたてて落ちた。

トレーラーハウスの室内全体が見えた。椅子に坐っている女は動かない。こちらに背を向けている女の両腕はうしろに回され、椅子の背に縛りつけられている。紐のゆるみが許すかぎり前に倒れかかり、がっくりとうなだれていた。黒いスカートをはき、白いブラウスは背中のうしろに垂れ下がっている。

「死んでるよ」フランクは言った。とはいえ、確信が持てたわけではない。彼は板の残りをはずし、ガラスのとがったぎざぎざの残りをかき落とした。

バイクをトレーラーハウスに寄せると、サドルに乗り、窓から中にはいろうとした。しかし、きつすぎて身体がはいらなかった。

「わたしがはいる」アンが言った。

「だめだ!」

「のぼるの手伝って」アンは苛立ち(いらだ)を抑えて言った。

アンはやすやすと、優雅な動作でくぐり抜けた。こんな時でさえ、フランクはアンの身体の美しさにうっとりせずにいられなかった。

椅子には眼もくれず、アンはまっすぐドアに向かうと、エール錠を開けて出てきた。「ごめん、無理」アンは言った。フランクは中にはいった。石油ストーブの芯が焦げたきつい臭いが充満している。

女の長い金髪が前に垂れて、顔と上半身を隠していた。フランクは髪を横によけた。腰まで裸の女は、乳房と乳房の間から肉切り用のナイフの柄を生やしていた。スカートの前面は血の一色に染まり、足元の床には乾ききった血だまりができている。顔は恐怖にひきつり、笑っているように見えた。

それは、見る前からフランクが知っていたとおり、バーバラ・レッチワースの死体だった。

10

ブライアン・アーマーはこう書いてみた。〝フェザー博士の著作は、大いに必要とされる穴を埋めた……（fills a much needed gap　書評によくある言い回しで「待望の」という意味で使われるが、「穴そのものが大いに必要とされる」すなわち「不出来なもので埋めるより、穴のままの方がよかった」という意味にもとれる）〟そこまで書いて、上から線を引いて消した。カビの生えた古くさいジョークである。これでは悪意が見え見えだ。嫌味がすぎる。しかし、これは本当にどうしようもなくくだらない、最初から最後まで妄想と戯言（たわごと）だらけの書物なのだ！　ブライアンもまたアイスキュロスを研究しているという理由で、書評を頼まれてしまったのである。しかし、フェザーのお粗末な考察といいかげんな研究に対して、ブライアンがどう反応するか、依頼主も予想してしかるべきだろう。ひょっとすると、予想していたのだろうか。ことによると、酷評してほしかったのかもしれない。

彼はあくびをすると、書き物をわきに押しやった。日曜の夜に仕事をする習慣はない。いつもはくつろぐための夜、エレインとデートをする夜だった。

ブライアンは認めたくなかったが、エレインを失ったことは思いのほか、こたえていた。正確に言えば、エレインという個人ではなく、エレインという記号で表される〝女性〟を失ったこと、であるが。時に、禁欲的な研究の道は、無味乾燥に感じられるのだ。

九時十分に呼び鈴が鳴った。現れたのは、ヒュー・リース＝ジョーンズだった。

「やあ、ブライアン。デントン君がどこにいるか知らないかい？　部屋に行ってみたけど出てこないんだ。車もないし」

「マンチェスターに向かっているんだろう。明日、結婚式に出席するそうだ」ブライアンはひとつ代講を頼まれていた。

「出発前に知らせを聞いたかな」

「知らせ？」

「バーバラ・レッチワースが見つかったんだ、死体で」

「中で話そう、ヒュー」

ブライアンはリース＝ジョーンズに酒を出し、電気ストーブの温度を上げた。

「殺されたのか？」

「ああ。学生ふたりが発見した。何日も前に殺されたようだ」彼は一部始終を話して、こう締めくくった。「それで、デントンに知らせに来たんだよ」

「なぜ？」

「なぜって、そりゃ、あの娘はデントンの恋人じゃないか――知らせてやらないと」

いや、なぜきみが？　と、ブライアンは訊ねたかった。「まだハローズは捕まっていないんだろう？」かわりにそう言った。

「ああ……きみ、この前の夜、ハローズに会ったよな。印象は？」

「見かけは粗野だが、中身は理性的だ」

「頭がいいと？」

「そうは言っていない」

「ああ、そうでないのは知ってるよ。うちの研究室にいるからね。マイクロスコープ（顕微鏡）とマイクロトーム（ミクロトーム。顕微鏡観察用の生物組織の切片を作る器械）の違いもわからないんだから」

「私だってギリシャ語を知らなければわからないさ（ギリシャ語由来で、マイクロは〝小さい〟、スコープは〝見るもの〟、トームは〝切断〟の意味）」

「だけど、ハローズは生物学の成績がAということになってるんだぞ」

「つまり、ヒュー、きみは彼が不正を働いたと言いたいのか？　しかし、そんなことはもともと明らかだろう。彼がブランチフィールドに来た目的は、バーバラ・レッチワースを誘拐して、身代金を奪うためだ。警察もそのくらい承知しているはずだが」

リース＝ジョーンズは引き下がらなかった。「それはそうだろうと私も思うよ」彼は認めた。

「しかし、言いたいのはそういうことじゃない。ハローズはどうやってうちに入学したんだ？　いまどき、我が国の大学に書類を偽造してはいれると思うか、大学入学中央評議会(UCCA)（一九六二年設置）やら、学長の報告義務やらでうるさいこの時代に？　特に、ハローズのように成績優秀ではない奴が」

「きみはどう思うんだ」

「内部に手引きをする奴がいたんだよ。このブランチフィールド大学に」

「おい、ヒュー！」こういった、曖昧(あいまい)な証拠をもとに断定するのは、ヒューのいつもの癖だった。勘だけで理屈づけ、決定的な証拠もなしに主張する。彼が科学者として大成しないのは、この悪癖のせいでもあるだろう。

「あの誘拐をハローズが思いついたはずがない」リース＝ジョーンズは続けた。「そんな頭はないよ……それにもうひとつ。新聞社に情報をリークしていたのはハローズじゃない。リークが始まったのは、ハローズがうちに来るより前だ」

「ヒュー、そんなナンセンスを本気で信じているなら、きみが話すべきは私じゃない、警察だ」

「ああ、それならもう話したよ！　今日、クリスティ警部に会ってきた」

「それで、説得できたのか？」

「まだなんだ。まったく、ああいう連中は想像力ってものが足りないよな。こんなにあからさまなのに。でも、きっとそのうち、彼らもわかるよ……」

＊

十時に母から電話がかかってきても、ブライアンは驚かなかった。母はきっとテレビで事件を知ったのだろう。ついでにブライアンのことを思い出し、良心の呵責のひとつも覚えたというところか。

「ああ、ブライアン」母の第一声がこれだった。「久しぶりねえ……」

いや、たしかに久しぶりだ。夏に二、三度、電話で話したのを最後に、まったく連絡を取っていない。

「ブライアン、お母さん、とってもいいこと思いついちゃった。もう何週間も前からどこかに遊びに行くつもりだったんだけど。やっぱりブランチフィールドへ行こうかなって。どう、いいと思わない？」

「ああ、いいんじゃないか」

「ほんの二、三日よ。もちろん、お母さんはホテルに泊まるから……」

ブライアンは思わず苛立（いらだ）った。自分がそんなことをさせるはずがないと、いいかげん、わかっているはずだ。母はいつも遠慮しすぎる。まるで、拒絶されるのを恐れているように。

「必要ない。うちの空き部屋がそのままになっている」

「あら、お邪魔じゃないんだったら、お願いしようか。火曜でいい？　昼過ぎの列車で行くから」

「問題ない……母さんは元気？」

「それがね、お母さん、かわいそうなのよ。アレックスにほったらかされてるの。あの人、ものすごく忙しいもんだから」アレックス・ワッサーマンはテレビ局のプロデューサーで、母のふたり目の夫である。

ブライアンの苛立ちはさらに増した。その名前を出すのはルール違反だったはずだ……

頭の中に電話機のそばで、すらりとした長身の母が立ったまま、優美な所作で無意識にマニキュアを調べているか、ついているかどうかもわからない髪の毛を服から払い落としている様が目に浮かんだ。

「そっちで騒ぎが起きてるって聞いたけど」母親は言った。

「バーバラ・レッチワースのこと？　まあ、そうだね」

「一回だけ、その子のお父さんに会ったことあるわ。なんていうか、下品な人だった」

「ブライアンが何も言わずにいると、母親は続けた。「あんまり邪魔しちゃ悪いねえ——シーザーさんが待ってるんでしょ」〝シーザーさん〟というのは、母が古典学を言い表す、軽く馬鹿にした呼び名である。「じゃあ、火曜日に。たくさん、積もる話をしようね。おやすみ、ブライアン」

ブライアンはもう一杯、酒を注いだ。いまの会話でどっと気分が落ちこんだ。「積もる話だと！」暗黙の了解で、大いなる領域が互いに立ち入り禁止だった。残る領域には、共通の興味もなく、そもそも性格に共通項がひとつもなかった。母は呆れるほど他人に興味しんしんで、生活の細かな部分まで聞きたがった。そのくせ、当てずっぽうの推論や、いくつかの事情を結びつけて出した一般論などには、まったく関心がなかった。

母との関係がぎくしゃくしているのは、この気質と考え方の違いのせいだ、と、思おうとした。しかし、それは屁理屈というものだった。疑いなく、本物の原因は十七年前のあの日にさかのぼる。ブライアンが学校から早く帰って、それを見てしまった時——

いつもどおり、彼の心は思い出すことを拒んだ。バーバラ・レッチワースを思い、ふと、奇妙な連帯感を覚えた。彼女もまた、壊れた結婚の子供であり、過去に苦しめられた犠牲者だ。ただ、バーバラの反抗が乱行や天に唾する態度といった形で暴発したのに対し、ブライアンの場合は、自分の殻にこもり、感情がしなびて、他人に対する温かな思いやりさえ失うという形で現れた。どちらの方が不幸だったのだろう、とブライアンは自問した。まあ、すくなくとも自分はまだ、生きている。

＊

月曜の朝に電話が鳴った時、ブライアンは朝食をとっている最中だった。受話器を取りあげながら、予感が——いや、希望かもしれないが——した。きっと、母は昨夜の衝動的な思いつきを取り消す気になったのだ。

電話は母からではなかった。声は若く、丁寧な喋り方だった。

「アーマー先生ですか？　ローナ・デントンです」

「おはようございます、デントンさん」

「朝早くからごめんなさい、でも、マイケルと連絡がつかなくて」

「弟さんですか？　今日はマンチェスターの結婚式に——」

彼女は淡々とさえぎった。「いま、わたし、マンチェスターからかけてるんです。あの子、来てないんですよ。こっちにホテルを予約してるのに、昨夜、泊まってなくて」

「気が変わって、出席するのをやめたということは？」

「だって、花婿の付き添い(ベストマン)を引き受けてるのに。せめて、知らせてくるはずだわ……車はそこにありますか？」

「ちょっと待ってください」彼は受話器を台に置いて、窓辺に歩いていった。青いミニは門の外のいつもの場所になかった。

ブライアンは電話に戻った。「ないですね。実を言うと、昨夜の九時十分前にはもう、車はなくなっていました。もしかするとそちらに行く途中で車がエンストしたのかもしれません。でなければ、事故ということも」

沈黙が落ち、やがてローナが言った。「だといいけど」

「いい？」

「あの子、ひどく落ちこんでたから。先生は気がつきませんでした？　ああ、気がつかないでしょうね。でも、あの子から来た手紙が……いえ、とにかく、どうもありがとうございました、アーマー先生」

「階下に行って、弟さんがいるかどうか、確かめてきましょうか？」

「たぶん無駄だと思います。今朝、わたしも三回電話してみたけど、返事がなかったし……でも、よかった、車がなくなってて。ありがとうございました、失礼します」電話は切れた。

マイケル・デントンはたしかに挙動が不審だった。ブライアンでさえ、それは気づいた。間違いなく、彼はバーバラ・レッチワースのことを心配していたのだ。ノット教授は、どうせ大酒を飲んでいるんだろう、と取り合わなかった。また評価が下がるぞ……

ブライアンはぬるいコーヒーと冷めたベーコンエッグの朝食の続きを再開した。そして新聞も。

紙面には、ミドルシーの犯行現場の今朝の様子やトレーラーハウスの写真が載っていた。ほかには、死体を発見したふたりの学生の写真があった。それが、フランク・ローレンスとアン・スーエルなのを見て、ブライアンは苛立った。

記事によれば、クライブ・ハローズが（いまは、通称クライブ・ハローズことレジナルド・スミスと書かれている）バーバラ・レッチワースを殺害した罪で正式に起訴されたらしい。ハローズの外見や、着用しているであろう衣類の詳細も載っていた。バーバラのアストンマーティンについてもその特徴やナンバーが記されている。車はまだ見つかっていない。

ブライアンがフラットを出たのはいつもより遅い時間だった。デントンの部屋の前を通り過ぎる時、ドアマットの上に牛乳瓶が置かれ、ガーディアン紙の朝刊が郵便受けからはみ出ているのが見えた。

ローナの言葉を思い出し、彼は躊躇した。「よかった、車がなくなってて……」明らかに、彼女が恐れていたのは弟の自殺だ。窓から部屋の中を覗いた方がいいだろうか、と一瞬考えて、すぐに打ち消した。車はもうなくなっているのだ。それに、関わりのないことに首を突っこむことは、おのれの信条に反する。ブライアンは歩き続けた。

専攻ゼミのあと、デントンの一年生の授業の代講をした――運よく、なじみの深い古い文献に関する講義だった。ローレンスもミス・スーエルも欠席している。警察の事情聴取でも受けているのだろうか？

けれども、ブライアンが講義室から出てくると、アン・スーエルが彼の研究室で待っていた。

「警部さんがもう少ししたら、アーマー先生に会いたいそうです」彼女は言った。

「わかった。警部はどこに？」

「学生課です。グリアソンさんの部屋を使ってます」

ブライアンはドアを開けて、戸棚の中にガウンを吊るした。言われたとおりに部屋を出ようとしたところで、ミス・スーエルが通せんぼをしていることに気がついた。

「アーマー先生、フランクから昨日、先生が言ったこと、聞きました」彼女の顔は、その髪と同じくらい真っ赤だった。

「フランク？」

「フランク・ローレンスです。恋愛と勉学は両立しないって、彼に言いましたよね。それ、わたしのことでしょう？」

やれやれ！　とはいえ、いらぬ衝突は避けるが吉だ。

「特にきみのことを言ったわけではない、スーエル君。ただ、ローレンス君は古典学科において、ここ数年間でもっとも有望な学生だ。もったいないだろう、彼ほどの――」

彼女がさえぎった。「つまり、わたしが悪い影響を彼に与えると、そういう意味ですか？」

ブライアンは答えなかった。昨年の彼女の成績そのものが語っていることだ。

「わたし、改心したんです、アーマー先生。前にも言いましたけど、これからはもっとまじめに生きようって」

「ああ。では、スーエル君、そろそろ失礼するよ……」

彼女は脇にどいたが、じっと彼をにらみつけていた。

＊

ブライアンが学生課長代理のオフィスにはいっていくと、刑事がふたり、待ち構えていた。ずんぐりした赤ら顔の方はクリスティ警部と名乗り、年下らしき相棒はエッゴ警部補と自己紹介してきた。

「アーマー先生は、ミス・レッチワースをご存じでしたか？」クリスティ警部は風邪をひいているらしく、鼻声だった。

「見かけたことはあります」言いながら、付け加えようかと思った――「評判も聞いています」と。しかし、黙っていた。

「クライブ・ハローズはどうです？」

「いえ、まったく。ふたりとも私の講義を取っていないので」

「しかし、先生は先週の水曜日に学生会館で起きた出来事の一部をご覧になっているそうですね？　話していただけますか」

ブライアンは言われたとおりにした。

「先生の印象では、ミス・レッチワースの誘拐は芝居ではなく本気のように思えましたか？」

「どちらと言いきれる証拠はありませんでした。私は証拠もなく決めつけるたちではないので」

警部は眉を上げ、しばらく間をおいてから言った。「なるほど、ありがとうございました、アーマー先生」そして、エッゴ警部補にうながされて、言い添えた。「デントンさんは先生の同僚ですね？」

「同じ学科にいます、そうです」

「彼がいつマンチェスターから戻るかご存じですか？」

「今夜遅くだと聞いていますが」ローナ・デントンからの電話については話さなかった。訊かれもしないのに、余計な情報を自分から話すつもりはない……

秘書室には、部屋を追い出された学生課長代理のウォルター・グリアソンがいた。秘書の姿はどこにもない。

ブライアンが出てくると、グリアソンは新聞記者の一団を前に、しんがりの騎士のごとく戦っていた。「さっきから言ってるでしょう」甲高く怒鳴った。「ここは通せないって」続き部屋のドアが開いて、警部が頭を突き出した。「待ってても無駄だぞ。新しいものは何も出ていない。何かわかったら知らせるから」

記者たちが退散すると、グリアソンはブライアンに言った。「まったく、いやんなりますよ。あいつらの相手をするのは、レイボーンの仕事だろうに。なんでレイボーンは、私の部屋を警察に貸したんだか」そう言うと不機嫌な顔で、閉じたドアを見やった。

課長代理はずんぐりむっくりの定年間近の小男だった。年下のレイボーンが自分の上司に任命された二十年前から不満たらたらなのである。

「まあ、しかたないか」グリアソンは続けた。「これも、うちの大学じゃでたらめがまかり通るっていい例だもんな。ハローズだってそうだ」

「ハローズが？」

「先生もハローズの正体は聞いたんでしょう？」

「〝レジナルド・スミス〟だと」

グリアソンはげらげら笑った。「職にあぶれた役者ですよ。ちゃちな泥棒の」

「それほどちゃちではなかったね」

「まあ……だけど、私が言いたいのは、ここのぼんくら教職員が、あんなどこの馬の骨ともわからない奴を入学させたのはどういうわけだってことですよ！　いいかげん、入学許可だのなんだのって事務は、学生課にまかせてほしいもんだ、こっちはプロなんだから」

ブライアンは自分の同僚がぼんくら呼ばわりをされたことに傷ついた。とはいえ、そう呼ばれてもしかたがない手抜かりがあったのもたしかである。「書類は？」彼は訊ねた。「偽造されていたんだろうか？」

「盗まれたんでしょう。つまり本物のクライブ・ハローズって入学志望者がいたってことですよ」

だとしても、おかしな話であることに変わりはなかった。

＊

その夜の九時半にローナ・デントンがブライアンを訪ねてきた。

飲み物でも、という申し出を断ったばかりか、コートを脱ごうともしなかった。「マイケルはとうとう来なかったんです」彼女は言った。「それで、車でまっすぐこちらに来てみたんですけど。あの子を見ませんでした？」

「いいえ。弟さんのフラットに行ってみましたか？」

彼女はわずかにためらった。「窓は真っ暗だし、玄関先にはまだ今朝の牛乳が置きっぱなしなの」

ブライアンは、ローナの心配の対象が今朝とはずれているように感じた。つまり、弟の行方は、もはやローナのいちばんの関心事ではないように思えたのだ。

「警察に、弟さんが行方不明だと相談してみましたか？」

「いいえ」

「なぜです？」

「なぜって、わたしがそうしたくなかったからよ！」

ブライアンは言った。「警察は彼に会いたがっています。戻ってきたらすぐに教えてほしいと、今日、言われました」

彼女の瞳に恐怖の色がよぎったのを、彼は見逃さなかった。「やっぱり、お酒、いただくわ」

ブライアンが飲み物を持ってくると、彼女はコートを脱いでいた。くっきりと身体のラインの浮き出るスーツ。すばらしい曲線だ。

視線をそらすのがひと苦労だった。「どのくらい飲みますか、デントンさん」酒を注ぐのに意識を集中しながら訊いた。

「たくさん。それから、ローナって呼んでください」

最初に来たのはお世辞だった。「マイケルもこのくらいきれいに整理整頓してくれたらいいんだけど」部屋を見回しながら、彼女は言った。

そして、本題が来た。「ブライアン、わたし、弟の部屋にはいりたいんです」

「今夜？」

「ええ」

「なぜ？」

「なぜでも。大事なことだから」

「私は鍵を持っていませんが」

「でも、ここは大学の持ち物ですよね？　この建物全部が」

「ええ」

「それなら、鍵を手に入れることはできるでしょう？」

「さあ、どうでしょうか。そもそも――」ブライアンは彼女の眼をじっと見た。「――私がそんなことをする理由はありません」

「お願い、ブライアン」

「だから、私には関係ないと」そう言ったとたん、彼女の眼に軽蔑の色が浮かぶのが見えた。

ひとことも言わずにローナは立ちあがり、コートを着て、ドアに向かった。

彼は背中に向かって声をかけた。「手袋を忘れていますよ」振り返った彼女は、泣いていた。

「しかたがない、あなたの勝ちだ」ブライアンはぶっきらぼうに言った。

ふたりはローナの車を使った。大学の守衛小屋はとっくに閉まっていたので、ふたりはスペンラブ老人の家に押しかけることになった。

ブライアンは、こちらのミス・デントンは弟さんの部屋に数日泊まることになっていたが、肝心の弟がマンチェスターの結婚式からまだ帰っていないので困っている、と説明した。もう夜も遅いので、ミス・デントンに彼の部屋のスペアキーを貸してはもらえないだろうか？

「さあ、それはちょっと」スペンラブはそう言いながら、涙っぽい眼は、ブライアンが見せた一ポンド札に釘づけになった。

スペンラブはふたりと一緒に守衛小屋に戻る道中ずっと、夜の空気は気管支炎に悪いだのなんだのと文句を言っていた。そして、小屋に着くと今度は、鍵が間違ったフックにかけてあった、とまた文句を言った。ブライアンは札を渡すと、鍵を受け取り、ローナが受け取りのサインをした。

*

ブライアンは郵便受けからガーディアン紙を引き抜いて、ローナに手渡し、鍵を開けた。牛乳の瓶を取りあげ、ドアの内側に置いて、こう言った。「おやすみなさい、ローナ」

彼女は仰天した眼でブライアンを見つめた。「あなたには好奇心がないの？」

「抑えています」

「面倒に巻きこまれたくないから？」

ほぼ図星だった。彼は答えなかった。

ローナはため息をついた。「せめて、わたしが明かりをつけて中を確かめるまで一緒にいて」

彼はあとについて部屋にはいった。

彼女は部屋から部屋を歩き回り、明かりをつけてはゆっくりと視線をさまよわせている。埃をかぶった客用寝室を除いては、フラットはどうしようもなく汚かった。台所は洗っていない皿が積みあがっている。デントン自身の寝室は、ベッドはぐちゃぐちゃで、パジャマが床に落ちていた。

いちばんひどいのは、最後にたどりついた居間だった。日曜版の新聞紙は皺だらけで、ソファの上に散らばっている。たばこの吸い殻は、灰皿が落ちた絨毯の上にばらまかれたままだ。床にはほかにグラスがひとつとウィスキーの瓶が二本、落ちていた。一本はからっぽで、もう一本は半分なくなっている。暖炉の灰は片づけられずにたまっていた。

ローナは力なく言った。「もう大丈夫、どうぞ帰って」

ブライアンは彼女が震えているのに気づいた。「電気ストーブはありますか？」

「台所に」

彼はそれを運んでくると、コンセントを入れた。ローナは古めかしい書き物机の蓋を手前に倒して天板を出すと、手紙や請求書や領収書が山になって押しこまれているのを茫然と見つめた。ブライアンの目の前で、書類の山は崩れ、床になだれ落ちた。

「何をしてるんです？」ブライアンは訊ねて、彼女が無言でいると、もう一度、質問を繰り返した。

「あなたに関係ないでしょ」ローナはそっけなく、彼の言葉をそのまま投げ返してきた。

背中を向けられていたが、ローナがまた泣いているのに気づかないわけがなかった。今夜二度目に、軽蔑と涙という彼女のふたつの武器をぶつけられて、ブライアンは降参した。

「話してください」彼は言った。「でも、まず何か飲みましょう」

ブライアンが台所からグラスをふたつ持って戻ってくると、ローナはソファの上でのびるようにぐったりと身体をあずけ、ひどく疲れきった様子で、顔をまだ涙でぬらしていた。

「わたし、普段はこんなに泣き虫じゃないのに」彼女は言った。「でも、今日はもう、参っちゃった」彼はハンカチを軽く放って渡した。

「マイケルから連絡が来たんですね？　違いますか？」ブライアンは言った。「彼の居場所を知ってるんでしょう？」言いながら、ローナに酒を手渡した。

「これ、ストレートのウィスキー？　多すぎる」そう言いながらも彼女はグラスを受け取り、ひと口飲んで、身震いすると、ほっとしたように息をついた。「うん、マイケルから連絡があったの、でも、どこにいるかは知らない」

彼はこの日の午後、結婚式の最中に電話をかけてきたのだった。長距離電話だが、どこからかけているのか、マイケルは頑として口を割らなかった。逃げてるんだ、と彼は姉に言った。

「逃げているって、何から？」ブライアンは訊ねた。

「警察から。二十四時間以内に、自分は指名手配されるって」

「何の罪で？」

「バーバラ・レッチワースを殺した罪で」

「いや、だってそれはハローズのしわざでしょう？」

「マイケルは、ハローズがひとりでやったんじゃないって……」そういえば誰かもそんなことを言っていたな――リース＝ジョーンズだったか？――そう、言っていた。まさか、本当なのか？

ローナは続けた。「そして、マイケルに濡れ衣を着せようとしてるって」

ブライアンは言った。「私にそれを信じてほしいと言うんですか？」

ローナはきっとして言い返した。「じゃあ、あなたはどう思うの？」

「バーバラが亡くなったショックで混乱しているか、でなければ……」

「でなければ？」

「マイケルが本当にハローズの共犯者か」

「なんですって！」

「いや、だって、やましいことでもなければ、警察から逃げたりしないでしょう」

「あなたはそうなんでしょ。マイケルはどうしようもなく気が弱いの。あなたは本当のあの子を知らないのよ」

「私は彼があの娘に金をせびっていたのを知っています。借金をしていたことも」

「だからってあの子が人殺しになるわけじゃないわ」

「人間は誰でも、どうしようもなく切羽詰まると人を殺す可能性があるものですよ」

ローナはまた泣きだした。「わかってたわ、あなたはそういうことを言う人だって」彼女はしゃくりあげた。「助けてくれないって」

「わかってたなら、なぜ私を頼ったんです?」彼をこの件に文字どおり引きずりこんだのはローナである。

「マイケルに頼まれたからよ。あなたのことをとてもほめてた――なんでか知らないけど」ローナは鼻をかんだ。

ブライアンは罠にかかった気がした。「マイケルは私たちにどうしてほしいと?」わざとそっけなく言った。

「あの子の濡れ衣を晴らしてくれるかもしれない、バーバラからの手紙があるんですって。それがこの書き物机の上に置きっぱなしになってるはずだって」ローナは書類の山を見やった。

「手伝ってくれませんか?」

彼は肩をすくめた。「いいですよ」

ローナは書き物机の上で調べ始めた。ブライアンは書類をひとかかえ、小さなテーブルに運んで、そこに広げた。

「手紙の日付は?」彼は訊いた。

「三週間くらい前。十月中旬だって」

気の滅入る仕事だった。個人的な手紙も、請求書も、回覧用の書類もごっちゃになっている。請求関係が多かった——請求書、督促の手紙、法的手続きを取るという通知書。潔癖なブライアンの心は、マイケル・デントンのだらしなさの証拠の山に、すっかりたまげていた。

バーバラからの手紙は見つからなかった。しかし、ほかのものがあった。「ちょっと来て、見てください」彼は声をかけた。

それは正式な領収書で上部にこう印刷されていた。〝サミュエル・ウィルキンソン&サンズ不動産（カーベリービーチ　サンロード）〟。その下に宛て名があった。〝M・ボズウェル様（ブランチフィールド）貸与トレーラーハウス一台〟。さらに明細が続いていた。〝ミドルシー、ミルパーク・キャンプサイトにて　一九六八年十月一日から三ヶ月間……八十ポンド〟。そして下にはこうあった。〝受領済。毎度ありがとうございます。一九六八年九月二十八日〟。支払い済み印と重なって、読みづらい署名が書かれている。

肩越しにのぞきこんで読んでいたローナが、いきなり手をのばして領収書を奪い取った。間一髪、ブライアンは彼女が何をしようとしているのかを見てとった。ローナの手首をつかんでひねると、彼女は苦痛のあまりに紙を床に落とした。

ブライアンはそれを拾いあげ、丁寧にたたんで、自分の財布にしまった。「これは証拠です。破棄することはできない」

ローナは手首をさすっていた。「あなた、それで決まりだと思ってるんでしょう？　あの子が犯人だって」

彼は言った。「ボズウェルという名に心当たりは？」ローナの様子で察すると、言い添えた。「弟さんが無実だと本気で信じているなら、私にもっと正直に話してくれないと」

彼女は反抗的に答えた。「ミドルネームよ、弟の。マイケル・ボズウェル・デントン……でも、こんなの明らかな小細工だわ。だって、もしこれがあそこにあるって知ってたら、書き物机を調べろなんてわたしたちに頼むと思う？」

「私もそれはおかしいと思います。バーバラ・レッチワースからの手紙は見つかりましたか？」

「ううん、まだ」ローナの前にはまだ確認できていない書類の小山が残っていた。ふたりで手分けして探したが、興味をひかれるものは出てこなかった。

「連中、バーバラの手紙を盗んで、この領収書をかわりに置いてったんだわ」ローナがきっぱり言った。

「〝連中〟とは？」

「知らない」

「マイケルは知らなかったんでしょうか？」

「ひとりはハローズだってことは知ってたはずよ、もちろん。もうひとりは全然、わからないみたいだったけど」

ブライアンは言った。「ローナ、あなたは自分でもおかしなことを言ってると思わないんですか。私でさえ、あなたの話に一ダースも穴を見つけたのに」

「聞きたくない」

「紙の入れ替えはいつ？　犯人たちはどうやってここに侵入したんです？　それに――」

「黙ってよっ！」ローナは彼を怒鳴りつけた。「論理学の講義なんかいらない。わたしは助けが欲しいの……マイケルがあなたをどう言ってたと思う？　ここの大学でいちばん聡明な頭脳を持ってるって、そう言ってたのよ。あの子を助けられる人間がいるとしたら、あなたしかいないって」

「彼は間違っていますよ」ブライアンは言った。

「ほんと、大間違いね！」

彼はたばこを一本、手渡した。ライターを差し出しながら、ローナの手首に残った赤い痕を見た。「それ、申し訳ありませんでした」彼は言った。「痛みますか」

彼女は皮肉っぽく大声で笑った。「気にしないで。あなたの舌の方がよっぽど傷つけてくれたわ……」

ブライアンは言った。「ローナ、警察を呼んだ方がいい」

けれども、彼女は何か思いついた様子で、離れていこうとした。ブライアンはあとについて台所にはいった。ローナはキッチンテーブルの引き出しを開け、ナイフやフォークを調べていた。それから今度は壁の備えつけの戸棚をのぞきこんだ。

「ない」彼女は途方に暮れたように言った。

「何が？」

「肉切り用の大きいナイフ。きっとなくなってるって、あの子に言われた」

呼び鈴が鳴った。ブライアンは腕時計を見た。零時を回っている。

「出て」ローナが言った。

玄関口にはクリスティ警部がもうひとり、男を連れて立っていた。彼はブライアンがいるのを見ても、驚いた顔を見せなかった。「お邪魔してもよろしいですか？」彼はそう言った。

11

月曜日の午後八時半、クリスティ警部は自分のオフィスでひとり、バーバラ・レッチワースの解剖記録をじっくりと検分していた。風邪で頭はずきずき痛み、鼻水も止まらない。〝死亡推定時刻：水曜午後九時から木曜午前九時の間〟つまり、父親が脅迫状を受け取った時には、すでに死亡していたということだ。彼がその時に警察に通報してくれていれば。金を払う前に、犯人の足跡が消える前に……

医学用語だらけの暗号を解読すると、死因は肉切り用のナイフで正面から心臓をひと突きされたことによるものとわかった。しかし、その致命傷より前につけられた傷は、犯人の嗜虐性を感じさせた。左顎が骨折し、数本の歯がぐらつき、手首足首は擦りむけて青あざができ、左胸を軽く刺した傷や、下腹部に殴られた痕もある。

クリスティ警部は大学で昨年、麻薬捜査の一環でこの娘に事情聴取した時のことを思い出していた。あの時は、彼女の名を出すな、という圧力がかかったものだ。もともと、バーバラに対する証拠はあってないようなものだったから、警部は彼女を解放した。しかし、バーバラから感じた自殺願望に似たあやうさを、警部は忘れることができなかった。

「そろそろ切りあげた方がいいんじゃないですか」巡査部長がそう言いながら、お茶とサンドイッチをのせたトレイをクリスティ警部のデスクにのせた。

「なんの、これしき」警部はそう言って、二度、盛大にくしゃみをした。

マルダー巡査部長はお茶をカップに注いだ。「ウィルキンソンさんが来て、供述書に署名していきました。トレイにのっかってるのが、それのコピーです」

「ありがとう。スミスについて報告は？」

「ありません」巡査部長は出ていった。

馬鹿な質問をした。新しい報告があれば、すぐに知らせてくるに決まっている。自分は焦っているのだ。神経質になりすぎだ。苛立ってしかたがない。そしてこの、腹の立つ風邪のせいで、脳味噌がうまく働かないのもこたえた。

野心家ではないものの、クリスティ警部は時々、大事件を解決して有名になる自分を夢想することがあった。そして、その機会が実際に訪れたいま——名を挙げて、有名になるすべての条件を備えた殺人事件を担当することになったというのに——なぜか、その夢は苦いものとなった。この職についてから初めて、警部は自分の能力に疑いを持った。

ある意味で、この事件は簡単すぎるのだ。すでにクライブ・ハローズこと、本名レジナルド・スミスに対する動かぬ証拠はいくつもおさえてある。残る仕事は、捕まえることだけだ。そして、それはクリスティ警部の仕事の範疇ではない。彼自身の仕事はすませた。

いや、本当にそうだろうか？　初めから、レジー・スミスが主犯であるということに、ひっかかりをずっと感じていた。スミスは南部からやってきた男で、クリスティ警部の管轄で世話になったことはなかったが、前科の記録は大々的に残っている。自身の職業は俳優だと書いていたが、実際に舞台に立っていたのは何年も前のことだった。その後は悪知恵を働かせて世渡りし、けちな犯罪で次から次へ有罪になった。電話ボックスを荒らしたり、万引きをしたり、主婦から小遣い程度の金をだまし取ったりしていた。たしかに一度だけ、ハンドバッグを狙って女性を殴り、あやうく殺しかけたことで、二年の実刑を受けたことはある。しかしその事実は、嗜虐性をほのめかしこそすれ、スミスの頭のよさを感じさせるものではない。そもそも、彼はみっともないほど頻繁に捕まっているのだ。

　こんな男が、バーバラ・レッチワースを誘拐して殺す緻密な企てを、単独で計画し、実行し、誰かにその罪をかぶせ、身代金を奪い、まんまと逃げおおせるものだろうか？　とてもそうは思えない。しかし、これまでの彼は一匹狼だった。ただ、今回の事件でも、共謀しているという証拠は特にない。リース＝ジョーンズ博士が主張している、スミスは大学の評判を落とす綿密な陰謀に利用されただけだ、という当て推量を、証拠と呼ぶなら別だが。

　警部は初めて知ったのだが、大学の人間という連中は、実に面倒な証人ばかりだった。リース＝ジョーンズ博士のように、自分の方が警察よりうまく事件を捜査できると思いこんでいるか、すなおに答えようとせず、詭弁や屁理屈をこねるやからばかりだ。

　忍耐力と如才なさをもって、クリスティ警部は大学内に共犯者がいる可能性を徹底的に洗った。しかし、仮にいるとすれば共犯者も、そしてスミスも、おそろしく用心深い、ということがはっきりした。スミスの友人として知られているのは、例のひげを生やした共産主義者のアーサー・ロビンソンだけだ。クリスティ警部は今日、ロビンソンをさんざん締めあげて、結局、全体的な計画においては仲間でなく、道具として使われた駒(こま)にすぎないと、納得した。自分ならレジー・スミスを捕えて、十分間、話を聞きさえすれば、共犯者の有無は聞きだせるはずだ、とクリスティ警部は思った。しかし、全国で指名手配されているというのに、彼の行方はようとして知れなかった。それどころかアストンマーティンも出てこなかった。スミスが始末したに違いない。

警部はお茶を飲み終えると、手をつけていないサンドイッチを押しやり、パイプにきざみを詰めた。火をつけたとたん、煙にむせて、また咳が止まらなくなった。警部は火を消した。どちらにせよ、たばこはひどくまずく感じた。

それにしても、エッゴ警部補は何をぐずぐずしている？ 警部補は一時間前に電話をかけてきて、手がかりが見つかったから、すぐに報告する、と言ってきた。それさえなければ、もうとっくに家に帰り、ベッドにはいって熱いトディ（酒に砂糖やシナモン等を入れて水またはお湯で割った飲み物）でぬくもっていたのだが。警部は悪態をつきつつ、うっかりパイプに手をのばしたところで思い出し、また悪態をついた。

サム・ウィルキンソンの供述書を読んだ。警部は前の晩に、カーベリービーチでウィルキンソンに話を聞いていた。彼と息子は自分たちを不動産屋と称していたが、実際には、いくつかの海岸にある休日用のキャンプサイトでトレーラーハウスを貸し出すことが主な仕事だった。彼らはかなりの台数を所有していた。商売は大繁盛だった。

今年の九月、ある土曜日にひとりの男が店を訪ねてきて、ミドルシーのトレーラーハウスをクリスマスまで借りたいと言ってきたそうだ。男は自分が作家で、そのあたりを舞台にした小説を書いているのだと説明した。

ウィルキンソンの会社では、トレーラーハウスの貸し出しは原則、夏期限定だった。十月初旬からトレーラーハウスは順次、冬ごもりのために、キャンプサイトの片隅に移される。サム・ウィルキンソンは季節はずれの注文を受けることにやぶさかでなかったが、ミドルシーはおすすめしない、と客にアドバイスした。ミドルシーのミルパーク・キャンプサイトは高台にあるので、悪天候にもろにさらされる。あそこのトレーラーハウスが冬に借りられたことはない、と説明した。

男は、どうしてもミドルシーでなければならない、と言い張った。それでウィルキンソンは言われたとおりに連れてゆき、希望のトレーラーハウスを選ばせ、三ヶ月間の賃料を八十ポンド前払いで、という契約を結んだ。カーベリービーチの事務所に戻ってから、男は現金で料金を支払い、領収書と鍵を受け取って、立ち去った。

ウィルキンソンはその見知らぬ人物を、長身だが猫背で、かなり若く、頬に長い傷痕がある男だったと説明した。数枚の写真を見せると、彼はレジナルド・スミスの写真を選び取った。契約書に、男は〝M・ボズウェル〟という名を残していた――どうせ、適当に選んだ名前だろうな……

エッゴ警部補は九時十五分に戻ってきた。

「風邪の具合はどうでありますか、警部？」

「かんばしくないね」クリスティ警部の左目はくっつきかけていた。

「風邪に効く飲み物といえば、レモンを搾った熱いラムに――」

「ふうん」今日いちにちで、親切な同僚から風邪に効くレシピを三つも教わっていた。「こんな時間までどこに行ってたんだ？」

時々、クリスティ警部はエッゴ警部補の前任者、ジョン・ハワードの定年退職を残念に思わずにいられなかった。ハワードは怠け者で、能力は並程度で、自分から率先してあれこれやろうという気はまったくない爺さんだった。しかし、彼は長い年月、積み重ねた経験を持っており、大いに健全で実際的な判断力に恵まれていた。クリスティ警部は自分の考えをまとめる時、彼にしばしば反響板になってもらったものだ。

その役割をジュリアン・エッゴ警部補に求めることは無理だった。エッゴ警部補は若く、野心的で、頭が切れたが、あまりにまじめで、警部を非常に尊敬するあまり、やたらと堅苦しく、おまけにユーモアに欠けていた。もう十八ヶ月、相棒として組んでいるが、初めて配属された時から、そのかしこまった態度はまったく変わらなかった。

「それが、警部」彼は言っていた。「おっしゃるとおりだと思います。スミスにはたしかに共犯者がおりました。そして、自分はその正体がわかったと思うのであります」

ドラマチックな効果を狙った間があった。「なんだ、教えてくれ」クリスティ警部はそう言って、鼻をかんだ。

「スミスがトレーラーハウスを契約した時に使った名前を憶えておられますか?」

「〝M・ボズウェル〟だろう」

「そうです。では、この三十二ページをご覧ください――」言いながら、彼は一冊の本を広げ、ずいと机の上をすべらせた。

「何だい、これは?」

「最新の大学予定表です。学生課長から借りてまいりました」

問題のそれは、教員の名簿欄だった。〝ギリシャ語専攻〟のいちばん最後にこうあったのである。〝補欠講師、デントン、マイケル・ボズウェル、文学士〟

クリスティ警部は言った。「それで? 別にこのくらい、ありふれた名前じゃないか。共犯者だったとしたら使うのは姓だろうし」そう言いながらも警部はデントンが、レッチワース卿が身代金を運ぶ時にどうしてもと同行を強く要求したことや、土曜日に警察が事情聴取した時にひどく狼狽していたことなどを思い出さずにいられなかった。恋人を心配する気持ちの表れだと、警部は解釈していたのだが……

エッゴ警部補はひるまなかった。「動機があります。証言によれば多額の借金を背負っているそうです」

「誰の証言だ?」

「誰でも知っていることだそうです。デントンは競馬が趣味で……。それだけではありません。デントンが今日、マンチェスターで結婚式に出席することはご存じですか?」

「ああ」

「聞きこみをしてきました。聖マーガレット教会で結婚する従兄弟(いとこ)の付き添い人(ベストマン)をする予定だったそうです。たしかに、デントンは出発しましたが、とうとう現れなかっ……」

電話の鳴る音が静けさを破った。

警部は受話器を取りあげた。「クリスティだ」

ぱちぱちというノイズに続き、ゆっくり喋る声がした。「警部ですか？　グランリー・ベイのプレンティス部長刑事です。おそらくそちらでお探しのアストンマーティンと思われる車を見つけました……」

＊

ミドルシーのふたりの少年が放課後に、親から禁じられている、村の北にそそり立つ崖の上にのぼった。中途の岩棚から下を覗いた時、水面に車のタイヤがふたつ、突き出しているのと、下になった赤い車体の輪郭(りんかく)が見えた。その時は満潮で、子供たちは近づくことができなかった。

夜遅くなってから、少年のひとりが良心の呵責(かしゃく)に耐えられずに、その日の冒険について懺悔(ざんげ)した。父親がいちばん近いグランリー・ベイの警察署に電話をかけたことで、プレンティス部長刑事と部下ふたりが捜査に向かい、それからいくらもたたないうちに、ブランチフィールド警察署の電話が鳴ったというわけである。

クリスティ警部とエッゴ警部補は二十分でミドルシーに着いた。警部は、村から二百メートルほど離れた、道路の草縁に駐車している警察車両の真うしろに、車を停めた。

制服警官が待っていてくれた。「ここから四百メートル先です」そう言いながら、道路が急にのぼっている前方を指さした。「崖をおりることはできませんが」

彼は懐中電灯をふたりに渡すと、先に立って、海岸に続くぬかるんだ道をくだっていった。やがて、道は海岸に近づくにつれて、ごろごろした石や小石だらけになってきた。ほどなく、崖が右側にそそり立ち、海岸は一メートルほどの幅にせばまった。地面に立てられた木の看板に警告が書かれている。〝この先キケン！　満潮時は水没〟。前年に少女がひとり、溺死していたのだ。

静かな夜気の向こうから、話し声が風に乗って届いてきた。崖の出鼻を回ると、懐中電灯の明かりらしき光線が何本か見える。

さらに明るい光が、出迎えるように近づいてきた。強力なランプを持ったプレンティス部長刑事だった。

「該当の車でした」部長刑事は言った。「ナンバープレートが見つかりました」

「中には？」

「それが、中を見るのがホネでして……」

車は大破していたものの、アストンマーティンであることはわかった。ふたつの丸っこい巨石の間の溝に、横倒しになって、はまりこんでいる。いまは干潮なのだが、それでも巨石の根元は水浸しだった。

ゴムの胴長で下半身を包んだ制服警官が、丸い巨石を必死によじのぼろうとしていた。海藻でぬるぬるしているせいで、うまく手をかけることができずにいる。

エッゴ警部補が言った。「自分が行ってみましょう」彼はクリスティ警部に自分の懐中電灯を手渡すと、靴と靴下を脱ぎ、ズボンの裾をまくりあげ、じゃぶじゃぶと水の中を歩いて巨石に近づいていった。プレンティス部長刑事がランプで彼を照らしている。

十秒後、いかなる神わざか、警部補はつるつるの表面に足がかりを見つけ、巨石の上にのっていた。クリスティ警部が懐中電灯を放ると、エッゴ警部補は片手で華麗にキャッチした。

「まったく腹が立つくらいなんでもできる奴だ」警部はひとりごとをつぶやいた。失礼な言い種であることは重々わかっていたが。

逆光にシルエットを浮かびあがらせたエッゴ警部補は膝をつき、車の上におおいかぶさるように身を乗り出して、自分の懐中電灯の光で、かつては助手席の窓だったものの奥を照らそうとしていた。

そして言った。「ハンドルの下に、死体がはさまっています」

クリスティ警部が叫んだ。「スミスか?」

「顔が海藻におおわれています。お待ちください」エッゴ警部補は腹ばいになると、片腕をのばして、車内に手をおろし、しばらくしてから、もう一度、中を照らした。「そうです、レジー・スミスです」一拍おいて、彼は叫んだ。

プレンティス部長刑事が言っていた。「我々もさんざん行政に言ったんですよ、ここの道路には柵をつけないと危ないって。きっと急カーブを曲がりきれなくて、まっすぐ飛びこんじまったんでしょう」

エッゴ警部補は、動揺を隠せない声で言った。「彼の過失ではありませんね、眉間に特大の風穴(かざあな)が開いていますから……」

*

クリスティ警部は捜査班から離れて、崖のふもとで必要なお決まりの手続きをすませてから、グランリー・ベイに戻った。新聞記者がすでに小さな警察署に押し寄せていた。タレコミの電報によって、ブランチフィールドの宿から引き寄せられてきたのだ。

クリスティ警部が上司に電話をかけると、警察署長は予想どおりの反応をした。

「銃創？　自殺ってことか？」

「そうは思えません、署長。おそらく殺人に違いないかと」

「おいおいおい、冗談じゃないぞ！」そして、腹立たしげに言った。「笑えないニュースだな、クリスティ」

「ええ」受話器の向こうからも、葉巻の匂いがぷんぷんと漂ってくる気がした。

「なあ、もう我々の手には負えないんじゃないか？」ヒューバート卿が言っているのは、そろそろスコットランドヤードの助けを呼ぶ頃合いではないか、という意味である。

「署長がそうおっしゃるのでしたら。しかし、我々には手がかりがあります」警部は署長にマイケル・デントンの話をした。「指名手配しました。さらに、家宅捜索令状を取るつもりです」

長い沈黙があった。「そんじゃ、まあ、明日、なんとかしようか」署長も警部と同様で、不必要にスコットランドヤードを頼りたくはないのだ。

クリスティ警部は、エッゴ警部補をグランリー・ベイに残して車に乗りこみ、ブランチフィールドに戻った。零時四十分に、警部はマイケル・デントンのフラットの呼び鈴を鳴らした。ヒューイット部長刑事がお供についてきていた。

ドアを開けたのはアーマー博士だった。昼間に事情聴取をした、気取り屋の若い講師だ。

「はいっても?」クリスティ警部は訊いた。

アーマーが一歩、脇にどいた。「デントンはいませんよ」

「知っています」

「彼のお姉さんが――」

「事情はすべて承知しています、アーマー先生。スペンラブに聞きました」

姉は居間にいた。目鼻立ちは弟にうりふたつだったが、受ける印象はまったく違った。しっかりと結んだ口元には、弟のようなぶすっとしている歪(ゆが)みはなかった。そして、彼女はまっすぐに相手の眼を見つめてきた。不安そうだが、堂々としている。

部屋は散らかり放題だった。ローナ・デントンはソファの上の新聞紙を片づけ、ふたりの刑事にかけるように言った。そして、一杯いかが、とすすめてきた。

「いえ、お気持ちだけで」クリスティ警部はそう言いながら、無念そうに床のウィスキーの瓶を見やった。さっきまでの数時間、血管を駆けめぐっていたアドレナリンは、警部の体力を支える効果を失っていた。風邪の辛さがまたぶり返してきた。

「デントンさん、我々は弟さんの行方を探しています」警部は切り出した。

「弟の居場所は知りません」彼女の返答は素早すぎた。

クリスティ警部は淡々とした声で言った。「昨夜七時半のラジオで、バーバラ・レッチワースの死体が発見されたというニュース速報がはいりました。八時二十分に弟さんは車で家を出ました。彼は――」

「弟がニュース速報を聞いたって、どうしてわかるんですか?」

「それはわかりません。私はふたつの独立した事実を並べただけです……。弟さんはマンチェスターのあるホテルに部屋を取りましたが、使いませんでした。今日は花婿の付き添い(ベストマン)として出席するはずが、結婚式に現れなかった。すくなくとも、これらの事実をあなたは受け入れてくれますか?」

「ええ」

「弟さんはどこです、デントンさん?」

「わたしこそ知りたいわ」

「なぜ、今夜ここに来たんですか?」

「あの子が心配で。結婚式に現れなかったので、病気か何かで来られなくなったのかもしれないと思いました。それで――」

アーマー博士が口をはさんだ。「デントンさん、真実を話した方がいいと思いますよ」

彼女は思いきり彼をにらみつけた。クリスティ警部は、この男女の関係性についてあれこれ推測していたが、たったいま、仮説のうちのひとつを破棄した。

「わかったわよ」彼女はそっけなく言った。「マイケルが今日の午後、わたしに電話をかけてきたんです」そして、会話の内容を説明した。

「殺人の濡れ衣を着せられそうだと、そう弟さんが言ったんですか？」クリスティ警部はいま聞いた言葉を繰り返した。

「ええ」

「バーバラ・レッチワースを殺した罪を？」

「ええ」今度は声に苛立ちが混じった。

「具体的な名前を出したんですか？」

「もう、警部さん、何回、同じことを言わせるんですか？」

クリスティ警部はこう言っただけだった。「我々は事実をはっきりさせなければならないいんです」そして、ヒューイット部長刑事の鉛筆がいまの会話を記録するのを見やった。

警部はまた娘に向き直った。「それであなたは、弟さんの頼みを聞いて、問題の手紙を探しに来たと。ミス・レッチワースからの手紙を？」

「そうです。それがあれば、濡れ衣を晴らせるかもしれないって」

「見つけましたか？」

「いいえ」そしてアーマー博士をじいっと見つめていたが、やがて憎しみのにじみ出る声で言った。「どうぞ、見せたら？」

それはミドルシーでトレーラーハウスのレンタル料金を支払った領収書で、宛て名は〝M・ボズウェル様〟とあった。実は、すでにクリスティ警部は、カーベリービーチのウィルキンソンの店で、カーボンの写しを見ていた。

「弟さんの名前はマイケル・ボズウェル・デントン、ですね？」

「そうですけど。わかるでしょ、その領収書は仕込まれたんですってば。マイケルが恐れていたとおりになったのよ」

警部はその件については触れなかった。「弟さんはどこから電話を？」

「言ったじゃないですか――わたしが知りたいくらいだって」

警部はさらに追及し、結局、彼女が本当のことを言っているのだと納得した。まあ、いい。一度かけてきたのなら、もう一度、かけてくるだろう……

ローナ・デントンは言った。「警部さん、これだけはわかってほしいの。マイケルは馬鹿でどうしようもない子だけど、人殺しをする度胸なんか絶対にありません。特に、あの女の子は。本当に好きだったんですから」

クリスティ警部はくしゃみをして、そして言った。「弟さんはレジー・スミスも好いていましたか？」

「誰？」

「もしくは、クライブ・ハローズは？」

「クライブ・ハローズがどうかしたんですか？」

「今夜、彼の死体を発見しました。頭を撃たれていました」

そう言いながら、警部はアーマー博士と娘をじっと観察していた。ふたりとも寝耳に水だった、と警部は確信した。

「マイケルがその男を殺したって言うの？」ローナは悲鳴のような声をあげた。「そしてバーバラも？　馬鹿なこと言わないでよ」

「可能性の話です。しかし、弟さんは最悪なタイミングを選んで雲隠れしてしまった……誰に罪を着せられそうだと言っていましたか？」

「それは、何も」

クリスティ警部は、この姉はこんな途方もない濡れ衣の話を本気で信じているのだろうか、と内心首をかしげた。まあ、信じているんだろうな、と警部は同情した。

彼の視線は混沌とした部屋の様子をなでていった。「文字どおり、部屋じゅうひっくり返したわけですね。ほかに何か見つけたものは？」

ローナは言った。「何も」

アーマー博士が注釈を加えた。「見つからなかったものはあります。肉切り用のナイフがなくなっていました」

娘は殺しそうな目つきで彼を見た。「思い出させてくれて、ありがと」

クリスティ警部は訊ねた。「どんなナイフか、見た目をご存じですか？」

「二週間くらい前、ここに来てからわたしが自分で買いました。あの子、まともなのを持ってなかったから」そして、短く笑った。「レッチワースのスーパーで買いました」

「見れば同じナイフだとわかりますか？」

「たぶん」

「そうですか、ありがとうございました、デントンさん……では、よろしければ、家宅捜索をしたいのですが」そう言いながら警部は、ぶつくさ言う判事を叩き起こして書かせた家宅捜索令状を見せた。

ローナ・デントンは立ちあがった。「骨折り損よ」そして、椅子の上にかけてあったコートを取りあげた。

「いてくださってかまいませんよ」クリスティ警部は声をかけた。

「いいえ、遠慮します、朝になったら掃除しに戻ってきますから」

「そうですか……でも、今夜はどうなさるおつもりで？」

「わたしのことならご心配なく」ぴしゃりと言って、コートを着始めた。

「スターホテルなら空室が――」

しかし、彼女はすでに部屋を出ていくところで、アーマー博士も急ぎ足で彼女を追っていった。玄関のドアが開いて、閉じた。

クリスティ警部はあくびをした。「シド、彼女をどう思う？」

ヒューイット部長刑事はぱたんと手帳を閉じた。「いい女ですね」

「そういう意味じゃな……まあ、いい、始めよう。きみは——」言葉の続きは、すさまじいくしゃみで途切れた。

ヒューイット部長刑事が言った。「風邪には蜂蜜を入れたブランディが効きますよ、警部。それに——」

「……きみもか、シド」

12

「これからどこに行くんです？」背後でフラットのドアが閉まると、ブライアン・アーマーは訊ねた。

ローナは憎々しげに彼を見た。「あなたに関係ある？」

「相当、参っているでしょう。私でもわかる」

「警部さんが言ったこと、聞いたでしょ。スターホテルよ」

「もう午前一時半ですが」

「知ってるわ……じゃあ訊くけど、代案があるの？　あなたの部屋にひと晩、泊めてくれるとか？」

「私の部屋にひと晩、泊めますよ、ええ」

冗談を言っているのかと、ローナは彼をまじまじと見た。彼は本気だった。「ひと晩、外を歩き回る方がましよ」

「心配ご無用。私は出ていきます。教職員クラブに泊まればいい」

「でも、悪いわ」しかし、彼女はとても疲れていて、誘惑にはあらがいがたかった。

ブライアンは車からさっさと彼女のスーツケースを持ってくると、階段を上がっていった。

彼は客用寝室に案内した。感じのよい調度品が揃った部屋は、暖かかった。温水ヒーターがついていたからだ。

ローナの胸に再び、疑念がわいた。「最初から、わたしを泊めるつもりだったの？」

彼は笑った。「明日、母が来るんです。部屋は母のために準備しておいただけで。シーツも新しくしたし、電気毛布もありますよ」

「いいお部屋ね、ほっとする」

「それはよかった……では、私は洗面道具を持って出ます。明朝九時に戻りますから。おやすみなさい、ローナ」

「ブライアン」彼女が声をかけた。

「はい？」

「あなたは弟が犯人だと、信じてないわよね？　そうなんでしょう？」

「それは私に言えることではないので」彼の表情は淡々としていた。

「でも、あなたの意見があるはずよ」

「私は警察にすべてまかせるのがいいと思っています。証拠となる事実を渡し、捜査してもらう。それが警察の仕事だ……それでは」そして、彼はいなくなった。

五分後、玄関の扉の閉まる音がした。ローナはベッドの端に坐り、泣いた。

＊

しばらく眠れずにいたローナは、弟に殺人をおかせたかどうか、客観的に考えてみることにした。まず、〝わたしは弟を愛している。ゆえに、弟は無実である〟この定義はナンセンスだ。私情をまじえず、純粋に彼の性格だけを分析しなければならない。

もともとマイケルは難しい子供だった。しかし彼が過ちをおかすとすれば、それはたいてい過失ではなく怠慢が原因だった。めんどくさがりで、野心に欠けている性格に根差している怠け癖だ。彼は頭がいいのに、好奇心がなかった。

ローナが母の死を乗り越えてからは、マイケルの落ち着きのなさが、ほぼ毎度の姉弟喧嘩の種だった。宿題もせずにテレビを見る。大学にはいってからは、勉強よりも女の子が優先される。そして女の子に対してでさえ、マイケルは自分から求めるわけでなく、成り行きでずるずる付き合うのだ。ローナはマイケルが生まれてこのかた、故意に残酷なまねをするのを見たことも聞いたこともなかった。マイケルの悪徳と言えば、酒、ギャンブル、女――それがせいぜいだった。要するに、身勝手でわがままな子供というわけだ。

ローナは今夜、マイケルには人を殺す度胸がないと言った。それはもっと正確に言えば、彼は残酷な一面も、目標を持つという観念も持ち合わせていないというだけだ。あの弟が、自分の経済的困難を解決するために、二重殺人を計画するとは、どうしても考えられない。

自分を納得させたことで、ローナはぐっと気分がよくなった。そうだとすれば、ほかの可能性はどんなものがあるだろう？　マイケルが被害妄想にさいなまれているか、実際に濡れ衣を着せられているかの、どちらかだ。後者はどう考えても怪しく思える。でも、あのトレーラーハウスの領収書は、どう説明がつけられる？　それに、肉切り用のナイフがなくなっていることは？

ようやく眠りについたローナは、夢の中でロンドン中央刑事裁判所（オールドベイリー）の被告人席に坐り、殺人罪で裁かれていた。ブライアン・アーマーが弁護人だったが、最終弁論で彼は自分の役割を忘れたのか、依頼人にとって救いのないほど不利益な事実をひとつ残らず強調した。「意見を言う立場にないので」彼は繰り返した。「私はただ事実を述べるのみです」

「しかし、あなたにも意見があるはずだ」判事は木槌（きづち）を打ち鳴らしながら言った。

「ええ、裁判長。九時半ですよ」

最後の言葉だけは、大きく、近くで聞こえた。ローナはベッドの上にがばっと起き直り、戸口にブライアンが立っているのを見て、キルトを首の下まで引っぱりあげた。

彼は微笑んでいた。笑うと、とても人間らしく見えた。「三回ノックしたんですが」彼は言った。「心配になったので……」

「本当にごめんなさい」

「かまいませんよ。どうぞ、ゆっくり寝ていてください」

「まさか！　起きるわ！」

「それなら、三十分後に朝食にしましょうか。風呂を使いたいでしょう」彼は姿を消した。

バスルームに歩いていく途中、陶器のかちゃかちゃいう音が聞こえてきた。まったく、機械のような人間がいたものだ。なんでもひとりでこなし、他人に深入りしようとしない。それでも、昨夜は自分の部屋を譲ってくれた。きっとどこかに心はあるのだろう。

贅沢に温かいお湯につかって、身体をのばし、くつろぎながら、わたしはまだまだ若い、とローナは自分に言い聞かせた。肌は少女と変わらないくらいすべすべで張りがあるし、腰だって細い。たしかに、ヒップは少しだけ大きめだけれど、デイヴィッドは言ってくれた——

ああ、もう！　どうしてデイヴィッドのことなんて思い出すの？　いまのローナは、彼が悪いわけではないとすなおに認めていた。彼を失ったのは、自分の責任だ。長い間に、人はむなしさを覚えるものなのだから。ローナはデイヴィッドに、弟が大学を卒業するまで、あと一年待ってほしいと言った。「きみは優先順位を間違っている」彼はそう言い残し、去っていった。いま、デイヴィッドはカナダで結婚してふたりの子供をもうけている。

ローナはいつかまた別のデイヴィッドと出会えるという夢を抱いていた。しかし、彼女はもう二十八歳で、夢はひと月ごとに遠ざかるばかりだ。別のデイヴィッドは現れなかった。もともと男性に対する理想は高かったのだが、いまさらハードルを下げる気もさらさらない。

朝食は非の打ちどころがなかった。ベーコンはカリカリに焼けているのに汁気があって柔らかく、たまごの火加減はちょうどよくて、トーストはきつね色にこんがりと焼け、コーヒーが添えてある。

「あなたってとても家庭的なのね」ローナが言った。

「いや、そんなことは。外食ばかりで——朝は別ですが——掃除は全部、通いのメイドまかせですし」

「マイケルはメイドを雇ってなかったのね、どう見ても」

「雇う余裕がなかったのかもしれません」

「それはたしかにそうね。でも、雇うだけ無駄だと思ってたかも、あのだらしなさじゃ……新聞に、何か出てる?」

彼はテレグラフ紙を手渡した。一面トップの見出しが目に飛びこんできた。〝スミスの指名手配強化〟。けれども、印刷開始後の最新の差しこみ記事に、前日の深夜にミドルシー近くの海岸でレジナルド・スミスのものと思われる死体が発見された、と書かれている。警察は、二日前に自宅から失踪した、ブランチフィールド大学助講師のマイケル・デントン氏の消息をつかむことに全力をあげている、とあった。

十時の鐘が鳴った。ローナははっと気がついた。「大変、わたしのせいであなたが遅刻しちゃう!」

「今日は十一時まで講義がないんです」

「でも、準備とか、やることがたくさんあるでしょう」

再び、あのまれな微笑が浮かんだ。「こうしている方が好ましいので」

ローナは彼の上機嫌につけこむことにした。「ブライアン、あなたにどうしても助けてほしいの」

微笑が凍りついた。「もしそれが、あなたの弟の潔白を証明する手助けをしてほしいという意味なら、答えは〝ノー〟です。ローナ、昨夜、言ったはずだ、それは私に——」

彼女はさえぎって、容赦のない言葉を浴びせた。「あなたに関係ない問題だから、警察にまかせるべきだって言うんでしょ」

自分が理不尽なことを言っているのはわかっている。彼が助けなければいけない理由はどこにあるの？　ろくに知りもしない人間のために……。でも、彼はあまりにも他人事のような澄ました顔をして、興味さえ持ってくれないんだもの。なんて狭い世界で生きてきたのかしら、この人は！

ローナは立ちあがった。「それはともかく、泊めてくれてありがとう……。替えのシーツをくれたら、お母様のためにベッドメイクしておくわ」

「ああ、必要ないです。メイドがそれもやってくれるので」

十分後、部屋を出たローナは、わけもなく怒りをくすぶらせていた。でも、あの人は親切だったじゃない？　そうでしょ？　自分のポリシーを捨ててまで、昨夜は部屋を貸してくれたんだもの。

だめだわ。そのくらいじゃ、あの他人に対する思いやりのかけらもない、人間とは思えない無関心さを許す言い訳にならない。とはいえ、昨夜、彼がなぜあれほど親切にしてくれたのか、理由はわかっていた。男性としてローナにひきつけられたからだ——あの紳士的な振る舞いの陰に、ずっとそれは感じていた。けれども、ローナがただの娘ではなく、厄介ごとを持ちこむ娘になったとたん、よそよそしくなった。どうして彼はそんな人間になったのだろう……。

ローナはまだマイケルのフラットの鍵を持っていたので、それを使って部屋にはいった。警察はいなくなっていた。警察がいた痕跡はほとんどわからなかった。部屋はもとどおりに汚かった。がっくりと肩を落とし、彼女は片づけ始めた。

マイケルの金銭にまつわる書類がすべてなくなっていることに気づいた。請求書、明細、銀行からの超過引き出しを知らせる書状。昨夜のうちにもっとよく調べておけばよかった、と後悔した。昨日は、破産寸前らしいということを読み取るだけで終わってしまった。弟はどうして、こんなひどい事態に巻きこまれたのだろう？　きっとギャンブルのせいだ。

しばらくすると、ブライアン・アーマーのフラットのドアが閉じる音に続いて、階段をおりてくる足音が聞こえてきた。階下のフラットにローナがいることに気づいていただろうに、一瞬も足を止めることなく通り過ぎてしまった。彼が庭の小径をたどって門の外に出ていく様子を、ローナは窓から見守った。そして、消えていく背中に向かって、舌を突き出した……

マイケルのモーニングが寝室の衣装戸棚にかかっていた——これではっきりした。日曜日に出ていった時、マイケルは最初から結婚式に出る気はなかったのだ。ほかの服は、ローナが覚えているかぎり、ほとんどがなくなっている。

ドレッサーには、バーバラ・レッチワースの写真を入れた額が立ててあった。撮影者は彼女の世をすねた皮肉っぽい表情を正確にとらえていた。二週間前には飾られていたローナの写真は、引き出しの奥に突っこんであった。普段はそこにしまってあるに違いない。ローナはふたつの顔を見くらべた。達観した顔と、無垢な顔。そう、無垢。この単語を、ローナはよい意味で使ったわけではなかった。彼女は、自分が世間知らずであることに引け目を感じていた。世話好きな、よき姉であることは、自分で自分の運命を決めてしまっているようなものだ。ローナは二十八歳になったが、人生の歓びも愛もすべてすり抜けていった……。彼女は写真をもとの場所に戻し、引き出しを乱暴に閉めた。

電話が鳴った。ローナがためらっている間に、また鳴った。寝室から居間に行き、受話器を取った。

しゃがれた、かなり無理をした作り声が聞こえてきた。「誰?」

「ローナよ、マイケル」

いつもの声になった。「よかった! 姉さん、ハローズのことは本当? 死んだって?」

「ええ」

「どうやって?」

「撃たれたんですって」

「嘘だろ!……おれが指名手配されてるよな――新聞で見た」

「最初から、あんたが自分でそう言ってたじゃない、警察に追われるって」

「でも、姉さん、やってないんだ、おれは」

弟の哀れっぽい泣き言に、ローナはかっとなった。「なら、なんで逃げたのよ?」にべもなくそう言った。

彼はその問いに答えなかった。「手紙はあった?」

「バーバラからの? ううん」

「そんなこと言ったって、ないものはないわよ。なんて書いてあったの？」

二週間ほど前に彼は、自分が財政的に切羽詰まっていることを、バーバラに打ち明けたのだった。バーバラは、マイケルの負債をきれいにしてあげる、と言った。そして、別件でよこした手紙に、そのことも書いてあったらしい。

「あんた、その子からお金をもらってないでしょうね？」

「ほんの少しだけだよ。でもバーバラは、必要だと言えば言っただけ、いくらでもくれる子だった。だから、あの手紙があるかぎり、おれは安全なんだ……」

「それはわかったけど、肝心の手紙がなくなってるんだから……借金ってどのくらい？　どうしてまずわたしを頼らないの？」

マイケルは声をたてて笑った。「どこで二千ポンドを都合するつもりさ？」

恐怖でローナの咽喉が締めつけられた。彼女はゆっくりと言った。「どうしてそんなことになっちゃったわけ？」

「馬で負けてさ」彼はぼそぼそと答えた。

弟が嘘をついている、とローナにはわかった。「本当のことを言いなさい、マイケル」

彼の声はささやきに変わった。「言えないんだ、姉さん、信じてくれ、本当に言えないんだ」

「でも――」ローナは言葉を切った。「いまの、何の音？」それはトンネルの中を通る列車の音に似ていた。

「何も聞こえないよ?」

「あんた、どこから電話してるの?」

彼は答えなかった。盗聴されていると疑っているのだろうか。

さっきの騒音は遠ざかっていった。間違いなく列車の音だ。

ローナは言った。「いくらバーバラだって、二千ポンドなんて大金、あっさり出してくれるわけないでしょ……そんなことより、手紙を探してる間に、別のものを見つけたんだけど」彼女はトレーラーハウスのレンタル料金の領収書のことを話した。

「嘘だ!」その声は絶望に満ちていた。

「それに肉切り用のナイフもなくなってた」ローナはできるかぎり状況を真っ黒く塗りつぶして、弟を怯えさせようとした。そうすれば、正直になってくれるかもしれない。弟が何かを隠しているのは間違いないのだ。

「マイケル、どうして逃げたのよ?」

「言っただろ。濡れ衣を着せられて、逮捕されそうになったからだって」

「どうして濡れ衣を着せられたって知ってるの?」

長い沈黙があった。やがて、彼は言った。「誘拐の夜、犯人がおれの車を使ったから」

「あんたの車が盗まれたってこと?」

「ああ。ギアがはいってたから、メーターをよく見たら、勝手に使われてたのがわかった。だけど、その時はバーバラとは結びつけられなかったんだ」

「警察に盗難届を出さなかったの？」

「うん」どうしてこう、マイケルはいつも物事を悪くしてしまう天才なのだろう。

「なんで車を盗んだのが誘拐犯だと思ったの？」

「メーターの距離がちょうど、ミドルシーまでの往復と一致するんだ。それにタイヤに黄色い泥がついてた」新聞には、キャンプサイトにはいる道が黄色い泥のぬかるみで、深いわだちが残っていたと書かれていた。

「ほかには？」ローナは言った。

「えっ？」

「そんなことくらいで警察から逃げるわけないでしょ！　もっと何かあったはずよ」

「それ以上は言えない」

ローナは堪忍袋の緒が切れた。「事実を教えてもらえないのに、どうやって助けろって言うの？」

電話の向こうから、また新たに列車の音が響いてきた。ふと記憶の奥でかすかな心当たりがよみがえった。

「姉さんにやってほしいのは」マイケルは言っていた。「ハローズの共犯者を見つけることだ。相談してくれ、アーサー・ロビンソンに――」

「アーサー・ロビンソンって誰よ。わたし、ここの人はほとんど知らないんだから」

「ブライアン・アーマーなら助けてくれる」

「あれが！」ローナは軽蔑のこもった言葉を返した。

しかし、マイケルは聞いていなかった。「それともうひとつ。ハローズがどうやってうちに入学したのか、その方法を正確に突き止めて。誰かが裏で糸を引いているに違いないんだ」

ローナは訊いた。「マイケル、あんたはそれが誰なのか知ってるの？」

また、ためらっているような沈黙があった。やがて、彼は答えた。「たぶん」

「誰？」

「言わないよ、姉さんには。おれには証明できないし。証拠もなしに、姉さんにそいつを犯人扱いさせるわけにいかない。そいつは危険なんだ」

「でも、危ないのが誰なのか教えてもらった方が、わたしだって気をつけられるじゃない」

「だめだ！　姉さんの性格はよくわかってるよ。いきなり正面からぶちまけて、奴を警戒させるに決まってる」

「悪かったわね」

「まず最初に証拠を手に入れて。どうすればいいかはもう話しただろ」話すうちに彼の自信は大きくなってきたようだった。いまでは、上機嫌にさえ聞こえた。「明日、また電話するよ」

「どこにって、おれの部屋は姉さんがこのまま泊まってるんだろ？」

「いつまでもいられるわけないでしょ。ここは大学のものなんだから」

「大学だって、住人の客を放り出すことはできないさ……とにかく、いろいろありがとう。それじゃ」

「ちょっと、マイケル——」そこで言葉を呑んだ。電話は切れていた。

ローナは乱暴に受話器を戻した。マイケルとの関係はいままでずっと報われないものだった。いつも姉を邪険にするか無視するかで、そのくせ困った時だけ、甘えてすがってくる。そうやって、問題を姉に伝えるだけ伝えると、もう全部自分の力で解決した、と思いこむ。そしてローナは問題を解決した。いつも必ず。

もう何もかもがむなしくて、いやになった。こんなに、誰も味方がいない場所にひとり放り出されて、何をどうしろと？　よりどころは、マイケルは無実だ、という自分自身の確信だけなのに。

＊

ローナは学生課を訪ねたが、リース＝ジョーンズ夫人は副学長の秘書を辞めてしまったと聞かされた。それでローナは自宅に訪ねていった。サニングデール・パークの今風のしゃれた一軒家で、川が見えて景色のよい、テラス付きの庭がある。

呼び鈴を鳴らした時には、もう三時近くになっていた。二階の窓が開いて、シェイラ・リース＝ジョーンズの声がした。「どなた？」

「わたしよ。ローナ・デントン」

一拍、間があいて、返事があった。「上がってきて、ローナ。鍵はかかってないから」

ガラスの手すりがついた広い階段をのぼっていくと、一歩ごとに、毛足の長い絨毯に足が沈んだ。家のどこもかしこも、富のにおいがした。

シェイラの寝室は黄色と白が乱舞する豪華絢爛な空間だった。

「すっごくすてきなおうちね、シェイラ！」ローナは言った。

「ずいぶんリフォームしたのよ。前年度、ヒューの作った教科書が出て、だいぶゆとりができたものだから。……そこの椅子使って、ローナ」

シェイラはベッドの中にいたが、この前、会った時よりもさらにげっそりして見えた。

「ねえ、どうしたの？　大丈夫？」

「血圧がちょっと。産まれるまで、昼間は休んでなきゃいけなくて」

「予定日は？」

「一月中旬」

ローナは言った。「どうしてわたしがまだブランチフィールドにいるのかわかる？」シェイラの瞳に困惑と尻込みする逡巡が浮かぶのが見てとれた。

「新聞で読んだわ」シェイラは夕刊の早刷を指し示した。「本当になんて言ったらいいか」

「あなたはマイケルが犯人だなんて信じてないわよね？」

「でも、ヒューが言ってた――」

「ヒューがどう言ってたかなんてどうでもいいのよ。あなたはマイケルを知ってるから、わかるでしょ、あの子にそんなことができるはずないって」

「わたしはそんなにマイケルのこと知らない……」

「シェイラ！　なんでそんなこと言うの？　もともと婚約者みたいなものだったでしょ！」

「おおむかしの話だわ」シェイラは答えた。「あの人は変わってしまったもの」

ローナは、変わったのはシェイラの方だと思った。いつも眼が笑っている、きらきらしたおちゃめな少女の面影はもうどこにもない。

お喋りは何度も途切れた。ふたりの間には壁ができていた。

三時半に帰宅したヒュー・リース＝ジョーンズは、お茶をいれて運んできてくれた。

「ヒュー、覚えているでしょう、ローナ・デントンよ。わたしたちの結婚式に来てくれた」

「もちろん。マイケルのお姉さんですね」彼の握手は力強かった。「今回のことは本当に遺憾です。まったく、警察はしくじってばかりだ、今度だってあやうくしくじるところだったんですよ。うちの大学の内部にハローズの共犯者がいると、警部に力説したのは我ながら大手柄だったな。しかし、さすがの私も、まさかそれがマイケルだとは思っていませんでしたが」

「マイケルじゃありません」ローナはそっけなく言った。

一瞬のためらいののち、彼は言った。「お気持ちはわかります……それで、ブランチフィールドにはいつまでご滞在ですか、デントンさん？」

「ローナと呼んでください」彼女は歩み寄りを見せた。リース＝ジョーンズは微笑した。

彼女は質問に答えた。「マイケルの疑いが晴れるまでです。仕事は一週間の休みをもらってきました。必要ならのばせるので」

たった一度の機会――一年半前の結婚式――以外で、ローナはリース＝ジョーンズと話したことはなかった。しかし、マイケルから、彼が〝弱い者の味方〟であるという評判を聞いていた。彼ならブライアン・アーマーのように、他人の事情に首を突っこむことをためらわないだろう。ブランチフィールドで情報を得るためには、なんとしても、彼の助けをとりつけなければならない。

残念なのは、個人的にどうも彼がいけ好かないことだった。たぶんリース＝ジョーンズの眼に、どことなく狂信者のような、偏屈な光が見えたことに加え、妻に対する態度にもひっかかりを覚えたからだろう。たしかに彼はシェイラを大事に扱い、気をつかっているように見えたが、ローナには芝居をしているように感じられた。そして、シェイラはそわそわしているようだった。むしろ、怯えているようにさえ見えた。

ローナは言った。「実は、会ってみたい人がいるんです」

「たとえば？」

「学生課のかた。それと、アーサー・ロビンソンという名前の人に」

「つまり、彼らに質問をしたいと？」

「そうです」

シェイラが口をはさんだ。「どうして？」

「マイケルに濡れ衣を着せた奴の正体を突き止めたいからよ」

沈黙が落ちた。しばらくして、ヒューが言った。「今夜、ちょっとしたカクテルパーティーを開くことになっているんです。いまから電話をかけて、レイボーンとロビンソンを追加で招待できるか、訊いてみます。もちろん、おまえが反対でなければだが？」

シェイラは肩をすくめただけで、答えなかった。

「それなら六時にいらしてください。かまいませんか、ローナ？」

＊

ローナは結婚式に出席した時の服を身につけた。あらたまった服は、あとはツイードのスーツしか持ってきておらず、ほかに選択肢はなかった。

ローナの服装は着飾りすぎて、まわりから浮いていた。パーティーとは言っても普段着のカジュアルなもので、ローナが思っていたより大勢が集まっていた。リース＝ジョーンズは学生課長をつかまえそこねたようだったが、アーサー・ロビンソンは出席しており、ローナに正式に紹介された。

彼はなかなか存在感があって、口ひげも多くの学生のようなおとなぶりたいがための小道具ではなく、ごく自然に似合っていた。そして彼は実に気さくで、さっぱりとして、とても話しやすかった。

「ああ、はい、クライブ・ハローズなら知ってますよ。おれはあいつに騙されたんです、さぞ馬鹿にしてたんだろうな。ご存じでしょうが、おれはゴーディーという共産主義クラブの会長で――」

「知りませんでした。意外ですね」

「どうして？」

「気にしないで。議論になりそうだから……それより、ハローズのことを教えてもらいたいわ」

ハローズは入学前の週にクラブに入会すると、たちまちおそろしく積極的な新入りであることを証明したらしい。

「はいってひと月もたたないうちに、あいつは、あのど派手なショウをぶちあげようとしたんです。みんな、やりたくてうずうずしてましたが、まずレッチワースのお嬢の狂言誘拐をやってからにしようって、おれが抑えこんでました」

「じゃあ、それはハローズの計画だったのね？」

「みんなそう思ってました。オリジナルの計画に、いい、それと追加の計画も——まさか、最後の仕上げをおれに秘密にしてるとは思いませんでしたがね、あのクズ野郎！……そしたら今度は、ハローズがただの使いっ走りだったって話じゃないですか。実際に計画を立てたのは別の奴だって」

「言い換えると、わたしの弟ってことね」

「おれは言ってませんよ、デントンさん」

「あなたは、マイケルがやったって信じてないの？」

「おれにはなんとも。実際に面識がないもので」

「弟は人殺しじゃないって、わたしの言葉を信じてほしいわ」

「喜んで。こんなに美人のお姉さんの言葉なら信じますよ、そりゃ」

ローナは笑った。「それはともかく、大学内部の誰かがハローズの共犯者だっていうのはたしかなのよ……」

ロビンソンは慣れた手つきで、通りかかったボーイのトレイに空のグラスを置き、新しいグラスを取った。「つまりお姉さんが知りたいのは、彼と親しかった人間は誰かってことですね?」

「そうそう」

「申し訳ありませんが、答えは〝ゼロ〟です。ハローズは物静かなタイプだった。いつもぽつんとひとりでいました。まあ、あのいとしのピンカートンを勘定にいれるなら別ですが」

「それ、恋人?」

「そう、神学科の一年坊主です」

「あの、それは、ハローズは同性愛者だってこと?」

「言い方を変えると、ハローズはおれほど、あなたの魅力に参らないだろうってことですね」

赤毛の娘が別のグループから離れるところだった。ロビンソンが彼女に声をかけた。「アン、来いよ、デントンさん、アン・スーエルです」

いいお嬢さんね、とひと目見てローナにはわかった。すなおな明るい眼をして、人懐っこい笑顔を向けてくる。

「きみもあのウェールズ野郎の招待客リストに載ってるとは知らなかったよ」ロビンソンは言

った。

「あんたこそ。今日の昼間にあいつがうちの〝女子刑務所(ホロウェイ)〟に電話をかけてきた時、あんまり突然で、びっくりしちゃった。自分の命令は当然だと思ってるのよ、あいつ。フランクは怒ってたわ。そんな失礼な呼び出し、断ればよかったのにって」

ロビンソンが言った。「いまさ、クライブ・ハローズの話をしてたんだ」

「みんなしてるでしょ？」アンは答えた。

ロビンソンは素早く言い添えた。「デントンさんは、ギリシャ語のデントン先生のお姉さんだよ」

娘はくすり、と笑った。「そんなに慌てちゃって、わたしがまずいこと言うと思った？……デントンさん、わたし、デントン先生の講義を取ってるんです。いい先生だと思ってるし、好きですよ。いろいろ変なことを言われてるけど、わたし、信じてません」本心からの言葉のようだった。

「ありがとう」ローナは言った。「わたしも信じてないわ」

ロビンソンが言った。「お姉さんは、ハローズの友達について訊いてまわってるそうだ」

「ハローズに友達なんかひとりもいないでしょ？　ピンキー以外は」

「すくなくとも、ひとりは絶対にいたはずよ」ローナは言った。

「おっしゃる意味はわかります……教職員だと思いますか？　それとも学生？」

「わたしは教職員の可能性が高いと思ってる」

アンはかぶりを振った。「ハローズが誰か教職員と一緒にいるところは見たことないです。ハ
あ、もしかするとひとりだけ、医学部の……。そうだ、ひとつ、いいこと教えちゃいます。ハ
ローズはデントン先生のこと、知らなかったんですよ」
「どうしてわかったの？」
「先週の水曜日、ゴーディーの集会で、バーバラがあのふたりを引きあわせているのを見たん
です。明らかに、初対面同士でしたよ」
ロビンソンはにやりとした。「聡明なきみらしくないな、アン。もしあのふたりが本当に共
犯だとしたら、お互い、知らんふりをするだろう……失敬、デントンさん」彼は離れていった。
「ね、いまの彼、本当に共産主義者なの？」ローナは訊ねた。
「ロビーですか？　本人はそのつもりみたいですけど、お坊ちゃま育ちが抜けないんですよね。
ロビーは人気者です」彼女はシェリーに口をつけ、やがてためらいがちに言った。「ダグラス
会館の外でバーバラ・レッチワースが襲われた夜のことは聞いてますか？」
「ええ。あの晩、わたしもブランチフィールドに来てたの。ちょうど、わたしが着いた時、マ
イケルの部屋にバーバラがいたわ」
「わたしたちがそこにバーバラを連れてったんです。あの子を見つけたのが、フランクと――
フランクはわたしの友達です――わたしだったので」
「そうだったの」
「それと、バーバラが襲われた時に落としたメモも拾いました。あの時間、あの場所で待ち合

わせするって内容で」アンはまたためらってから、続けた。「〝ボージー〟って署名がはいってたんです。お姉さんはご存じですか、ボージーって誰のことか……」

ローナの心臓は止まりそうになった。けれども、この娘には包み隠さず、本当のことを言わなければならないと思った。ローナはゆっくりと言った。「弟のフルネームはマイケル・ボズウェル・デントンなの。小学生時代のあだ名が〝ボージー〟よ。でも、卒業してからはずっとそんなふうに呼ばれたことがないわ。わたしの知るかぎり、ブランチフィールドでその呼び名を知ってる人はいないと思う」

アンは言った。「わたしたち、メモのことを警察に話しちゃいました」

「ええ、そうするのが正しいわ……でも、どんな証拠があっても、アン、弟は人殺しじゃないの」

ヒュー・リース＝ジョーンズがのしのしと歩いてきた。「やあ！　もう会ったんですね？　よかったよかった。ローナ、あなたはきっとアンと話したいと思ったんですよ、トレーラーハウスを見つけたのは彼女ですから、現場で……それに、アンはギリシャ語のクラスに咲く花の一輪――」

「一年草です」アンが口をはさんだ。「一年目の」

「きみの植物学のたとえは不正確だな。多年草というんだ」

「ええ？　そんなに何年も居坐りたくないんですけど」

リース＝ジョーンズはへらへら笑っていた――それ以外に言い表しようがなかった。いかにも男らしい、屈強な外見のわりに、なんとも頼りない感じがする。「ところで、ローナ」彼は言った。「もしよければ、ノット教授が、ぜひあなたに紹介してほしいと……」

パーティーがお開きになるころ、アン・スーエルがローナに近寄ってきて、声をかけた。

「お姉さん、もし、わたしに何かできることがあれば、本当にどんなことでも、喜んでお手伝いしますから……」

「ありがとう、アン。ハローズについてあなたが調べられるかぎりのことを調べてくれたら、とても助かるわ。彼が何をして、どこに行って、誰と話したか、そんなことを。共犯者とは頻繁に、定期的に会ってるはずよ。だから、一緒にいるところを、必ず誰かが目撃してると思う」

アンはうなずいた。「じゃあ、わたし、ピンキーのお尻をつねるところから始めてみます。だってハローズがしょっちゅう会ってるんだから……」

マイケルのフラットの前にパトカーが停まっていた。ローナが姿を現すと、レインコート姿の青年が車の外に降りて、話しかけてきた。

「デントンさんですか？」

「ええ」

「私はブランチフィールド警察のエッゴ警部補です」そして、ひらりと名刺を差し出した。

「弟さんの部屋にご滞在ですか？」

「ええ。いけません？」

「いいえ、まったく……少しだけ、お邪魔してもよろしいですか？　お見せしたいものがあるので」

ふたり目の男が――昨夜、ローナも会った、ヒューイット部長刑事だ――クリケットバッグのようなものを持って、車から降りてきた。

刑事たちは部屋にはいると、ヒューイット部長刑事がバッグを開けた。中にはさまざまな形とサイズの肉切り用ナイフが一ダースもはいっていた。部長刑事はそれらを床にずらりと並べた。

エッゴ警部補が言った。「この中に、あなたが弟さんのために買ったのと同じナイフはありますか？」

ローナはじっと見ていたが、やがて指さした。「それです」

「間違いありませんか？」

「ええ」

「ありがとうございました」ヒューイット部長刑事はナイフを片づけ始めた。

ローナは言った。「それがバーバラ・レッチワースを殺した凶器なんですか？」

「実際に使用されたものではありませんが」エッゴ警部補は訂正した。「同じ品物です」

ふたりは立ちあがった。しかし、ローナはかまわずに言った。「今朝、マイケルがまた電話をかけてきました」

「そうですか」警部補の顔は無表情だった。盗聴されていたのだろうか。わからない。

「ええ。だけど、どこにいるのか、どうしても言わなくって。それでも、列車が通る音が聞こえました――線路の近くから電話をかけてきたはずです」

「大変参考になります。部長、記録を。〝線路のそば〟だそうだ」

クリスティ警部と違って、木で鼻をくくったような態度にローナはかちんときた。

「ほかにもあるんですけど」彼女はカードを全部、テーブルに広げることにした。「スーエルさんが、〝ボージー〟と署名のはいったメモのことを警察に届けたそうですね」

「それが?」

「〝ボージー〟は弟の子供時代の呼び名なんです」

エッゴ警部補はうなずいた。「その可能性はこちらでも検討しました」

出がけに、彼は振り向いて、さりげない口調で言った。「そういえば、弟さんの車が発見されました」

「どこで?」

「カーライルです。乗り捨てられていました。とはいえ、弟さんが近くにいるという意味ではありませんが」

「わたしなら」ローナは言った。「その車のタイヤをよく調べるわ。キャンプサイトに残されたわだちの中に、そのタイヤと一致する跡があるでしょうね。ああ、それと、泥も分析したらいいんじゃないかしら。起訴する時に、何かの足しになるでしょ」

エッゴ警部補は険しい眼で彼女を見た。「デントンさん、何が言いたいんです?」

「今朝、マイケルが言ってたんです。誘拐事件のあった夜に車が盗まれたけど、すぐに戻ってきたって」

「盗難届は出さなかったんですか」

「ええ」

「それではお気の毒ですが……」

「警部補さん、わたしの言ってる意味がわかってらっしゃらないみたいね。わたしは、マイケルが署名した自白の手紙が、亡くなったふたりのそばで発見されなかったのが不思議だって言ってるの。わたしには、警察が探しているのは単なる人殺しじゃなくて、自己顕示欲の強い目立ちたがりの狂人としか思えないの」

「つまり、手がかりを残しすぎているとおっしゃりたいんですか?」

「そのとおりよ」

警部補は微笑した。「犯罪者というのは、驚くほどうかつな行動をするものですよ――特に殺人という犯罪においては、犯人は往々にして素人ですし……では、失礼します、デントンさん」

ローナは背中に呼びかけた。「マイケルは明日も電話をするって約束したわ……」

13

水曜日の午前中だったので、学生課長は手紙を口述していた。

「……一九〇九年から一九一二年にかけての講義ノートを当大学に寄贈してくださるとのお申し出、まことにありがとうございます。大変申し訳ありませんが――」

セシリー・ファレルが、ノートから顔を上げた。「待って、だめ、お願いですから、レイボーンさん。お年寄りには親切にしてあげてください！」

レイボーンは笑った。「わかったわかった。喜んで受け取る、と返信しといてよ」彼は手紙の山を机の向こうから押してよこした。「今日の口述はこれで終わりだ」

秘書は立ちあがった。「大学の旗が半旗になってるの、気がつきました？」

「でも、言ったんだぞ、ファーガソンに、半旗はやめとけって……」バーバラ・レッチワースは今日、埋葬されるので、用務員長が儀礼について質問しに来たのである。評議会の規定は明確だった。すなわち、大学の校旗は、国全体が喪に服す日と、大学の上級教職員が亡くなった場合にのみ、半旗にされる。

セシリーは憤慨（ふんがい）した声で言った。「副学長ったら、学生課長を無視するなんて職権濫用（らんよう）だわ」

レイボーンは大きく息を吸いこんだ。こんなくだらないことで、血圧を上げるなんて馬鹿げている。

彼は言った。「せめて、バーバラの魂が喜んでくれていることを祈ろう」そう言ったあと、苦笑しながら付け加えた。「しかし、公平を期すなら、ハローズを埋める時だって、同じように敬意を表すべきだよな」

十時に秘書から内線がはいった。「ミス・デントンがいらっしゃいました。お会いになりますか？」

くそ！　今朝、ノット教授が言っていた女だ――弟のためだと言って、あちこちでうるさくしているらしいが。

「通して」彼は言った。

ノット教授の〝わりときれい〟という描写は、この年いちばんの控えめな表現だった。このお嬢さんは正真正銘、掛け値なしのべっぴんだ。

レイボーンの苛立（いらだ）ちは消えた。「どうぞ、かけてください、デントンさん」彼は言った。「たばこはいかがです？」

「ありがとうございます」火をつけると、彼女は切り出した。「お願いがあります。この大学に学生を入学させる手続きについてうかがいたいんです」

それについて隠し立てすることに意味はなかった。「本学は、我が国のほかの大学と同様、大学入学中央評議会に所属しています。入学手続きは、過去に起きた重複や混乱、たとえばひとりの入学希望者が十以上の大学にばらばらに申しこんで、その全部に入学してしまう、といったことを避けるために、いまは一元化されております。たとえば、ジョン・スミスという入学希望者がいたとし――」

ミス・デントンは言った。「レジナルド・スミスと呼びましょう」

「わかりました。レジーが入学したいと考えます、たとえば――」

「医学部に」彼女が提案した。

学生課長はにやりとした。こういう娘は嫌いじゃない。「では、彼は入学願書に必要事項と、志望校を四つまで――仮にA大学、B大学、C大学、D大学とします――書いて、自分の学校の校長に提出します。校長は願書の備考欄に、スミスに関する所感を書き添えて、入学評議会に送ります。ここまではいいですか？」

「ええ、大丈夫です」

「けっこう。入学評議会はその申込用紙をコピーしたものを、A、B、C、Dの各大学に送付しますが、個々の大学は決定を下すまでのそれぞれ異なる締切期限を設定しています。その中の一校から、無条件の入学許可がおりて、スミスがそれを受け入れれば、その旨がほかの三つの大学に伝えられ、同時に、入学希望者リストから名前が削除されるというわけです。まあ、これだけではなく――入学資格共通試験の日程が厄介だったりするんですがね――基本的にはこんな手順です。言うまでもありませんが、入学評議会が選ぶことはしません――それぞれの大学が決めます」

「面接はするんですか？」

「大学ごとに違います。面接する大学もあれば、しない大学もありますね」

「ブランチフィールド大学は？」

「する学部もあります」

「医学部は？」

「します」そう答えてから、もう少し正確に訂正した。「時々は、できないこともあります。たとえば、志望者が国内にいない時などは」

ミス・デントンは言った。「願書の原本はいつ入学評議会に提出するんですか？」

「十二月一日までに提出することになっています」

「なるほど……それなら、レジナルド・スミスはすくなくとも一年前には、計画を立てていたはずだわ。そして偽の願書を――ところで、本物のクライブ・ハローズって何者ですか？」

「ロンドンにあるどこかの大学の一年生だと思いますね」

ローナはじっと彼を見つめた。「意味がわかりませんけど」

「率直に言えば、私にも詳しいことはわかっていないんです」

「でも、あなたが責任者でしょう？　その……」

「いや、違います」彼は、医学部が独自の審査で新入生を受け入れているのだ、と説明した。

「ということは、医学部の事務室に行けばいいんでしょうか？」

レイボーンは「そうですね」と答えたかった。しかし、彼は心根の優しい男だった。「時間の無駄ですよ」彼は言った。「話してくれないでしょう」医学部は無理だ。入学審査委員のジヨン・クルークシャンクが喋るはずがない。

ミス・デントンは怒りもあらわに、たばこをもみ消した。「どうして秘密にする必要があるの？　命がかかってるのよ、弟の――」

「お気持ちはわかります。それでも、彼らは自分のところの記録を警察に開示しています。それ以上のことをする義務はありますか？　警察に相談してはどうです、何かわかるかもしれません」

彼女は鼻を鳴らした。

学生課長は椅子の背に深くもたれ、天井を見つめた。「私も個人的に、少し興味はあるんですよ」そう言った。「どうやって、この入学詐欺を成功させたのか。今日あたり、あとで散歩がてらちょっと聞いてまわ……」

「そして、わたしに教えてくれるの？　嬉しい！」

レイボーンは愛想よく見つめ返した。「いやあ、デントンさん、お約束をしたつもりはないですよ」

彼女はにこにこしていた。「本当にありがとうございます」そう言って、立ちあがった。「レイボーンさん、あなたはマイケルをご存じですか？」

「一応は」

「弟は怠け者ですけど、堕落してはいません。そう思いませんか？」

「申し訳ありませんが、そこまで深く存じあげませんので」それでも、頭の中に浮かんだマイケル・デントン像は、姉の描写が的を射ているように思えた。まさか、本当に警察が間違っているのか？

「明日、また来てもいいですか？」

「どうぞ」

学生課長は、ミス・デントンが出ていってから、セシリー・ファレルを部屋に呼び入れた。

「セシリー、ちょっと散歩してきたいんだ――」

秘書は上司の言葉の続きを引き取った。「――医学部まで」

「聞いていたな！」

「〝いやあ、デントンさん〟」彼女は口まねをして、声をたてて笑った。「しっかりしたかたですね。あのマイケル・デントンに、あんなお姉さんがいるなんて、想像つかないわ」

「そうだな、じゃあ、セシリー、今日のジョン・クルークシャンクの時間割を調べてよ。理由は明かさないようにね」

数分で、彼女は戻ってきた。「午前中は十時から十一時までと、十二時から一時までです。午後は――」

「午後はいい。十二時過ぎに行ってみよう」

セシリーは笑った。「まあ、策士ですねえ」

そしてついに、いざ出発、という時に、副学長から呼び出しがかかった。

＊

副学長はすでに喪服を着こみ、黒いネクタイを締めていた。「レイボーンか、私は昨日、入院中のレッチワース卿の見舞いに行ってきたよ」

「容体はどうでしたか？」

「峠は越した……しかし、長くはないだろう、もって一、二年だな。これがどういう意味かわかるか？」

もちろん、わかった。財産を遺すべき家族がいないのだから、レッチワース卿は大学に、それなりの寄付をしてくれるかもしれない……もしも、自分たちがうまく立ち回れば。

「つまり、そういうことなんだ」センピル副学長は言った。「半旗についてのきみの指示に反対して修正したのは。こういうちょっとした心遣いが、のちのち効いてくる。そう思わないかね？」

「私に相談してくだされぱよかったのに」

副学長は聞いていなかった。「もうひとつ。彼に急いで法学の博士号を授与しないと――あまり時間が残されていないからな」

つまり、金さえ積めばこの程度の名誉は買えてしまうわけだ。そして、センピルの話はこれだけで終わらなかった。

「幸い、レッチワース卿は今回の出来事を大学の過失と考えていない。だが、彼のお嬢さんが本学で交際していた数名の個人に関しては、非常に不快に思われている。ハローズはもちろん、デントン君もだが、もうひとり――アーサー・ロビンソンだ。私は、ロビンソンを除籍処分にするのが賢明だと考えている」

レイボーンは抗議しかけたが、副学長は黙殺した。「もう一度、懲戒委員会を開催してくれたまえ。もともとロビンソンは執行猶予処分だったのだからな」

その懲戒委員会は先週の木曜に、学生会館での暴動と、バーバラ・レッチワースの狂言誘拐の調査のために開かれたものだ。委員会が開かれる前に、バーバラは狂言のあとで実際に誘拐されてしまったことが明らかになっていた。そんなわけで、誘拐事件の前座におけるアーサー・ロビンソンの役回りが立証されたものの、決議されることなく、会議は持ちこされることになった。状況が変わったのだから、この件は不問に付すべきというのが、全体の雰囲気ではあった。

「レッチワース卿の機嫌をとるためだけに、除籍処分にするなんて無茶ですよ」学生課長は言った。

「むろん、そうだ。しかし、彼はすでに除籍処分になってもおかしくないほど、重大な規律違反をおかしている――異論は認めないぞ」

「申し訳ありません。それでも私は、道理にもとる不正な行いだと思います」

「きみがそれほどロビンソンを信用しているとは思わなかったな」

「そういう話じゃありませんよ。私はただ、法の倫理を守りたいだけです」

「学生課長」センピルは愛想よく言った。「私はただ、委員会をもう一度、開催してほしいと頼んでいるだけだ。決議するのは委員たちだ、私ではない」

それはたしかにそうだが、目の前にレッチワース家から寄付金がもらえるという望み――もしくは幻影――をぶら下げられて、彼らがどんな決断を下すだろうか……

レイボーンはそっけなく言った。「委員会を開く日時のご希望は？」

「そうだな……今日は水曜か――金曜の午後はどうかね？……とても感謝しているよ、学生課長」

＊

学生課長は、自分がまだこれほどの怒りを覚えることができると思っていなかった。これまで身につけてきた、中立の態度はどこに行ってしまった？　血圧を上げる危険をおかす価値があるものはない、という信条はどうなった？

コートも着ずに、足音荒く学生課を出ると、公園を突っ切って医学部に向かった。

そんな彼を呼び止める声がした。「やあ、会えてちょうどよかった」ヒュー・リース＝ジョーンズが前に立ちふさがった。「電気工学科のクレスウェル君のことなんだ。もう二年も給料が頭打ちで――」

「そりゃあ評議会の決議事項でしょう。軽い問題じゃない」

「だけど、こんなことがおおやけになれば、問題になるだろう」

レイボーンはこの日二度目の癇癪を起こした。「委員会がクレスウェルについて把握した事実を知ったら、まだここで雇ってもらえるだけで御の字だってことがわかりますよ……あなたは動物学科でしょう、わざわざよそまで行って、お節介を焼くことないでしょうが」

言ってすぐにレイボーンは非礼を後悔した。「昨日の朝、なんで検死審問に来たんです?」

学生課長本人も、大学の評判に傷がつくような話が出た場合、すぐに対処できるように、検死審問に出向いた。何も起きなかった。すべての手続きは二十五分ほどで終わった。遺体がバーバラ・レッチワースのものであると身元確認をした根拠。死因の医学的証拠。クリスティ警部による短い所見。その後、検死審問は無期限の休廷にはいり、大勢の聴衆はがっかりして、散り散りに帰っていった。

リース＝ジョーンズは言った。「いや、何かちょっと、ドラマチックなことがないかと思ってね」

「ドラマチックなことなら、もうここで起きてますよ」レイボーンは言った。「デントン先生の姉さんが、弟ははめられたってことをみんなに信じてもらおうと、そりゃもうがんばって……」

「きみのところにも来たのか?」

「いま私がここに来ているのが、そもそも彼女のためですからね」ふたりは巨大な長方形の建物にたどりついた。ここは医学部の校舎だが、生物全般に関する実習棟も兼ねている。ふたりはスイングドアを通り抜け、レイボーンがエレベーターのボタンを押した。

学生課長は続けた。「ジョン・クルークシャンク先生に、どうしてハローズが網をすり抜けて入学したのか、訊きに来たんです」

「なぜ?」

「姉さんの話を聞いて、好奇心がわいたもんで」

「きみも運が悪い。ジョンは十二時から一時まで講義があるぞ」玄関の掛け時計は十二時十七分を指している。

「そりゃ失敗したなあ。まあ、いいです、秘書に訊きますよ」

リース=ジョーンズは嚙んでふくめるように言った。「きみにそんなことをする権利があるか? そもそも、あのクルークシャンクにいちいちそんなことが報告されてるか怪しいものだ。ともかく、きみはまず、最低でも学部長の許可が必要だぞ」

レイボーンはエレベーターがおりてくるのを示すライトの点滅が上から下に流れてくるのを見つめていた。学生課長は、リース=ジョーンズが冗談を言っているのだろうと思った。それで彼の顔を見ると、本気で言っているのがわかった。

「そりゃずいぶん身勝手な言い分じゃないですか。あなたがたはいつもいつも、学生課は名簿や議事録やなんやかやをすぐに見せてくれないで秘密主義だと、文句ばかり言ってるくせに、いざ自分たちの帝国が侵されそうになると――」

エレベーターが到着し、中から年配の女性ひとりと学生ふたりが出てきた。レイボーンは二階の、リース=ジョーンズは四階のボタンを押した。

レイボーンが二階でおりると、リース＝ジョーンズがなおも言った。「入学審査委員の目を盗んで、医学部の書類を覗き見する権利はきみにないからな……」

＊

レイボーンは廊下を渡って、ガラス扉に歩み寄った。扉には〈学部役員　学部長・副学部長・入学審査委員〉という札がかかっている。その奥には、小さな帝国が広がっていた。

ブランチフィールド大学医学部は数年前に、学生課主導で合理化された大学運営システムから抜けたのである。このシステムを主導する学生課が大学からある意味では独立し、理事会や評議委員に対して強く意見できる立場にあることがおもしろくなかったというわけだ。医学部の役員室の秘書は他学部とは違い、レイボーンが派遣する部下ではなく、学部長の秘書である。この閉鎖的な学部の事務が、大学全体の運営システムと、曲がりなりにも一応、連携が取れているのは、学生課長の如才のなさと自制心と、それに加えて――あくまで一部だが――教職員の協力のおかげだ。

事務室の前を通り過ぎ、何台ものタイプライターがたてる音を聞きながら、レイボーンは、このタイピストたちは何をそんなに、やらなければならない仕事があるのだろう、と訝しんだ。いつの日か、医学部の運営に公認会計士委員会による監査がはいってくれないだろうか……というのが、彼の黒い願望であった。

形式的な手順を踏むために、彼は入学審査委員のオフィスのドアをノックした。

隣のドアが開いて、縁なし眼鏡をかけた背の高い若い女が顔を出した。「レイボーンさん、先生はいないんです、いま講義中で。わたしでお役に立てますか?」

「おう、ジェニー。もちろん」

ジェニー・ロックウェルは、いまは結婚してウィアーという姓だが、もともとは学生課のタイピストだった。解剖学の助手と結婚して、医学部に異動したのである。いまは副学部長の秘書だが、入学審査委員の秘書が病欠なので、代理をつとめていた。

「警察は来たかい?」レイボーンは、秘書室の電気ストーブにあたりながら訊いた。コートを着てこなかったのは失敗だった。

「来ました、来ました! クルークシャンク先生はかんかんですよ。そりゃそうですよね――だって、クルークシャンク博士が過ちをおかすことは天地がひっくり返ってもありえないのである。いかにもヨークシャー者らしい頑固そうな、強面の、不愛想な、眼鏡をかけた男で、薬理学の優れた講師であり、有能な入学審査委員でもあった。粗野な男だ、とレイボーンはひそかに思っていたが。

「何があったのかな?」彼は訊いた。「それとも、話しちゃまずいことかい?」

秘書は眼を丸くして見つめ返した。「学生課長に話せなかったら、それこそまずいでしょ……」

彼女によると、昨年の十二月に大学入学中央評議会がブランチフィールド大学に、クライブ・ハローズという志望者の、医学部への入学願書を送付してきたのである。ハローズは英国人の両親がカナダに移住したあとで生まれた子供だった。オタワで一九六七年の夏に高校を卒業してから、伯父の証券会社に就職するために、英国に渡って来た。しかし、すぐに彼は金融業界が自分にあっていないと気づいた。そして両親の同意を得て、医学の道に進むことにしたのだ。

彼の高校時代の成績は抜きんでており、学校長も高く評価する推薦文を寄せていた。クルークシャンク博士はすぐに彼を面接に招くことにした。しかし、ハローズにとってのブランチフィールド大学は第三志望にすぎず、もっと上位の志望校が――ロンドンにある某大学が――彼のために席を用意すると、ハローズはそこに坐ることを選んだのだ。そんなわけで、クルークシャンク博士はがっかりしながらハローズの書類を、どんどん増える〈拒否、辞退〉のファイルの山に移した。

この件はそれでおしまいになると思われたのが、今年の八月下旬、新年度が始まるたった六週間前になって、突如として、動きを見せたのである。その日、一通の手紙が届いた。〝クライブ・ハローズ〟という署名入りのそれには、医学部を希望する願書と、びっしり書きこまれた履歴書が添えられていた。手紙には、願書の送付が遅れたのは、最近になってようやく、いまの仕事を辞めて医学の道に進む決心がついたからだと説明されていた。志望しているのはブランチフィールド大学だけであると……

ジョン・クルークシャンク博士なら、抜きんでた成績の志望者の、名前や願書を間違いなく思い出したはずだが、あいにく彼はイタリアで休暇中だった。博士の秘書なら覚えていてもよかっただろうが、なにぶん八ヶ月も前のことで、すでに千通もの履歴書を処理したあとのことである。

クルークシャンクの代理をつとめていたヒュー・リース＝ジョーンズには、その願書を怪しむ理由がなかった。読んだかぎりでは、とてもよい学生のように思えた。ブランチフィールド大学医学部の入学希望者は、いまや三十人を下回りそうだったのだ。手続きに少々不備があったくらいで、入学を拒否する方が愚かしいというものである。

リース＝ジョーンズは高校の校長に電報を打った。航空便で送られてきた返信は、ハローズの優秀な成績を保証し、彼の入学志望を力強く推薦するものだった。手紙はこう締めくくられていた。「私はクライブがすでに貴国のロンドンにある医科大学に入学したものだと勘違いしておりました——以前にも推薦状を書いたことがありましたので。しかし、彼がブランチフィールド大学を志望していると知って喜んでおります」

ジェニーはクルークシャンク博士が、この文に灯る赤信号に気づかなかったことでリース＝ジョーンズを責めているのだと言った。とはいえ一応、リース＝ジョーンズは予防措置を取ることにした。入学評議会に電話をかけてこの件を相談したのである。すると先方は、その志望者が一校しか希望していないのなら、もう期日も迫っていることだし、こちらの入学評議会で通常の手続きを踏む必要はない、ブランチフィールド大学が直接、交渉すればよい、と助言した。

この助言にリース＝ジョーンズは従った。かくして彼は同日、ハローズの入学を許可する、という手紙を書いたのである。

「面接もなしで？」レイボーンは訊ねた。

「ええ。リース＝ジョーンズ先生は、新年度まであまり間がないと思ったんでしょう。でも、そのことにもクルークシャンク先生は文句を言ってるんですよ」

ここに至って学生課長は、なぜリース＝ジョーンズがハローズの入学手続きの件に関して深掘りされるのを渋っていたのか、ようやく合点がいった。

これまでに得た事実からおもしろい点がいくつか浮かんできた。〝ハローズ〟ことレジー・スミスが、偶然、入学審査委員が休暇を取って不在というタイミングで入学願書を送ったのか、それとも――むしろ、こちらの可能性の方が高そうだが――大学内部から情報を得てそうしたのかということだ。もうひとつ、疑問がある。彼は本物のクライブ・ハローズの個人情報や高校の成績表の詳細などを、どこで手に入れたのか？　こちらも、まず間違いなく大学内部の共犯者が怪しい。本物のハローズが送り、ブランチフィールド大学の書類入れの中に積まれていた入学願書から情報を得たとしか考えられない。

すると新たなる疑問がわいた。「ジェニー」レイボーンは言った。「志望者が入学を蹴られるか、本人が希望を取り消すかした場合、願書はどこに保管されるんだい？」

「入学審査委員の部屋の書類戸棚です」

「戸棚の鍵は？」

「かかってません」

「だけど、部屋の鍵はかかってるだろ——部屋に誰もいない時は、鍵をかけることになってるよね？」

もちろんそういうことにはなっています、とジェニーは答えた。実際は、がちがちではありませんが。夜、最後に部屋を出る者は、オフィス入り口のガラス扉も戸締まりすることになっているのだが、若い娘たちは不注意で、夜十時に建物全体を閉める前に見回りをすると、しょっちゅう、このガラス扉の鍵が閉め忘れられているらしい。

「ということは、外部の人間がはいりこめるってことかい？」

「ええ。さすがに一度で成功したとは思えませんけど。でも、何度かためせばいつかは運よく、はいれたはずですよ」

もしくは、鍵を手に入れることもできただろう。ここの秘書たちが全員、鍵を持っているのだとすれば……

「オフィスにはいりこめたとして」レイボーンは続けた。「部外者が簡単に正しい書類を見つけられるもんかな？」

ジェニーは答えた。「部屋のドアには〝入学審査委員〟という札がかかってますし、書類戸棚には〝不合格と辞退〟というラベルが貼ってあります。見つけられない方が難しいと思いますけど……。それより、わたしが不思議なのは、デントン先生が——あの、いま話してるのって、彼のことですよね？——どこでクライブ・ハローズのことを聞いて、しかも、どうやってうちに願書があるのを知ったのかってことなんです」

「いや、その必要はないんだよ。クライブ・ハローズ個人を探していたわけじゃない、都合のいい経歴や成績の人間なら誰でもよかったんだ。その〝不合格と辞退〟の――何人だ？　千人くらいか？　その中から――」

「だいたい千二百人ですね。今年は千三百四十三通の願書が届いて、百三十人を受け入れました」

「――適当な人間を選べばいい。それがたまたまハローズだったってだけだね」

レイボーンは、マイケル・デントンが医学部のオフィスに来たことはあるかどうか訊いてみた。

「さあ、わかりません。わたしの部屋に足を運んでいただかないかぎり、実際にお会いすることはないので」

「この建物の中にいるのは見たことがあるかな――つまり、このオフィスの外で」

「時々、お見かけしますよ。動物学の実習のあとで、バーバラ・レッチワースを迎えに来てましたから」

＊

ローナ・デントンは翌朝まで待たなかった。その夜、八時にレイボーンの自宅に電話をかけてきた。

「はい。方法はわかりましたよ」彼は具体的な名を出さずに、大まかな流れを説明した。

彼女はすぐに話の要旨を理解した。「つまり、マイケルには医学部のオフィスにある書類を手に入れる手段があったってことなんですね？」

「デントンさん、別にとてつもなく難しいことではないんですよ」

彼女は淡々と言った。「うちの弟にとっては、ちょっとでも面倒なことは、とてつもなく難しいことなんです……レイボーンさん、正直に言ってください、あなたはまだ弟がやったと思っていますか？」

「私は」学生課長は慎重に言葉を選びながら言った。「お姉さんの努力を正当化するだけの疑惑の影が十分にあると思っています……私にお手伝いできることがあれば――実際にできることなら――なんでも言ってくだ……」

「ありがとうございます。それなら、医学部で働いている人全員の名前を教えていただけます？　書類を盗み見るのは、その人たちの方がずっと簡単にできるはずだわ」

レイボーンは思わず微笑した。彼女のまっすぐに見つめてくる、冷静に相手を値踏みするような眼が頭に浮かんだ。ローナ・デントンに「ノー」と言うのは、難しいことだった。

彼は答えた。「彼らの名前は大学の日程表の医学部のところに載っています――ヘルプのタイピスト以外は全員。日程表は弟さんのフラットにもあると思いますよ。なかったら、上の階に住んでるブライアン・アーマー先生に借りるとか――」彼女が何やらつぶやく声が聞こえてきた。「――でなければ、明日、学生課に来てください」

受話器を置いてすぐに、そういえばヒュー・リース＝ジョーンズの名前は、ほんの短期間クルークシャンク博士の代理を臨時でつとめただけなので、医学部のオフィスの日程表に載っていないはずだ、と思い出した。

そしてまたレイボーンは、マイケル・デントン犯人説に対する疑念は、ローナに明かしたよりも、ずっと現実味を帯びていることに、いまさらながら気がついた。ジェニー・ウィアーが話してくれた何かが――それが何だったか、はっきりとはわからなかったのだが――気になる警告音を鳴らしたような気がしたのだ……

14

「見て、ブライアン！　早く！　あの女の子のお葬式よ！」

ブライアン・アーマーは書き物の手を止め、遠くのテレビ画面に視線を向けた。霊柩車が——棺は花に埋もれて見えなかった——角を曲がり、墓地の門の中にはいっていく場面ののち、そのうしろに長く連なる車列を一瞬、映したあとで、画面はニュースキャスターの顔に切り替わり、リヴァプールの波止場のストライキのニュースを読みあげ始めた。

ブライアンの母はため息をついた。「かわいそうな子。お金があっても、あの子のためにはあまりならなかったみたいよねえ」

ブライアンは仕事に戻った。彼はいま、講義で読み進めているエウリピデスに関する学期末試験の準備をしているのだ。

ニュース番組が終わり、ワッサーマン夫人はテレビのスイッチを切った。「ブライアン、わたしの本、どこにあるか知らない？」

自分の寝室にあることを、母はちゃんと知っているはずだ。欲しいのは本ではなく、話し相手なのである。ブライアンは書類をまとめ、几帳面にフォルダーに入れると、机を離れて、母の正面に腰をおろした。たちまち彼女は笑顔になった。

前に来た時よりも老けたな、とブライアンは思った。そして、弱々しくなった。長い期間を空けて母と会うと、老齢と、衰弱と、死に向かう下り坂をまざまざと見せつけられているようだ。こんなにも、母親を気づかうことができるなんて、自分でも驚きだった。それでいて、母の言うことなすことすべてに文句を言いたくなってしまう。

「今夜、またあのお嬢さんに会ったわ」母親は言った。「デントン先生のお姉さんよ。スーツケースふたつ持ってた。たぶん、必要なものを実家に取りに帰ってたんじゃないかしら。ご実家はどこ？」

「ウェリングステッド」

「あらあら、ずいぶん遠いのねえ……看護婦さんなんですって？」あいかわらず、些細な情報まであっという間に仕入れている。

「放射線技師らしいよ」

「わたしはまだ、あなたが月曜日に部屋をお嬢さんに譲ったのが信じられないわ。ブライアン、あなたらしくないいんだものねえ……つまり、ええと――」ふさわしい形容詞を見つけようとしているようだった。

「礼儀正しい？」彼は提案した。

母はようやく言葉を思いついた。「紳士的」

ブライアンは苦笑した。「あの時は本当に夜遅かったし、彼女はとても……疲れていたから」

もう少しで〝美人〟というところだった。

「ねえ、会わせてよ」どうせそう言うに決まっている、とブライアンが思っていたとおりだった。この母は、とにかく他人に対して好奇心旺盛なのだ。

「今夜かい？」

「あらあ、いいじゃない。まだ九時になったばかりだもの。上がってきてコーヒーでもどうぞって誘ってきなさい」

「探偵ごっこが忙しくて家にいないかもしれない。そもそも、彼女はぼくのことがあまり好きではないし」昨日の朝からずっと、ローナが去り際に顔に浮かべた軽蔑の表情を忘れようとしていたのである。

「いいじゃないの、ねえ、ブライアン。きっと寂しがってるわよ、かわいそうに」彼は降参した。

　ローナはセーターとジーンズ姿で現れ、彼の招待をたいしてありがたがっているようには見えなかった。

「ええと、どうしようかしら」そう言ってから続けた。「うかがうわ。ちょっと着替えるから、あがって待ってて」

「いや、別にここで――」

　彼女は有無を言わさぬ眼でじろりと見ると、ブライアンを招き入れ、居間に待たせて、姿を消した。部屋は月曜の夜とは見違えて変わっていた。整頓され、はたきをかけて掃除され、暖炉にはあかあかと石炭が燃え、書き物机の上には生けたばかりの菊の花が飾られている。

大学の予定表が小さな机の上に広げてあり、その横にはローナが書きこんでいたらしい手帳があった。几帳面な彼は、ローナの整然とした書き文字に好感を持った。内容を読みたいという誘惑には打ち勝った。

五分ほどで、ローナは青いウールのワンピースに着替えて戻ってきた。

ブライアンは言った。「よくお似合いですよ」彼女は返事をしなかった。ふたりは無言で階段をのぼった。

ふたりを引きあわせながら、ブライアンはローナの眼を通して自分の母親をあらためて見てみた。洗練されて身ぎれいでおしゃれな母は、若いころはさぞかし美人だっただろう、と思われた（実際はそうでもなかったのだが。娘時代の写真の姿はあまりぱっとしなかった）。誰もが母を魅力的で、親しみやすい女性だと認めた。そして、とても誠実な人だとも。彼女は、心から相手に興味を持っていると思わせる天才なのだ——実際に、そのとおりなのだけれども。すべて真実とはいえ、これはコインの片面にすぎない。コインの裏面はブライアン以外の人間からは隠されている。彼だけが、どうやって母が幸せな家庭をふしだらに壊し、最初の夫であるブライアンの父親が早々に墓にはいるはめになったのかを知っていた……

「弟さんに会ったことがあるのよ」母はローナに言っていた。「前回、ブランチフィールドに来た時にね。かわいそうに、なんだか迷子のように思えたわ。世界がいつも五分早い時間を進んでいて、どうしても追いつけずにいるような」

「そうそう、そういう子なんです、マイケルって」ローナは同意した。

「でも、気性が荒いとか残酷だとかは、全然感じなかったわ。残酷な人って必ずわかるものでしょう?」

これが初めてではないのだが、ブライアンは、他人と話す時の母が普段よりもずっと、物事を的確に理解し、明瞭な表現で伝えられることに、あらためて気づかされた。息子と話す時には、優柔不断で、おずおずと、時にこびるような喋り方をするのだが。

「ローナ、こっちに来てコーヒーをいれるのを手伝ってちょうだい」ワッサーマン夫人は言った。「ブライアンは大好きなシーザーさんにお相手させとけばいいのよ」

「大好きな、なんですか?」

「母の言う意味は」ブライアンが解説した。「あなたとふたりだけで話をしたいということです」

ふたりは三十分近く消えていた。ひそひそ声と時々、笑い声が台所から聞こえてくる。ふたりが彼のことを話しているのはわかっていた。母は彼のことを説明しているのだろう。なぜ、彼がよそよそしい人間なのか、ありとあらゆる理由を並べ立てているに違いない。ただひとつ、本当の理由だけは言わずに。

そして、やがてふたりが戻ってくると、ローナがちらりとこちらを見たまなざしに、嫌悪ではなく深い同情がこもっているのが見えた。ブライアンは腹が立った。

ワッサーマン夫人はコーヒーを注ぎながら言った。「ブライアン、ケレットさんのところの娘さんを覚えてるでしょう――建築家と結婚した方じゃなくて、お医者さんの方。ローナがあの娘を知ってるんですって――同じ病院で働いてるそうよ」

母にとって、人と人とのつながりを築いていくのは重要な課題なのだった。そして、彼女がそのチャンスを逃すことはまずなかった。

ブライアンは答えなかった。母親はもう一度、こころみた。「さっきローナに言ってたんだけどね、今週はうちで一緒にお昼を食べたらどうかしら。だって、やることがとてもたくさんあるでしょう……」

「なるほど」一拍、間をおいて、ブライアンは言った。

ローナの顔は赤くなった。「いえ、けっこうです」そうつぶやいた。

ワッサーマン夫人はほがらかに続けた。「ねえ、調査の方はどうなってるの？　少しは進んだ？」

「少しだけ。学生課長が助けてくれて。それにリース＝ジョーンズ先生も」

「ブライアンも使ってくれればいいのに」

ローナは淡々と言った。「ブライアンはその気が全然ないみたいですよ。ね、ブライアン」

「ええ」

間もなく彼女は帰っていった。ブライアンは階下まで一緒に、今度もひとことも喋らずに送っていくと、ローナが鍵を開けるまで待った。

彼女が振り向いた。「おやすみなさい」そっけなく言った。

不意に、ブライアンの心はわけもなく乱れた。半歩、前に出かけて、踏みとどまり、欲望を抑えこんだ。「おやすみなさい、ローナ」彼は言った。

＊

何年も何年も、ブライアンと母親はその話題の氷上でスケートし続けてきた。今夜、その氷にひびがはいり始めた。

彼が上階に戻ってくると、ワッサーマン夫人が言った。「ブライアン、あなたのお父さんだってあそこまでひどくなかったけどね」

「何が？」

「あのお嬢さんに対する失礼な態度のことを言ってるの。あなたってもう、本当にどうしようもない子」

「父さんはぼくと同じだ」ブライアンは言った。「捨てられたんだ」

「全部、わたしが悪いと思ってるの？」

彼は答えなかった。しかし、母はなおも言った。「結婚を壊すのはふたりよ」

「そのとおりだ。母さんとアレックスが壊したんだ」やり返さずにいられなかった。

母は怒って言った。「そろそろあなたも本当のことを知ってもいいころね」

「もう知ってる」その時のことを考えるたびに、あの瞬間のショックと捨てられたという孤独感をまざまざと思い出す。学校から早く帰って、母を驚かしてやろうと、こっそり家にはいった時、母が見知らぬ男とキスしているのを見た瞬間を。十二歳の彼にとって、それは世界の終わりのようだった。

二ヶ月後、母はその男と出ていった。もしかすると、時がたてばブライアンもそんなことは珍しい出来事ではないと知り、すくなくとも母の言い分を聞く余裕もできたかもしれない。ところが、それから四年の間、憤怒に燃える父から彼は洗脳を受けた。顔を合わせれば父は昼となく夜となく苛烈(かれつ)に、道徳を説いた。「絶対に感情的に人と関わるな。傷つくだけだ」ブライアンが中学を卒業する年に、父は癌でこの世を去ったが、父の病(やまい)も死さえも、前妻に対する非難に思えた。

父親の死後、ワッサーマン夫人は――母は一緒に出ていった男と再婚していた――もう一度、やり直したいと息子に呼びかけてきた。わだかまりはあるものの、一応の休戦協定はなったが、ブライアンの気持ちがおさまらないので、問題の件についてはふたりの間で話題にのぼることはなかった。そしてブライアンは義理の父に会うことを拒んでいた。

「お父さんのことをどう覚えてる？」ワッサーマン夫人は言った。どうやら、暗黙のルールを破ると決めたようだった。

「その話はやめよう、母さん」

「やめないわよ。もっと前に話しておくべきだった。あなたの言うことを聞いたわたしが馬鹿だったわ」母は繰り返した。「お父さんのことをどう覚えてる？」

「生きる意欲を失くしていた。母さんたちが殺したようなものだ」

「わたしが言ってる意味はね、わたしがいなくなる前のお父さんはどんな人だった？」

正直に言えば、ブライアンはほとんど覚えていなかった。父はいつもそばにおらず、食事の時くらいしか顔を合わせなかった。

「幸せな家庭だったのに」彼は言い訳じみた口調で言い返した。「母さんが壊したんだ」

「幸せ？　あなたは何を見ていたんだろうねえ……だいたい、あなたが感じていた幸せは全部、わたしがあげたものよ。お父さんがあなたにくれたものは脳味噌だけ。あの人にはそれしかなかったからね。本当に人間的には最低で、自分勝手な男――」

「母さんにそんなことを言う資格はないだろう！」

「だって本当のことだもの。わたしたちの結婚生活は、アレックスと出会うよりずっと前に死んでしまってたんだから。お父さんは愛の意味を知らない人だった。思いやりも、人の温かさもね。もしあなたがお父さんをお手本にしているんなら、神様に助けてもらわないと！」

もう聞きたくなかった。ブライアンはウィスキーのデカンタを持ってくると、自分のグラスに注いだ。

しかし、母は止まらなかった。「はいはい、お母さんのせいにすればいい。お母さんが全部悪いのよ、あなたを置いてったのは間違いだった。だけど、世界全部に八つ当たりするのはやめなさい……ブライアン、わたしも飲むわ」

いつもどおり、マティーニをご所望だった。ジンはあったが、ベルモットを探すのに手間取った。そのおかげで、興奮の熱が少しおさまった。

「エレインとはどうなったの？」ワッサーマン夫人が訊ねた。「あなた、全然教えてくれないけど」

「あいつはぼくを捨てたよ」

「どうして？」

彼は肩をすくめた。母の言い分を肯定するようなことを言うのは癪だったのだ。

「もったいないわあ」母は言った。「いい娘だったのに……あの娘の半分も魅力はないけど」

「どの娘？」

「ローナよ」

ブライアンの怒りが再燃した。「仲人ごっこはやめてくれ、母さん。ぼくはローナをなんとも思っていないし、ローナにとってぼくは塵以下だ」

「わたしはただ、あの娘にもう少し親切にしてあげてって言ってるだけよ。あ、あの娘がどう感じるか、想像してあげなさい、いつまでもむかしのことでうじうじと、かわいそうな自分に酔ってないで」

＊

その電話は翌日、昼食のさなかにかかってきた。

「ブライアンか？　おれだよ、マイケルだ……姉さんを呼んでくれ」

どういう神経をしているんだ、こいつは！「直接、かければいいだろう」

「うちの電話はきっともう盗聴されてる。逆探知されたらおしまいだ」

ブライアンはそっけなく言った。「なぜ私がきみを助けなければならない？」

「姉さんと話さなきゃならないんだよ。頼む、姉さんはおれの命綱なんだ」

怯えた声だった。たしかに、二重殺人犯として国じゅうの半分の警察官から追われていて、怯えない者はいないだろう。

ブライアンの母親は身振りで、自分が階下に行ってローナを連れてくる、と伝えてきた。彼がうなずくと、母は出ていった。

二分、あるいは三分、ふたりきりで話すチャンスだ。「マイケル」彼は呼びかけた。「きみが無実だと私を納得させてくれ」

「えっ？」

「私がきみを信じるに足るもっともな理由を、ひとつでいいから挙げてみろ」

なぜ、そんな質問をしたのだろう？　自分でもわからなかった――心当たりがあるとすれば、昨夜、母が突然、胸の内をぶちまけてきたあの叫びに何かを感じたからだろうか。

デントンが言った。「おれにはレジー・スミスのような人間とコンタクトを取る方法なんて、知りようがない。大学に引き入れるなんてもっと無理だよ」

「もっとほかにないのか」

「じゃあ、銃だ、どこでそんなものをおれが手に入れられる？……扱い方だって知らないのに」

まだ弱い。だとしても……

階段を駆けあがってくる足音がしたかと思うと、ローナが現れた。ブライアンは受話器を手渡すと、ローナの側の会話を聞いていた。

ローナは聞き分けのない子供を叱りつける口調で弟と話している。半分咎めるような、半分あやすような口調は、それでいて揺らぐことのない愛情がこれでもかとばかりにあふれていた。こんな姉を持ってデントンは本当に果報者だ。しかし、たとえ無実だったとはいえ、すべてを投げ出して助けに来てもらえると思っているなら、救いがたいほどずうずうしい。

ローナはマイケルに、自分が何をしていたのかを話していた。偽のクライブ・ハローズがどうやって入学を認められたのかを説明し、学内での彼の知人を片っぱしから調べているのだと言った。はたで聞いているブライアンには、どうしようもなく非効率的に思えた。そして、表面をひっかいているだけにすぎない。明らかに根本的な疑問をほったらかしにしている……

ローナはしばらくマイケルに、早く出てきなさい、とうながし続けていたが、とうとう受話器を置いた。「ありがとう」ブライアンにそう言うと、彼の母に微笑みかけてから、出ていこうときびすを返した。

大変な努力を要したが、ブライアンはやっとのことでその言葉を口にした。「ローナ、もし手伝いが必要なら……」

「いいえ、けっこうよ」彼女は振り向きもしなかった。

しかし、ローナの背に呼びかけたのはワッサーマン夫人だった。「待って、ローナ」彼女は戸口にたどりついていたが、足を止めた。「わたしがあなたならこの子の申し出に飛びつくわ。たしかにこの子の態度はなってなくて頭にくるだろうけど、脳味噌はたしかだから」

「母さん！」

ローナは言った。「わかった。お願いするわ」

＊

ブライアンは彼女のメモを読んだ。想像していたより、きちんと考察されていた。

「外部の人間にはレジー・スミスを入学させることはできない。入学が決定されたのは八月。学生が大学にいない時期。つまり、殺人犯は大学教職員。そして――
1　犯人は一九六八年の夏の間、またはそれ以前に、レジー・スミスと知りあった（どうやって？　なぜ？　どこで？）。
2　犯人は医学部の事務室にある入学願書を見ることができた。
3　犯人は一学期の最初の数週間、スミス（ハローズ）と定期的に連絡を取っていた。誘拐と殺人だけでなく、それが起きる前の一連の出来事についても、綿密に打ち合わせをしていたはず（アン・スーエルがハローズの知人を調べている）。
4　犯人またはハローズが、ダグラス会館の外でバーバラに暴力をふるった（アリバイを確認すること）。
5　犯人はマイケルのむかしの愛称が〝ボージー〟だと知っていた（どうやって、どうやって、どうやって?!!）。
6　犯人にはバーバラの誘拐殺人の夜のアリバイはない（ハローズが誘拐も殺人も全部ひと

りでやったのではない場合にかぎる）。
7　犯人かハローズが、マイケルの車を無断で持ち出し、ミドルシーのキャンプサイトまで行って戻った。
8　犯人には身代金が持ち去られた夜のアリバイがない（警察によれば、ハローズはバーバラの死後二十四時間以内に死んでいた。つまり、犯人は自分で身代金を持ち去ったはず）。
9　犯人はマイケルのフラットに侵入し、偽の証拠を仕込んだ（いつ、どうやって？）。

「悪くない」ブライアンは言った。「しかし、あなたがまだ触れていない問題点がある」まるで教え子の論文を添削しているようだ。

「たとえば？」

「動機です」

「一万ポンドって、十分な動機じゃない？」

「私が言っているのは、マイケルに罪をかぶせた動機、という意味です」

「スケープゴートが必要だからでしょ。本物の殺人犯から疑いをそらすために」

ブライアンはかぶりを振った。「たったそれだけのために、犯人は危険をおかしすぎている——マイケルの車を盗み、フラットに侵入して証拠を残しています。むしろ犯人を名無しのままにしておく方がずっと安全なはずだ」ふと、あることに思い至った。「あの夜、私は車が出ていく音を実際に聞いている。私がベッドから出て、外を見ないとはかぎらないでしょう？」

「犯人がリスクをおかしたっていうのは、わたしも認めるわ？　だから何？」

「そのリスクは不必要なリスクですよ。だから、そこまでして実行したのなら、犯人はどうしても弟さんに罪をなすりつけたいという強力な理由があったに違いない」

「つまり、犯人は何か恨みがあったっていうこと？」

「犯人は弟さんを憎んでいたはずだ」

ローナは疑わしげだった。「マイケルには敵を作る甲斐性もなさそうだけど」

「弟さんに訊いたことはありますか？」

「いいえ。でも、訊いてみる」

彼女は手帳にメモした。髪がひと房、眼の上に垂れたのをかきあげるその仕種は、エレインを思わせた。

ローナの見た目はどことなくエレインに似ていた。しかしローナの方がずっと生気にあふれている。おとなしく屈する性格でもなく、間違いなく意志が強い。その灰色の瞳は裏表がなく、こちらがひるんでしまうほど、まじめにまっすぐ見つめてくる。

すくなくとも、その瞳にはもう軽蔑の色はなかった。ブライアンは言った。「今夜、母を連れて外で夕食をとるつもりなんです。あなたも一緒にどうですか？」母には頭痛になってもらおう……

「いまは大事な話に集中しない？」ローナは言った。

ふられたか……。「そうですね」彼は答えた。「では、次。ダグラス会館の外での出来事です」

仮にこれがバーバラ・レッチワースの本物の誘拐が未遂に終わったものだとすれば、計画が杜撰で、実行がひどくお粗末だったことになる。犯行自体も稚拙だ。偽の証言さえ——つまり、バーバラの姿が消えたことに関する学生の虚言ひとつ——まともに用意できていない。

それでは、はなから成功させるつもりなどなかったとしたら、あの誘拐未遂の目的は何だったのだろう？　おそらく、のちに本当の誘拐事件が起きた時に、マイケル・デントンに罪をなすりつけやすくするためではないか。〝ボージー〟の署名入りのメモの存在は問題になるだろうし、その愛称が誰のものか探り当てるのはそう難しいことではない……

逆説的ではあるが、あのメモこそが、デントン犯人説に対する決定的な疑惑をブライアンの心に抱かせたのだった。バーバラを偽の待ち合わせで呼び出す手紙の署名に、自分自身の愛称を使うだろうか？　そもそも、あの段階で彼女に乱暴をする動機がデントンにあるか？

「バーバラはボージーが誰なのか知っていましたか？」ブライアンは訊ねた。

「マイケルは知らなかったって言ってたわ。バーバラが誘いにのったのは好奇心と、刺激が欲しかったからですって」

「ブランチフィールドで、ボージーの正体を知っていた人間は？」

「いたはずよ、そうでなきゃおかしいもの」

「マイケルが自分の口からもらしたんでしょうか？」

「ないない、絶対ないわ。あの子、ボージーって呼ばれるのが大嫌いだったから……あ、ちょっと待って」ローナは眉を寄せ、やがてゆっくりと言った。「すっかり忘れてた。シェイラ・

ホワイトが同じ小学校に通ってたわ」

「シェイラ・ホワイト？」

「結婚して、いまはリース＝ジョーンズって名前だけど……」

呼び鈴が鳴った。「きっと警察ね」ローナはそう言って、ドアに向かった。

警察ではなかった。ローナが案内してきたのは、アン・スーエルとフランク・ローレンスで、彼女はふたりをブライアンに紹介し始めた。

「いえ、ふたりとも知っています」ブライアンは言った。アンが素早くローナから彼に視線を走らせた、勘ぐるような目つきに、むかっ腹が立った。アンが二と二を足して答えを出したことにではなく、その答えが間違っていることにだ。

フランク・ローレンスから、いつものおどおどした感じがいくらか消えていることに気づいた。この娘のよい影響に違いない。これで彼女がローレンスに勉学をサボらせさえしなければ……

アンが言った。「お邪魔してごめんなさい、お姉さん。出直してきます」

「あら、いいのよ。弟のことで来てくれたんでしょ？　アーマー先生もなの」

ローレンスが言った。「じゃあ、アーマー先生もデントン先生が無実だと思ってるんですか？」

「その可能性もあると思っている」

ローナがお茶をいれた。学生たちは、自分たちの報告を始めた。ふたりは足を棒にして、故クライブ・ハローズの生活習慣を訊いてまわったが、かんばしい返事はほとんど得られなかった。ブランチフィールドに入学してそれなりに日がたつのに、ハローズは人間関係が尋常でなく希薄だった。共産主義者クラブの集会では弁舌巧みによく喋るくせに、輪の外に出ると、親しくしようとする人間を誰も近寄せようとしなかった。

ロイ・メイソンを自分のものにすることができなかった彼は、同じ好みを持つマーシャル・ピンカートンをパートナーにした。ピンカートンはハローズとの関係を認めたが、ハローズは自分のことをほとんど語らなかったと言った。ピンカートンはハローズが、大学教職員や学生の中で自分とアーサー・ロビンソン以外のほとんど誰とも会っていなかったはずだ、と断言した。

ブライアンは言った。「ハローズは授業に出ていたんだろうか」

フランク・ローレンスが答えた。「講義には出てきましたが、実技に来たことはないです」

それはそうだ、無知であることがばれてしまう……

ローレンスは淡々と続けた。「でも、動物学では補講を受けてたみたいですよ。リース＝ジョーンズ先生は遅れている学生の面倒をきっちり見てくれるんです。個人指導で」

ローナが何か話そうと口を開きかけたが、ブライアンが警告するように視線を向けてきたのを見て、口を閉じた。

ふたりの学生は間もなく帰っていった。ローナはふたりを見送ってから言った。「若くて恋をしているなんて、楽しくてしかたないでしょうね」

「あなたもご経験があるでしょう？」ブライアンは言った。

「若かったこと？　ないわ。恋してたこと？　そうね、一度だけ……」

彼はローナが話をふくらませるのを待ったが、彼女は続けなかった。

「リース＝ジョーンズって名前が何度も出てくるわね……」

「あのふたりが彼の名を出したのは計算ずくでしょう。何も知らないような顔をしていましたが、あれは嘘だ」

「わかってるわ。ブライアン、あなたがここにいなかったら、あの子たち、もっといろいろ話してくれたかも」

「申し訳ない」

ローナはにこりとした。「ううん、あなたがここにいてくれてよかった」そして続けた。「わたし、ヒューが嫌い――なんだかぞっとするの。シェイラも彼を怖がってるし」

「奥さんがヒューを？」

「ええ……でも、それだけじゃ殺人の証拠にならないでしょ。それに、警察がマイケルに対してかかえているのと同じ難題がある。どうやってヒューは医学部の書類を見ることができたの？」

ブライアンは、話すかどうか迷った。話すことによる影響がよろしくないことはわかっていたからだ。

しかし、話さなければならないと腹を決めた。「ヒュー・リース＝ジョーンズは八月の半分、医学部の入学審査委員の代理をしていました。クライブ・ハローズを入学させるという決断をしたのはヒューです」

ローナは真っ青になった。「ええっ！」すぐにはしゃいだ声を出した。「わたしたち、謎を解いたのね！」

ブライアンは言った。「私たちが見つけたことは全部、すでに警察が知っていることばかりだ。弟さんに対する容疑は濃いままですよ」

「でも、あなたは信じてないでしょ？　いまは無実だと思ってるでしょ？」

彼は繰り返した。「その可能性もあると思っています」

「どうしてあなたってそうなの！」その口調にはまた軽蔑の色が戻っていた。

しかし、ブライアンもまた腹を立てていた。「ローナ、私に無理を押しつけないでほしい。不十分な証拠をもとに判断しろと言われても無理なものは無理です」

「あなたには無条件で人を信じるって気持ちがないの？」

「ありません」

ローナは声をたてて笑った。「わたしが悪かったわ……じゃあ、これからどうする？」

「これだけはあなたに同意します。仮に弟さんが無実なら、リース＝ジョーンズがもっとも怪しい容疑者だ」ブライアンもヒューのことは好きではなかった。そしてあのやたらとエネルギッシュな落ち着きのなさは、精神的に不安定だからではないのかと疑ったことが何度もあった。

ブライアンは続けた。「今後、私たちがやるべき仕事は、あなたの作った質問リストの解答になる証拠を掘り出すことです……そしてもちろん、動機を見つけることも」

ローナは言った。「どうしてヒューがマイケルをそんなにも憎んでいるのか、全然想像がつかないわ」

ブライアンには想像できたが、今回は彼女の頭に先入観を植えつけるつもりはなかった。

「リース＝ジョーンズの奥さんと話してみてください」彼は言った。「奥さんがリース＝ジョーンズを怖がっている理由を探るんです」そして、付け加えた。「今夜、あなたも夕食に付き合うと言いましたよね？」

「そんなこと言ったかしら？」しかし、彼女は微笑んでいた。

15

シェイラ・リース＝ジョーンズはトーストにママレードを塗っただけで、ぐずぐずと指先でもてあそんでいた。「もっと食べなきゃだめですよ」主治医にはそう言われている。しかし、どうしても食べる気がしないのだ。彼女は朝食のトレイを押しやった。

ヒューが部屋にはいってきて、ちらりとトレイを見た。「食欲がないのかい？」

「ええ」

彼は妻に朝刊を渡した。「まだデントンは行方不明らしい」そう言ってから、おもむろに付け足した。「今日、おれが家で昼めしを食わないって、わかってるよな？」

彼はダークスーツに白いワイシャツ、お気に入りのネクタイを身につけている。「今日、何だったかしら？」

「言っただろう、シェイラ。ハルの街の会議に出るって」

言われて思い出した。「大学の志望者数が減ってるって問題ね」ヒューはブランチフィールド大学の評議会だか理事会だか組合だかなんだかの代表として出席するのだ。シェイラは、そんなことをするだけ無駄だと思わないのかしら、と考えずにいられなかった。たぶん、まったく思わないのだろう。

彼はベッドにさらに近づき、妻の上にかがんだ。シェイラは身をこわばらせて、キスを待った。

「ゆっくり休んで」彼は笑顔で言った。

仮面は、ふたりきりの時さえはずれなかった。初めての子供の誕生を心待ちにしている、普通の幸せな夫婦の仮面。夏のあの恐ろしい夜以来、この件について、ヒューが一度も口にすることはなかった。シェイラにしてみれば、それは洗練された残酷な拷問だった。

ヒューはトレイを持って出ていった。数分後、彼の車が車路を走り去っていく音が聞こえた。シェイラは朝刊を手に取った。

今日は金曜日。マイケルが失踪してから六日目だ。あいかわらず、事件についての記事は一面を飾っているものの、引き伸ばすための水増しや繰り返しが多くなっているのを見れば、記者たちの苛立ちがはっきりわかった。警察に対する批判も目に見えて増えてきている。

今朝のグローブ紙にはローナ・デントン（〝重要参考人の姉〟）が、カーファックスホテルからブライアン・アーマーと――え？　嘘でしょ？　やだ、間違いないわ――一緒に出てくる写真が載っていた。別記事では、ローナの弟への呼びかけが紹介されていた。「隠れていないで、出てきて、汚名を雪いでほしい。わたしには無実だとわかっているから」

シェイラ自身はマイケルが犯人かどうかという疑問には触れたくなかった。彼女にとってマイケルは過去の人間だ――過去の過ちのひとつにすぎない。初めての、ごく小さな過ち。もしマイケルが本当に殺人犯だとわかったら、辛い気持ちになるとは思う。でも、いまさらもう、彼に同情する義理はない……

十時にベッドを出ると、グリズウッド夫人がすでに一階で忙しく動き回っていた。誰もが、グリズウッド夫人がいてくれるなんてラッキーだと——あの女(ひと)は本物の宝石だ、宝物だ、とあらゆる言葉でほめちぎり、シェイラを羨ましがる。

グリズウッド夫人は結婚前からヒューの世話をしていた。そしてシェイラは、このふたりが組んで、自分を仲間はずれにしているような気がすることが、ままあった。肉体的にも精神的にもストレスを感じ続けていたシェイラにとって、大学の秘書を辞める前からすでに人生は辛いものだった。こうしてずっと家にいるようになって、話し相手がグリズウッド夫人だけになったいま、退屈さと孤独に魂が壊れそうだった。そして、あの恐怖……

それでも今朝は珍しく彼女を訪ねてきた客がいた。ローナ・デントンが、しゃれた栗色のコーデュロイのコートに身を包み、十一時少し過ぎにやってきたのだ。

シェイラはちょうどコーヒーを飲もうと思っていたところだった。「グリズウッドさん、もうひとつカップを持ってきてちょうだい」そう呼びかけると、グリズウッド夫人は聞こえないふりをした。しかたなく、シェイラは自分でカップを取りに行った。

「ローナ、どうしたらそんなに細いままでいられるの?」彼女はコーヒーを注ぎながら言った。「わたしなんて、ほら、こんなに肥っちゃって!」

ローナは笑った。「だって、あなたはおなかに赤ちゃんがいるじゃない。条件が違うでしょ」

条件の違いだけではない、とシェイラは思った。ローナは生きている。彼女の瞳はきらめいていて、マイケルのことでさぞ心労が重なっているだろうに、彼女にとって人生はまだまだ、価値あるものらしいのだ。

「今朝、あなたが新聞デビューを飾ってたの、見たわよ」

ローナはにんまりした。「でしょ。ブライアンはきっと怒ってるわね」

「あの人は、がちがちにおかたいイメージがあったけど」シェイラは探りを入れた。

「意外と人情味もあるのよ……マイケルのことでわたしを助けてくれてる」ローナはチョコレートのビスケットを選んだ。「それで今朝、こうしてお宅にお邪魔したのよ」

シェイラは身構えた。むかしからマイケルの姉の前では少しひるんでしまう。あの鋼のようなグレーの瞳に見つめられると、心がざわざわするのだ。

ローナは言った。「マイケルが小さかったころのあだ名を覚えている?」

「ええ。〝ボージー〟でしょ」シェイラは微笑んだ。「大きくなってからも、わたしはそう呼んでたわ——からかい半分で。そう呼ばれるのをすごくいやがるんだもの。だから、つい——」

そこで口をつぐんだ。

ローナの眼がじっとシェイラを見つめている。「〝つい最近まで〟って言おうとした?」

「違うわよ、大学時代にも、ついそう呼んでからかってたっていうだけ」下手くそな言い訳だ。

「勤めてからは? ブランチフィールド大に。ここであの子を、あだ名で呼んだことは?」

「まさか。どうしてわたしがそんなことをするの?」

ローナは淡々と言った。「さあ、それはわたしにもわからないけど、あなたがそうしたに違いないと思ってる」

「さっきから何なの、ローナ？」

「聞いてない？　誰かがあのあだ名をバーバラ・レッチワース宛の手紙の中で使ったのよ。マイケルに罪を着せるために」

「その手紙を書いたのがマイケルだったんじゃないの？」

「違う。もし書いたのがマイケルなら、マイケルが犯人ってことになっちゃう」

「そうかもしれないでしょ。いちばん単純な説明じゃない」

ローナはごまかされなかった。「シェイラ、自分を騙すのはやめて。あなたは知ってるはずよ、マイケルには虫一匹殺せないって」

「人が変わったかもしれないでしょ」シェイラはつぶやいた。こんなのはただの屁理屈だ。そのくらい、わかっている。ローナの言い分は正しい。マイケルに暴力は無理だ。

ローナは続けた。「なら、ブランチフィールドの誰かがマイケルのあだ名を知ってたことになる。それこそ、マイケルが怯えた最初の理由なのよ。自分が何かの罪を着せられそうになっていると気づいて。そのあと、バーバラが失踪した時、マイケルはだいたいのことを悟ったのね……だから、遺体が発見されてすぐに慌てて逃げたの。あの子はいつも、トラブルがあれば逃げることしかしないんだから」

そんなことは言われなくてもわかっている、とシェイラは思った。「本人以外で、ブランチフィールドで〝ボージー〟のことを知っている唯一の人間がわたしっていうわけ？　それならわたしが殺人犯なのかもね」

ローナは微笑した。「まさか……でも、わたしはあなたが犯人に喋ったと思ってる」

ひやりとする恐怖がシェイラの心臓をわしづかみにした。彼女は素早く頭をめぐらせた。

「あ、ああ、思い出した。夏のダグラス会館のパーティーで――ワインとチーズのカジュアルなパーティーよ。あの時、一緒にいた人たちとニックネームの話をしてたの、それで――」

ローナの視線がシェイラの心の中まで突き通ってきた。「嘘をつかないで、シェイラ。本当はあなた、ヒューにしか話したことがないんでしょ？」

「違う！」

ローナは淡々とした声で言った。「バーバラが誘拐された夜、ヒューはどこにいたの？」

「うちよ。ベッドの中」

「あなたと一緒に？　ひと晩じゅう？」

「わたしたち、部屋は別々なの」

あっ！　まずいことを言ってしまった。いまの言葉をローナの脳が消化する音が聞こえる気がした。

「シェイラ、あなたはどうしてヒューを怖がってるの？」

「わたしがヒューを怖がる？　何言ってるのよ！」

「だって、怖がってるじゃない。こないだ会った時、すぐわかった」再び、シェイラはローナが何かに勘付いたのを見てとった。「あなた、不倫してたの？」

「なっ、怒るわよ！」

「相手はマイケル？」

「あなた、頭がおかしいんじゃない」

ローナはゆっくりと言った。「シェイラ、おなかの子は誰の子？」

「出てって！」

ローナは立ちあがった。「ご主人をかばうのはやめ――」

「うるさい、出てけ！」

＊

シェイラは玄関のドアが閉まる音が聞こえるまで待った。居間を出ると、階段のカーペットを掃除していたグリズウッド夫人が掃除機のスイッチを切って言った。「なんて恥知らずなんでしょうねえ――よく平気な顔をしてお茶を飲みに来られたもんだわ！」

「あの人は何も悪いことをしてないもの」おそらくグリズウッド夫人は聞き耳を立てていたのだろう。ローナが来ている間じゅう、掃除機の音はしていなかった。

「まあ、たしかに弟よりはマシそうに見えますけど……弟の方は憎ったらしいろくでなしですけどね」

シェイラは、吐き気の波に襲われ、階段の手すりをしっかりつかんだ。「上階で横になるわ」

しかし、グリズウッド夫人が立ちふさがっている。

「具合が悪そうですねえ……じゃあ、ポテトなら召し上がれますか?」

いいから、そこを通してよ!とシェイラは叫びたかった。かわりに言った。「おひるはいらないわ。おなかがすいてないの」

「先生はどうなさいますか?」グリズウッド夫人にとって、ヒューはいつだって〝先生〟なのだ。

「外で食べるそうよ……いいから、そこを通して」

家政婦は鼻を鳴らし、脇にどいた……

シェイラはアスピリンを二錠と、血圧のために処方されたピンクの錠剤をひとつぶ飲んだ。それから靴を乱暴に脱ぎ捨てて、ベッドの上で横になった。

頭の中をからっぽにしようとした。すると、掃除機がまたうるさく鳴り始めた。「あの人がいなくなったら、ちゃんと考える。逃げないで、最初からきちんと考えよう」何を口実にしてでも、考えることは先延ばしにしたかった。

それなのに、記憶が勝手に頭に流れこんでくる。二十一歳まで、シェイラにとって人生は翳りのない、興味と歓びの尽きることのない根源だった。十六歳で高校を卒業すると、秘書養成学校で学び、郡教育委員会に就職した。

ボーイフレンドは途切れることなくできたものの、ひとりとして本気にはなれなかった。付き合う分には楽しかったが、愛情が長続きすることはなかったのだ。心の奥で、彼女は自分がいつか結婚する理想の男性をはっきりと思い浮かべていた。そして、その理想の男性が現れるまで、いくらでも待つつもりだった。

そこにマイケルが現れたのである。シェイラは物心つくころからマイケル・デントンを知っていた。小学校も一緒の、ご近所さんだ。彼が大学に行ってしまってからはほとんど顔を見ることはなく、そもそも男性として興味はなかった。

ところがある夏の土曜の午後、シェイラが美容院から歩いて家に帰る途中、一台の車が停まって、マイケルが乗っていけよ、と声をかけてきた。

「首席を取ったんだ!」車を出しながら、彼は言った。「たったいま、知らせが来てさ」

「シュセキ?」そう言ってから、理解が追いついた。「わあ、すごい! おめでとう、マイケル!」

「ご褒美に、最初に会ったかわいい娘をつかまえて、キスするって決めてた」彼はそのとおりにした。「そしたら、晩めしに連れていくって」彼はやはりそのとおりにした。

それが始まりだった。マイケルはシェイラの理想の男性像とはほど遠かった。彼は気弱で、怠け者で、何かと言えばすぐにむくれた。けれど一緒にいるのは愉しかったし、熟練したベッドのテクニックは最高だった。彼にくらべれば、それまでのボーイフレンドたちは、不器用な坊やばかりだ。

夏いっぱい、シェイラは自分が恋をしていると、半分思っていた。それでもまだ、一歩引いて、世間がマイケルを見る目で、彼を見ることもできた。マイケルはひとりでは、どうしようもなく頼りなかった。彼の姉がしつこく注意し続けているおかげで、マイケルはまともな暮らしができていると言ってよかった。シェイラは、自分がローナの役目を引き継ぐ自信がなかった。

　そしてまた、彼女はマイケルの、キャリアというものに対する考え方がどうにも受け入れられなかった。彼は大学院に進もうとしなかった。もう勉強は一生分したからたくさんだ、というのだ。それでいて、就職活動もしなかった。休養が必要だという理由だった。そのうち、彼はローナに養ってもらう生活に満足するようになった。

　新年度の十月が来ても、彼はまだ休養を続けていた。シェイラは決断を下した。彼女は現実的であることに誇りを持っていた。身体だけの男と、いいかげんな結婚をするつもりはさらさらない。彼女はマイケルに別れを告げた。

　そのままウェリングステッドに住んでいたくなかった。手広く求職を探し、ブランチフィールド大学の学生課に応募し、無事に採用された。三ヶ月ほど勤めたところで副学長の秘書が退職し、シェイラがその穴を埋める形で昇格した。半年後、彼女は結婚した。

　今回はしっかりと眼を開けて見定めた。すくなくとも、そうしたつもりだった。シェイラはヒュー・リース＝ジョーンズに恋してはいなかった。しかし、彼女にとって愛の価値は褪(あ)せていた。尊敬できて、人生に目的意識を持った、やる気と精力をもって仕事にでも何にでも立ち向かうような男性と結婚する方がずっといい。三十七歳の彼はシェイラより十五歳も上だったが、いまだに青年並みのタフさと元気を持ち合わせていた。

　ヒューのブランチフィールド大学での地位は高かった。婚約がおおやけになると、シェイラは同僚たちの羨望の的となった。学生課長だけが、奥歯に物がはさまったようなもの言いだった。「ヒューはちょっと自分の殻にこもりがちなところがあるけどな」シェイラは学生課長が何か思うところがあるように眉を上げたのを見て、警告の意図を感じた。彼女はそれを無視した。レイボーンはいい人だけれど、このことに関しては、見る目がないと思うわ。ヒューほど外交的な人はいないのに。

ふたりは大学のチャペルで三月の曇った日に結婚した。シェイラはローナとマイケルも招待したが、意外にもふたり揃って来てくれた。マイケルは寄宿学校で臨時の教師をしているらしい――やはり彼と別れて正解だった、とあらためてシェイラは確信した。

それでも、再びマイケルと顔を合わせたことで、シェイラは胸が重くなった。彼の温かさと情熱と優しさが懐かしくてたまらなかった。それにくらべてヒューの愛情表現は、もはや貞淑という言葉がふさわしい淡泊なものだった。奥ゆかしいのね、とシェイラは思うことにしていた。今夜からはきっと何もかもよくなる。

何もよくならなかった。まったくの失望だけだった。のちにシェイラは何度も、ヒューはどうして結婚したのかしら、と不思議に思ったものだ。単に、社会的地位のために身を固めたかっただけなのだろうか。シェイラはそう思わなかった。ヒューは奇跡が起きることを願っていたに違いない。

奇跡は起きず、結婚二週目でリース＝ジョーンズ夫妻は寝室を分けた。シェイラは精一杯、結婚生活を成功させようと努力したのだ。彼女は自分自身よりも、ヒューが気の毒だと思った。

少しずつシェイラは、彼が大学行事に熱心に参加したり、大学経営の退屈な雑事に身を投じたり、献身的に仕事に没頭することの真の意味を理解し始めた——すべてが、自身の本質的な欠陥を、彼自身からも他人からも隠すためにうわべを取り繕っているだけなのだ。男としても、研究者としても、不出来な人間であることを。シェイラは一度、権威ある雑誌からの、ヒューの論文を採用できないという手紙を山ほどまとめたファイルを見てしまった。彼は嫉妬と満たされない野心に身を焼いていたのである。

一九六七年の夏の終わりに——結婚して半年たったころ——シェイラはマイケルより、翌月に始まる新年度から、ブランチフィールド大学のギリシャ語専攻に臨時の助講師として採用されることになったという手紙を受け取った。のちに彼は、わざわざこの職に応募したのは、シェイラがいるのを知っていたからだよ、と打ち明けた。マイケルはいつも、何か困ったことがあった時に、頼れる相手がそばにいるのを好んでいた。

手始めに、シェイラは彼が大学所有のフラットに入居できるように、学生課での自分のコネを使った。マイケルは彼女に、寮や教職員宿舎よりもフラットの方が、女性をもてなすプライバシーを確保できるからいい、としれっと説明したものだ。のちに彼女はそのありがたみを、身をもって体験することになるのだが。

最初はそんなつもりはなかった。シェイラは愚かしいまねはしないと決意していた。自分は自分が寝るベッドを用意してある。そこに寝る。たとえどんなに孤独でも。

マイケルはヒューと意気投合し、頻繁(ひんぱん)に家に遊びに来るようになった。そのお返しとして、彼は夫妻を外に連れ出してご馳走した。

　それはある意味で火遊びだった。そしてマイケルは、その火を消そうとするどころか、あおいで炎にしようとしていた。彼はヒューが不在の夜、家に来るようになった。クリスマスも待たずに、シェイラの自制心は壊れ、ほどなく、マイケルと恋人になっていた。

　最初はふたりとも見つからないように、細心の注意を払っていた。けれども、気がゆるんでくると、だんだん不注意になってきた。一度、ヒューの留守中に、シェイラは午前二時にマイケルのフラットから忍び出て、いきなりブライアン・アーマーと鉢合わせした。しかし、その影響はまったくなかった。なぜならアーマーは他人のモラルに何の興味も持ち合わせていないからである。しかし、そんな幸運にいつも恵まれるとはかぎらない。

　シェイラはこそこそした関係に嫌気がさし、むしろおおやけになってしまえばいいと思いさえした。そうすればヒューが名誉を保ったまま、彼にも彼女にも味気のない契約を破棄(はき)する口実になるというものだ。シェイラは自分から別れたいと言いだすことでヒューを侮辱するつもりはさらさらなかった。

　冬が春になり、春は初夏になった。ふたりの幸運はまだ保たれていた。熱に浮かされたように、シェイラとマイケルは幸せだった。マイケルは仕事にやる気さえみせ、ついにはクラシカルレビュー誌に論文が採用された。

　天から破滅の一撃が降ってきたのは五月の終わりだった。シェイラは妊娠していた。彼女は家にマイケルを呼び、話し合いをすることにした。その日は金曜で、ヒューはロンドンに出張していた。水曜の晩に家を出た夫は、土曜に帰宅する予定だった。

シェイラはいまこそすべてを打ち明け、ヒューに離婚をさせてあげるべきだ、と信じていた。マイケルはそうではなかった。その知らせにすっかり取り乱し、堕ろせだとか、逃げようだとか、ヒステリックにわめくばかりで――とにかくこの厳然たる結果から逃げることしか頭にないのだった。

ふたりは何時間も口論し続けた。そして結局――疲労困憊したこともあるが、いつもの習慣で――ふたりはベッドにはいった。そのまま眠りこんだ。

タクシーが近づいてくる音も、ヒューの鍵が玄関のドアを開ける音も、聞こえなかった。シェイラを起こしたのは、階段の軋む音だった。横たわったまま、彼女は恐怖で石になった。

寝室のドアが開き、照明のスイッチがつけられた。ヒューはそこに立ちつくし、目の前の光景を理解しようとしていた。枕の上にはふたつの頭。そしてマイケルは目を覚ますところだった。

シェイラが夫を怖いと思ったのは、この瞬間だった。顔にはむきだしの憎しみが浮かび、両の眼は殺意があふれていた。

「出ろ」彼はマイケルに言った。マイケルが身動きできずにいると、彼は鬼のような形相でずかずかと近づいた。マイケルはベッドからすべりおり、裸で震えながら、服をかき集めた。

服を着こんでいる間、ヒューは眼をそらさなかった。「落とし前はつけさせるぞ」彼は言い続けていた。「落とし前はつけさせるからな」

やっとシェイラは声を出せた。「お願い、ヒュー、落ち着いて。離婚ならあなたの――」

「黙れ！」彼は振り向きもせずに言った。

マイケルはシャツを着ているところだった。「貴様のようなクズが」ヒューは言い捨てた。ヒューはシェイラに、このまま部屋にいるように命じると、マイケルを連れて一階におりていった。それから一時間、夫の荒々しい、一方的にいたぶる怒鳴り声が聞こえていた。やがて、マイケルは出ていった。

それからずいぶんたって、ようやくヒューが階段をのぼってくると、寝室にはいってきた。シェイラはガウンを着てベッドの上でたばこをふかしていた。傍らの灰皿には、すでに吸い殻が四本たまっている。

ヒューが優しく言った。「おれは父親になるんだって？　誇らしいよ、とても」

「待って、何言ってるの、ヒュー――」

「おれはとても誇らしいよ」彼は繰り返した。

シェイラは夫をまじまじと見た。「あなた、おかしいわ」

ヒューの手が稲妻のようにのびて、彼女の頰を力いっぱい叩いた。シェイラはベッドから転げ落ちかけて、どうにかバランスを取り戻したものの、灰皿にぶつかって落としてしまった。

「口のきき方に気をつけろ」夫の息はウィスキーくさかった。

ヒューはたばこに火をつけた。完全に落ち着いていて、その手は震えひとつなかった。「いま、少し話したら、このおぞましい一件はおれもおまえも忘れる。いいな？　おまえはもう二度と、あの若いつばめと会うことはない。おまえの世界に、あいつは存在しない。存在したこともない。わかったな?」シェイラが何も言えずにいると、彼は続けた。「その子供は——」ヒューは彼女を刺すように見つめている。「——おれたちの——おれとおまえの子だ。世間は信じる。おれたちだって、思いこむように努力すれば、大丈夫、信じるようになるさ」

シェイラはさっき叩かれた時に、顔だけでなく脳までしびれてしまった気がした。

ヒューはにこりとした。「疲れただろう。身体を大事にしてくれ。おやすみ」戸口で立ち止まると、彼は付け加えた。「男の子だといいな、そう思わないかい?」

翌朝、ヒューが家を出てすぐに、シェイラはマイケルに電話をかけた。彼は電話口に出たが、シェイラの声を聞いたとたんに、電話を切った。しばらくしてからかけ直したが、同じことだった。彼女は、捨てないでほしいと、想いのたけを書きつづった手紙を送った。返事は来なかった。数日後、シェイラはいてもたってもいられなくなり、彼のフラットを訪ねていった。マイケルは彼女の顔を見るなりドアを閉めた。

彼の瞳に恐怖の色を見たシェイラは、もう望みはないと知った。彼女はマイケルをあきらめた。これからどうする? 両親はもういない。わたしには、頼る人が誰もいない。

シェイラはなすがままにまかせることにした。その方が楽だったからでもあり、おなかの子供のためでもあった。正式な父親がいる方が、この子のためだろう。

ヒューは優しすぎるほど優しくなった。時々、シェイラは夫を見誤っていたのだろうか、見つかったあの夜に彼の眼に浮かんでいた表情は見間違いだったのだろうか、と迷いさえした。

殴られたことは、あの状況ならちょっとした暴力もしかたのないことだろう——それに、あの時の彼は酔っていたのだから。

ヒューは金を使うようになった。結婚した年の彼は、倹約家ではなかったものの、浪費家では絶対になかった。シェイラに渡される家計費は並程度だった。シェイラの服やちょっとした贅沢品の代金は、彼女自身の口座から支払った。シェイラはけっこうな給料を稼いでいたので、それはまったく妥当なことだった。

ところが、いまのヒューはむやみに金をシェイラに押しつけ、やれ服を買えだの、生まれてくる子のための物を買えだの、やたらとすすめてきた。家じゅうをリフォームし、シェイラの寝室も模様替えさせた。そして彼は新しい車を買った。シェイラが、無駄づかいがすぎるのではないかと諭(さと)すと、ヒューは書いた本が大当たりしたのだと答えた。何年もの非生産的な研究の末にヒューは、動物学に関する子供向けの教科書を書いてほしいと出版社から依頼された。九ヶ月前にそれは出版された。

人間というものはたいていのことに順応する。時がたつにつれ、シェイラはいまの生活は我慢ができないほどではないと思うようになった。秘書の仕事は正気を保つ役に立ってくれ、新しい副学長にいらいらすることが、意外にも暴発を防ぐ安全弁になっていた。夜だけは、ひとりきりでベッドにいると、絶望が身体に忍び入ってくるが。

マイケルとは一度か二度、会う機会があったものの、狭い部屋でふたりきりになることは決してなかった。ある日の午後五時半に、シェイラが学生課のオフィスから出ると、マイケルが通りかかったのだが、その腕には、あの悪名高いバーバラ・レッチワースがぶら下がっていた。彼は下を向いており、シェイラに気づいた素振りを見せなかった。一緒にいた、学生課長の秘書のセシリー・ファレルがシェイラに言った。「あのふたり、噂よ。デントン先生も、気をつけないと」

シェイラは思わず言った。「でも、あの子はまだ学生じゃない。マイケルがまさか——」

セシリーは声をたてて笑った。「ふうん？　知らないの、バーバラ・レッチワースがどんな娘か……」

その日の夕食後、ヒューは新聞を取りあげてクロスワードパズルを始めた——珍しいことだ。いつもはシェイラがクロスワードに夢中になっていると、文句ばかり言うのだが。

「ナポレオンの別称ってのは〝ボーニー〟かい？」彼が訊いてきた。

「そうよ。みんな知ってると思ってたわ」

「おれは知らなかった」彼はその単語を書き入れた。「まあ、おれは物知らずの科学者だからな」

シェイラはまだマイケルのことを考えていた。「そういえば、子供のころのマイケル・デントンのあだ名は〝ボージー〟だったわ」

どうしてもマイケルの名を出さないわけにはいかなかった。ヒューはここしばらく、とても優しくしてくれたので、シェイラはまた彼を好きになり始めていた。でも、まるで何もなかったように目をつぶったまま、いつまでもこんな不自然な生活を送ることはできない。自分たちの間にはとてつもなく大きな問題がある。いつか、このことについて話しあわないわけにはいかない。

ヒューが身をこわばらせた。彼はまた別のヒントを読みあげ、どんな答えがはいると思うか訊いてきた。

シェイラは言った。「今日、マイケルを見かけたわ。バーバラ・レッチワースと一緒だった。ふたりとも、かなりいい感じだったわよ」彼女は、マイケルが別の女と親しくしていると知ればヒューはきっと喜ぶだろう、と思ったのだ。夫が何も言わないので、シェイラは言い添えた。「これでもうお金に苦労することはないわね。バーバラはお札を部屋の壁紙にしてるらしいじゃない」

ヒューは新聞を置くと、妙な眼つきで彼女を見て、ゆっくり立ちあがり、部屋を出ていった。

シェイラはまた怖くなった。

*

玄関のドアがばたんと閉まる音に、シェイラは現実に引き戻された。グリズウッド夫人が出ていったのだ。

気は進まなかったが、ローナから糾弾されたことについて、シェイラは無理やり考え始めた。ヒューがバーバラ・レッチワースを殺し、レジー・スミスも殺し、マイケルに濡れ衣を着せるために嘘の証拠を捏造した？　考えるだけでも恐ろしい……それなのに、信じられなくもないのだ。

動機は？　賢いローナは、ヒューがマイケルを憎んでいることも、その憎む理由も見抜いた。でも、殺人そのものの動機は？　誰かに殺人の濡れ衣を着せるという目的のためだけに、人をふたりも殺すほど、ヒューは狂っているというの？

身代金のこともある。一万ポンドは決して少なくない、間違いなく大金だ。ここ半年というもの、ヒューはやたらと散財している。この家のリフォームだけで五百ポンドは使ったはずだ。とはいえ、身代金をあてにして浪費するとは思えない。誘拐の計画が必ず成功する保証はないのだから。

それでも、急に金回りがよくなった理由についての、ヒューの説明は――教科書の印税がはいったという話は――シェイラには腑に落ちなかった。教科書というものは、急激な多額の儲けというより、細く長く安定収入をもたらすものだと、シェイラはずっとそう理解していた。あの教科書が出版されてから、まだ一年もたっていない……

シェイラはずっと考えるうちに、そのことが頭から離れなくなってしまった。一階におりて、ヒューの書斎に向かった。この部屋には、掃除をする時以外にはいったことはない。なぜかヒューに見られている気がして、ひどく落ち着かない気分になる。

部屋にはグレーのファイル戸棚が二台あり、両方とも鍵はかかっていなかった。片方のふたつ目の引き出しで、シェイラは『動物学入門』に関する書類ファイルを数冊、見つけた。どれも几帳面に内容を詳しく書いたラベルが貼られている。シェイラは〝売上と印税〟のファイルを引っぱりだした。

今年の六月三十日の段階で金額は、前渡し金の額のままだった。振りこまれるべき印税はない。出版社からの手紙には、スタートが遅いのは想定内だとか、採用を検討する学校が増えているとか、安心させるようなことが書かれている……。

ひとつの作り話がはじけとんだ瞬間だった。次いでシェイラは机に歩み寄り、ヒューが財務関連の書類をしまっている小さな引き出しに手をのばした。この時もまた、そんなはずはないというのに、なぜかヒューに見張られていて、途中で邪魔される気がしてならなかった。

もし、ヒューが部屋にはいってきたらなんと言えばいい？　「ちょっと、あなたが人殺しかどうか確かめているだけよ……」考えるだけでも恐ろしい瞬間だ。シェイラは身震いした。

ヒューの財産は複雑ではなかった。住宅金融組合に三千ポンド、優良な株式におよそ五百ポンド、銀行口座に少々——それだけだった。家のローンは支払いの途中だ。シェイラに調べられたかぎりでは、ここ一年の間に、財産を取り崩した形跡はまったくない。それなのに大金が支払われている——新車にも、家のリフォームにも、新しい調度品にも。シェイラはファイル戸棚を漁(あさ)り、該当のファイルから領収書を見つけた。

とうとうシェイラは、ヒューの預金通帳を調べて、最近の毎月の取引を見てみた。年初あたりでは、月末にはいる給料の額と、ひと月の間に引き出される総額が、だいたい釣りあっていた。預金残高が二百五十ポンドを超えることは、まずなかった。ところが五月三十一日、九百五十ポンドが口座にはいっているのだ。その後は継続して毎月、三十から五十ポンドが入金されている。そして、九月と十月には、かなりの大金が何度か引き出されていた——支払いにあてたものに違いない。いま現在、口座は数ポンドの赤字になっている。

シェイラは銀行の取引明細を見つけた。あの九百五十ポンドも含めて、毎月の入金はすべて現金だった。初回の入金の日付の——五月三十一日だ——意味の重大さが、シェイラの胸を射抜いた。彼女とマイケルがベッドにはいっている現場をヒューが見つけた、あの破滅の夜からちょうど一週間後だ。いまになって、シェイラは夫がマイケルに放った言葉を思い出した。

「落とし前はつけさせるぞ……」

シェイラは吐き気とめまいに襲われた。悪霊に呪われた部屋にいたかのように、ほうほうの体で逃げ出すと、居間の肘掛け椅子に坐りこみ、スツールに足をのせた。心臓が壊れそうなほど鳴り響いている。

何の証拠もないわ、と彼女は自分に言い聞かせた。だいたい、マイケルがそんなお金を工面できるわけがないじゃない。いつもいつもお金に困っていて、次のお給料の小切手を待ちきれずにいるのに。馬に賭けすぎなのよ。

そもそも、ヒューに恐喝されたからといって、マイケルが唯々諾々と従う理由がわからない。人妻と関係を持ち、その夫の結婚生活を壊してしまうことは、世間の目から見て、それほど罪深いだろうか？　マイケルがヒューに、絶対に払わない、と——裁判でも何でも勝手にすればいい、と開き直ったとして、失うものはあるだろうか？

そこまで考えながらも、シェイラはあの金はマイケルから搾り取ったものに違いないと確信していた。日付の合致は、とても偶然とは思えない。それに、ヒューが多額の現金を手にしている事実に対するまともな説明はそれしか考えつかなかった。

ヒューが、恐喝をすることができる人間なら、殺人もできるだろうか？　ローナに言われたことは本当だった。ブランチフィールドに越してきてから、シェイラがマイケルの子供時代の愛称を話したのはヒューだけだ。とはいえ、決定的な証拠ではない。マイケル自身がうっかり話した可能性もあるはずだ。

シェイラは途方に暮れた。どうしよう。どうしたらいい？　ローナに電話する？　それとも警察に？　だめだ、状況証拠ばかりだ。もしかすると、やましくないまっとうな理由があるかもしれない。それなら、ヒューに説明するチャンスをあげなければ。

昼過ぎから夜になるまで、シェイラは夫を待って、待って、待ち続けた。何もせず、ただ坐って、悶々（もんもん）としながら。

ヒューが帰ってきたのは十時半だった。

「まだ起きてたのか」彼は声をかけた。シェイラは夫の口調から、会議がうまくいったのだと、彼もまた一目置かれる活躍をしたのだと知った。

「坐って、ヒュー。話があるの」シェイラの口はからからにかわき、心臓の音が轟（とどろ）いているのが聞こえていた。

「今日はあいつらにひとつふたつ言ってやったんだよ」彼はご満悦だった。「全員じゃないが、いつの時代に生きてるんだ、って奴が多くて困る。まったくあいつらは――」

「ヒュー、お願いだから、わたしの話を聞いて」

しょっちゅう他人事(ひとごと)に首を突っこむくせに、ヒューは驚くほど、他人の気持ちや心の機微(きび)に鈍感だった。今夜のシェイラの様子がおかしいことにまったく気づいていなかった。ちょうど、目の前に色鮮やかな写真を突きつけられたように現場を見せられる瞬間まで、彼女とマイケルの関係にまったく気づかなかったように。

「どうしたんだ?」彼は訊いた。

「ローナが今朝、うちに来たの」

「ローナ?」

「ローナ・デントン。マイケル・デントンのお姉さん……ローナはあなたのことを――」そこで口をつぐんだ。

「おれを?」彼はまだ無関心だった。

シェイラは単刀直入に訊いた。「ヒュー、あなたはマイケルを恐喝していたの?」

ここに至って、彼の顔がどす黒くなった。「前にも言っただろう、シェイラ、この家でその名は二度と出すなと」

「答えて、ヒュー」

「答えは〝ノー〟だ」

嘘だ、と彼女にはわかった。「あなたの通帳を見たわ。わたしは馬鹿じゃないのよ」

シェイラは、彼がまた殴ろうとしていると思った。ヒューは言った。「もし、今度おまえがおれの通帳だのなんだのを覗き見したら――」

シェイラは彼の言葉をさえぎった。どうしても最後まで聞きださなければならないのだ。

「本当なんでしょ？　あなたは恐喝していたのよね？」

ヒューは酒瓶をおさめたキャビネットに近づくと、自分に一杯、注いだ。「〝恐喝〟という言葉はいただけないな。デントンにはおれに対する損害賠償として、慰謝料を払うように言い聞かせただけだよ」

「どうやって言うことを聞かせたの？」

彼がにこりとした。そしてシェイラは、こんな時なのに、彼の歯が完璧に揃っていることに目を奪われた。「おれはやり方を知ってるのさ――そう難しいことじゃない」

マイケル、かわいそうに！　ねずみの心臓なのに……

「いくら？」シェイラは訊ねた。

彼はまたにこりとした。「分割払いだよ。頭金を現金で千ポンド、あとは毎月、五十ポンドだ」

「マイケルの年収は千二百五十ポンドで、かつかつなのよ？　どうやって払えるの？」

ヒューは肩をすくめた。「ローン会社を教えておいたさ」

「ともかく」シェイラは言った。「分割払いって言葉もいただけないわね。何を買ったわけでもないのに」

「使わせてやっただろう？　レンタル料だ」その言葉からは憎しみがしたたっていた。シェイラは、マイケルとの浮気が、どれほどヒューの自尊心を傷つけたのか、いまさらながら理解してきた。

彼女はあえて、地雷を踏みに行った。「ローナはあなたがマイケルに殺人の罪を着せようとしてるって信じてたわ」

ヒューはじっとシェイラを見つめ、酒を飲んだ。「どうしておれが、金のたまごを産むガチョウを殺さなきゃいけない？」

あなたがマイケルを憎んでいるからよ、とシェイラは思った。金をむしり取るだけでは飽き足らないからよ。

ヒューは続けた。「おまえの言うとおり、デントンは経済的に切羽詰まっていたよ。だから、あんな最終手段に出たんだろう」

「マイケルに人殺しなんかできるはずないわ」

彼は肩をすくめた。「感動的な信頼ぶりだな……おれなら人殺しができるって？」

「別に、そんな。でも、あなたがマイケルにしたことだけはわかってるもの。ヒュー、わたし、あなたと別れるわ。これ以上、何もなかったふりをして、一緒にやっていくなんて、もう無理」

ヒューは酒を飲みほすと、グラスを持ったまま、ゆっくりと彼女に近づいてきた。「シェイラ、おまえは疲れてるんだ。血圧のことを覚えてるだろう？　一日か二日、寝れば、ぐっとよくなるさ」

シェイラはかぶりを振った。けれども、夫の眼の光にぞっとした。五月のあの夜に見たまなざしそっくりだ……

ゆっくりと、彼はグラスを持ったままの右手を振りあげ、殴りつけるようなポーズをした。

「一日か二日、寝れば、ぐっとよくなる。そうだろう?」彼は繰り返した。

「そうね」彼女はかすれた声を出した。

ヒューは力を抜いた。「身体を大事にしてくれ――子供もな」彼は言った。

*

のちにシェイラはベッドの中でひとり、さっきのは自分の勘違いだったのだろうかと考えてみた。本気でヒューはあのグラスをわたしの顔に叩きつけるつもりだったの? わからなかった。

週末、ヒューは彼女を甘やかした。一日じゅう、ベッドからおろそうとせず、食事はすべて運んできて、ほとんどの時間、妻のそばで過ごした。

土曜の午後、電話が鳴り、ヒューが出た。彼が二階に戻ってきた時、シェイラはその表情を読み取ることができなかった。

「警察だった」彼は言った。「おれたちが家にいるかどうか確かめる電話だったよ。これから聞きこみに来るそうだ」

「殺人のことで?」

「ああ。形式的なものだとさ」彼はにこりとして、付け加えた。「おれたち、ふたりともアリバイがあってよかったな」

「何の？」

「バーバラ・レッチワースが誘拐された夜だよ」

「アリバイって、どんな？」

彼はまた、にこりと歯を見せた。「おれもおまえも、一緒のベッドで寝ていたのを知っているだろう」

シェイラはゆっくり答えた。「わ、た、し、は、知らない」

彼女の目の前で再び、ジキル博士がハイド氏に変化した。「おまえは、知っているよな」彼は一語ずつ強調した。「おまえは、知っているよな」

ほどなくして警察が到着し、一階でヒューと二十分ほど一緒にいた。それから二階に上がってきて、大事な時にお邪魔して申し訳ありません、と挨拶した。

来訪者はふたりで、ひとりは以前にも会ったことのあるクリスティ警部で、もうひとりは生意気そうな青年でエッゴと名乗った。

形式的な訪問、というわけではなかった。ふたりは明らかに〝提供された情報〟をもとにやってきたので、シェイラはその情報提供者がローナ・デントンであると信じて疑わなかった。ローナのヒューに対する糾弾を、たとえ信じていなくても、役目である以上、ふたりは裏を取る義務があるのだろう。

刑事たちはシェイラに、まず誘拐の夜について質問した。いつ寝ましたか？

「十一時半ごろに」

「ご主人は?」

「同じです」一応、これは本当のことだ。

「その夜の間に、ご主人はあなたのそばを離れましたか?」

「いいえ」シェイラは自分の良心に対して、いまの答えは〝文字どおり〟本当のことよ、と言い聞かせた。ヒューはまったく、そばを離れなかった。なぜなら、最初からそばにいなかったからだ。どうやら刑事たちは、夫婦が同じ寝室で眠っていると思っているようだった。もしかすると、ヒューがそう言ったのかもしれない。

「では、その二日後――金曜の夜は?」身代金が持ち去られた夜だ。

「同じです」指示されてはいないが、おそらくこれがヒューの求める答えだろうと思った。

「その夜もご主人はあなたとひと晩中、一緒だったわけですか?」

「ええ」

今度はさすがに嘘を避けられなかった。どちらの夜もヒューが外出していたと知っていたわけではない。しかし、していた可能性は間違いなくあった。

本当はこっそり伝えたかった。「主人が聞き耳を立てています」けれども、恐ろしくてそれすらできなかった。ここから逃げることができたらすぐに――月曜になればきっと逃げられる――その時には真実を言おう。でも、いまは無理だ、この家に閉じこめられて、彼に監視されている間は……

警部が言った。「マイケル・デントンをご存じですね？」

「ええ」

「よく知っておられますか？」

「むかしは。わたしたち、同じ村の出なんです」

「彼は子供のころに、愛称があったそうですが……」

「ええ。ボージーって呼ばれてました」

クリスティ警部はうなずいた。「このブランチフィールドで、そのことはあまり知られていないのでしょう？」

「さあ」

「あなたはそれを誰かに話したことがありますか？」

「ないと思いますけど。いつ、そんなことを言う必要が？」また嘘をついた。でも、そんなの、あとで訂正すれば……

「ご主人にも？」

「ええ」

警部は咳払いをした。「もうひとつ、お訊ねしたいことがあるんですよ、奥さん。こんなことを言うのは、私としても心外なのですが。実は、奥さんがデントンさんとただならぬ仲にあるという情報が――」

「誰がそんなことを？」シェイラは適度に憤慨した口調で言い返した。

「申し訳ありませんが、守秘義務がありまして。奥さんはいまの情報の内容を否定されると受け取ってよろしいですね？」

「当たり前です。嘘に決まってるでしょう、いやらしい！」

「それと、これから生まれてくるお子さんの父親はご主人ではない、もしくは、ご主人ではないかもしれない、という情報もあるのですが」

「なんですって！」

クリスティ警部は微笑んだ。笑顔になると、なんだか大きなテディベアのように見える。

「あまり気に病まないでください。我々としても、質問をしないわけにいかなかっただけですから。奥さんの否定は全面的に受け入れますよ。そうだろう、警部補？」

「もちろんです」エッゴ警部補は音をたてて手帳を閉じた。

一瞬、シェイラはこのふたりも、聞き耳を立てている夫のために演技しているのかと思った。ううん、まさかね。そこまで賢そうな顔をしていないもの……

16

「お母様はどうして予定を変えたのかしら?」ローナが言った。

土曜日の午後、彼女とブライアンは駅のプラットホームに立ち、ワッサーマン夫人の乗った二時四十分の列車が出ていくのを見送っていた。

「さあ」ブライアンはそう言ったものの、おそらくあの救いがたいほどロマンチックな脳味噌の母親のことだ、彼とローナをふたりきりにするために、休暇を切りあげたのだろう。

列車は見えなくなった。駅の出口に向かおうとした時、ローナが彼の腕に、自分の腕をからめてきた。

「お母様、とってもかわいらしいかたじゃない?」彼女は言った。

「まあ、そうですね」

彼女はブライアンを見上げた。「昨夜、お母様が教えてくれたの……むかしのことを、あなたのお父様のことよ……」

お節介はごめんだ。物心ついてから長い年月の間にしみついた生き方も考え方も、たった二日やそこらでどうにかできるものではない。「辛かったわよね、本当に」ローナは言い添えた。

ブライアンは彼女の腕が押しつけられる感触が心地よくて、車に乗る時、離れるのが残念だと思った。

本通りに向かって車を走らせると、白のゾディアックが西に向かって走り去るのが見えた。

「あ、警部だわ」ローナが言った。「それと、腰ぎんちゃくの人」

「エッゴ警部補ですか?」

「そうそう……リース＝ジョーンズの家に行くんだと思う」

今朝、ローナは刑事たちに自説と疑念を訴えたのである。彼らは半信半疑だったが、それでも耳を傾けてくれ、その件について調査すると約束してくれた。

ブライアンは言った。「リース＝ジョーンズの奥さんが、ご主人の子供ではないと認めると思いますか?」

「無理ね。わたしにさえ認めなかったもの」

もしかすると本当にそうではないかもしれない、とブライアンは思った。が、口には出さなかった。

「これからどこに行くの?」ローナは訊いた。彼は大学に向かってハンドルを切っていた。

「郵便物を取りに行きます」

彼は守衛小屋の外に車を停めた。「あなたは考えたことがありますか、リース＝ジョーンズが——もし本当にリース＝ジョーンズだとしたら——弟さんのフラットに侵入した方法を?」

「あの警部が今朝、侵入は不可能だって言ってたわ。窓は全部、内側から施錠されて、ドアも鍵がかかってたって。マイケルが持ってる以外で唯一の合鍵は、守衛小屋のフックにずっとかかってたそうよ」

「ほう?……実験してみましょうか」

土曜の守衛小屋が開いているのは四時までで、ひとりしか出勤していなかった。

この日の午後はスペンラブが当番だった。ブライアンとローナがはいっていくと、守衛は電話に出ているところであった。

ブライアンはカウンターのテーブルの端を跳ねあげ、勝手にカウンターの内側にはいると、郵便受けの棚の前まで歩いていった。本当は規則違反なのだが、誰でもやっていることだ。守衛も慣れっこで、おざなりに眼を向けただけだった。

ブライアンはギリシャ語専攻の棚から自分宛の手紙を二、三通、選び取った。それがすむと今度は、何本もの鍵がぶら下がっている片隅に向かった。鍵はどれも大学関連施設のもので、ご丁寧にわかりやすくラベルまで貼ってある。スペンラブはローナとの話に夢中で、こちらを見ようともしない。

ブライアンはカウンターの外に出た。そして守衛に声をかけた。「お姉さんと私が、デントン君のフラットにはいるために合鍵を借りに来た夜のことを覚えていますか?」

「覚えてますよ」

「あなたはあの時、鍵が間違ったフックにかかっていると言っていましたね?」

「そんなこと言ったっけ?」

「ええ、言ってたわ」ローナが援護した。

スペンラブは肩をすくめた。「だとしたら、何なんです？」

ブライアンは言った。「もしかすると、誰かが無断で持ち出して、あとでこっそり返す時に間違った場所にかけたのかもしれません」

「いやいや、アーマー先生、この件は警察がちゃあんと全部調べてるんですよ。警察にも言いましたがね、ここにはいつも必ず、守衛が最低ひとり、たいていはふたりが常駐してるんですから。気づかれずに鍵をこっそり持ち出すなんて、できっこないです」

「本当に？」ブライアンは自分のポケットから鍵をひとつ取り出し、カウンターに置いた。「これが何かわかりますか？」

それはダグラス会館の正面玄関の鍵だった。二分前に、すぐそこのフックからはずしたものだ。

ふたりは、物も言えずにいるスペンラブを残して、守衛小屋を出てきた。

「すごいわ、ブライアン、ほんとにすごい」ローナは言った。

あまり喜ばれても困るな。いまやってみせたのは、単にリース＝ジョーンズができたかもしれない方法だ。実際にやったという証拠はない……

「でも、すくなくともいまはもう、あなたも信じてくれてるってことでしょう？」ローナは食いさがった。

「可能性があるとは思っていますよ」彼は答えた。

「どうしてあなたってそうなの、ほんと、いやんなっちゃう」そして彼女は大声で笑いだした。

「もう、いいわ、あなたが興味を持ってくれただけでありがたいわよ」彼女は腕時計を見た。

「帰りましょう、ブライアン」

理由はわかっている。マイケルが金曜からずっと電話をかけてこないのだ……

ふたりはブライアンのフラットでお茶にした。ローナはずっとそわそわしていた。「もし、あの子が自分の部屋に電話をかけてたらどうしよう」

「かけないと言っていたでしょう。それに、もし自宅にかけていたとしても、誰も出なければ、こっちにかけてきますよ」

「あの子、とても怖がってた。とんでもないことをしなければいいけど」

「警察は彼の居場所の手がかりをつかんでいないんですか?」ブライアンは訊ねた。

「つかんでないって言ってたわ」

「あなたは?」

ローナはためらった。「受話器の向こうから、あたりの音が聞こえてきたの、列車の通る音が――聞き覚えがある気がするんだけど。思い出せなくて」

マイケルが電話をかけてくるかもしれないと、彼女は外に食事に行こうとしなかった。そのかわり、ブライアンの部屋で食事を作る、と言った。

「用意をする間に、ブライアン、警察に行って、話してきてくれる?」

「何を?」

「鍵のこと……それに、あなたになら、シェイラが警察になんて言ったのか、教えてくれるかもしれないし」

まあ、可能性はゼロではない。「いいでしょう」彼は言った。「もしマイケルから電話がかかってきたら、家に帰れと絶対に説得してください。隠れていてもいいことはひとつもないんですから」

*

クリスティ警部は非番だった。土曜の午後六時半であることを考えれば、驚くことではない。警察官にも身体を休めてリラックスする時間が必要なことを、世間は忘れがちである。

ブライアンの相手をしてくれたのはエッゴ警部補だった。「デントンのお姉さんが今朝、こちらに相談に来られたはずですが」

「ええ、たしかに」

ブライアンはエッゴ警部補を品定めしてみた。若く、美男子で、自信に満ち、自尊心が高そうだ——こういうタイプの学生ならよく知っている。うまく、つつくことができれば……

「彼女がどうしても納得できないことがひとつ——」

警部補がさえぎった。「よろしければ、なぜあなたがこうしてここにいらしたのか、教えていただけますか?」

「公平な観察者として——そして、デントンのお姉さんの友人として、気になりますので」

「なるほど、わかりました」たぶん、その言葉は本当なのだろう。「それで?」

ブライアンは、デントンのフラットの鍵を無断で持ち出す方法を説明した。

エッゴ警部補は笑った。「たしかにスペンラブさんが、自分には落ち度がないと、やけに主張していましたが。しかし、そんなのは机上の空論ですよ。リース＝ジョーンズ博士だろうが誰だろうが、鍵を盗んだ人はいません」

「なぜ確信が持てるんです？」

警部補は肩をすくめた。彼の言う意味は簡単だった。デントンのフラットに偽の証拠品を仕込んだ人間はいない――なぜなら、デントンが犯人だからだ、というわけである。

「リース＝ジョーンズの奥さんとは話しましたか？」ブライアンは訊ねた。

「おなかの子の父親がマイケル・デントンだという話については否定していましたか？」

「それはもうご立腹でしたよ」

「もちろんです」

「もちろん、あなたも彼女を信じているわけですね？」

「ええ、もちろん」

「彼女が真実を話すことを恐れているとは思いませんでしたか？」

「恐れている？　何を？」

「夫を」

ブライアンは踏みこみすぎた。「どうやら、我々は役割を取り違えていたようですね」エッゴ警部補は言った。「私は質問する方が好きです」しかし、ブライアンはこの状況を愉しんでいた。少し、教えてやろうか……

ブライアンは言った。「私はデントンのお姉さんのように考えを縛られていません。誰の肩も持っていない。ですが、ひとつ、調査するべきことがあると思っています。リース＝ジョーンズに対する容疑です」

「それなら調査しました」

「では、七月初めにリース＝ジョーンズがロンドンにいたことも当然、ご存じですね？」学生課長によれば、遺伝子学国際会議らしい。

「ええ。それがどうかしましたか？」

「レジー・スミスは、ロンドンに夏いっぱいいました」

「ロンドンにはほかに人が八百万もいま……」

「それはそうです。しかし、スミスとリース＝ジョーンズには共通のつながりがあります」

「というと？」

「ふたりとも、同性愛者です」これも学生課長から得た情報だった。レイボーンも、リース＝ジョーンズを疑っていることを匂わせていたのである。

このヒントは、レジー・スミスとどうやって最初に接触したのかという問題を解決するものだった。リース＝ジョーンズのような人間が――それを言うならマイケル・デントンもだが――誘拐や殺人の協力を持ち出すほど、どうやってスミスと仲を深められるだろう？　別の、共通の何かでもないかぎり……

警部補が言った。「そのことに関して、どんな証拠をお持ちですか？」

「あなたに提示できるような証拠は持ち合わせていません」学生課長の言葉だけだ。

エッゴ警部補は微笑した。「失礼ですが、アーマー先生、無駄なお骨折りだと思いますよ」

＊

「だめです、ローナ、お手上げだ。警察はひとつの結論以外、頭にない……このスープはおいしいですね」

「紙パックのよ……それで、これからどうするの？」

ブライアンは肩をすくめた。「もう、マイケルが自分で警察を納得させるしかない、もし生きていればね」彼からの電話はまだなかった。

「ローナ、彼は自殺するタイプじゃない」

「ええ、そんな勇気はないもの……でも、万が一ってことがあるわ」

メインはリゾットだった。頬が落ちるほど美味だった。

「放射線技師で、こんなに料理上手なんですね」ブライアンは言った。

このほめ言葉に、彼女は喜ばなかった。

「ええ、父がよく言ってたわ。〝ローナは本当に役に立つ娘だ〟って」

役に立つ娘、というのは認めるが、しかも、美しい女性だ。彼はそう告げたい衝動を無理やり押しこめた。ローナと関わるということは、心臓も、魂も、心も、すべて関わるということだ。彼女はそうでなければ満足しない。ブライアンはまだ過去の傷にとらわれていて、そんな博打を打つ余裕はなかった。

ローナが言った。「ようやく思い出したの、マイケルからの電話で聞こえた音の心当たりが」

「何です？」

「正しかったとしても、何の助けにもならないけど」ローナはしょんぼりしていた。「あの子は二年生の時に、グラスゴーで大学対抗のディベート大会に出たんだけど、そこで女の子と知りあったの。デボラなんとかって——苗字はちゃんと聞かなかったから知らないんだけど。大会のあと、マイケルはグラスゴーに何度も、週末を過ごしに行ってたわ」

「その女の子と一緒に？」

「ええ。あのころ、その娘が何度もうちに電話をかけてきて、わたしもよく出たんだけど、受話器の向こうから列車の音が聞こえてきて、ガード下から電話をかけてるみたいだったのを、うっすら思い出したのよ」

「デボラというのはグラスゴー大学の学生だったんですか？」

「ええ」

ブライアンは考えた。マイケルが大学二年生だったのは、一九六四年から六五年。レイボーンならグラスゴー大学の学生課長に頼んで、当時いたデボラという名の学生全員のリストを作ってもらえるだろう。

しかし、土曜の夜には無理だ……。いや、まだ打つ手はある。ブライアンはレイボーンに電話した。「ちょっとうかがいたいんですが、たしかスコットランドの大学全部の卒業生を網羅した名簿がありましたね？」

「ああ、はいはい、大学総評議会で出してるやつね」

「学生課にありますか？」

「いや、でも、大学図書館に置いてありますよ」

それはそうだ。しかし、図書館は土曜休館である。

「何を調べたいんです？」レイボーンが訊いてきた。

「グラスゴー大学のを見たいだけなんですよ」彼は説明した。

「持ってってあげます」

「え、どうやって？」

「まあ、まかせて」電話は切れた。

学生課長は三十分後、一九六八年度版のグラスゴー大学の年鑑を持ってきた。約四万五千人分の名簿だ。その全員分のフルネーム、学位、職業、最新の住所、卒業年が載っている。

三人は手分けして、三つの条件を満たす人物を探すことにした。すなわち、名前が〝デボラ〟で、住所がグラスゴーで、卒業が一九六五年よりあとの人物である。

レイボーンが年鑑を三つにばらして、それぞれに配った。皆で調べ終わるまで一時間かかった。幸い、デボラというのは、さほどありふれた名ではなかった。

三つの条件をクリアしているのは三人だ。

デボラ・アン・ヒッチコック、文学士、一九六六年卒、教師、ステゴール通り、グラスゴー市、南区。

デボラ・クリスチャン・メアリ・ローモンド（R・B・ブレット夫人）、理学士、一九六五年卒、六七A、ブレアクレセント、グラスゴー市、西区。

デボラ・リチャードソン・ウェイン、医学士、一九六六年卒、レーベンスクロフト荘、メドウランズ街、グラスゴー市、西区。

「そうだねえ」レイボーンが口を開いた。「ブレット夫人は除外していいんじゃないかな。結婚したあとグラスゴーに引っ越したんだと思いますね」

「この中にいないかもしれないわ」ローナは言った。「線路の近くの電話なんていくらでもあるもの」

しかし、ブライアンは自分たちが正しい道を進んでいると感じていた。マイケルがどうやってこれほど長く隠れていられるだろう？　誰かがかくまっているに違いない。だとすれば、むかしのガールフレンドである可能性がもっとも高い。

「まあ、なんにしろ」ブライアンは言った。「あとは警察にまかせましょうか。我々が間違っていようが、情報提供して損はない」

「警察？」ローナはきっぱりとかぶりを振った。「だめよ、警察なんか、冗談じゃないわ。そりゃ、わたしたちがいまやってるのは、どうしようもない当てずっぽうかもしれないけど、それでも万が一、マイケルがこの中の誰かと一緒にいるんなら、警察より先に、わたしが話をしないと」

「いや、それは――」

ローナは彼の言葉をさえぎった。「わたし、明日、行ってみるわ。ブライアン、一緒に来てくれる?」

学生課長はにやりとした。「先生が行かないんなら、私が一緒に行きたいなあ」

＊

十一月の寒い曇った日曜の朝八時に、ブライアンはローナと出発した。

最初のうち、ふたりはほとんど口をきかなかった。ブライアンはこんなメロドラマのような行動に、自分らしくもなく巻きこまれたことを恥じており、そしてまた、同意するに至った秘めたる動機をもっと恥じていた。長いドライブの間に、友情を深める機会があるかもしれない、ことによると、それ以上の関係になれるかもしれない、という計算があったのだ。

だが、ローナがそうしたいという理由がどこにある? ブライアンはちらりと彼女を盗み見た。ローナは無表情で、まっすぐ前を向いたままでいる。きっと弟のことで頭がいっぱいなのだろう、と彼は思った。車に乗ると、ずっと喋りっぱなしだったエレインとは正反対だ。

それでも、いつまでもだらだらと続く沈黙は、壁を作ってしまうだろう。ブライアンは声をかけた。「ローナ、弟さんはきっと大丈夫ですよ」

彼女が振り向いた。「マイケルのことを考えてたわけじゃないわ、あなたのことを考えてた」

ブライアンは牛乳配達のトラックを追い越した。これは、願っていたよりもいい状況だ。ローナが続けた。「ものすごく頭がいい人にしちゃ——大学を全教科優秀で、二科目は最優等で卒業したんですって？——変なところで物知らずなのねって」

あまりよくない状況だ。「たとえば？」

「あなたは、他人なんか必要ない、ひとりで生きていけると思いこんでるでしょ——無人島でも、本に囲まれてさえいれば寂しくないって——」ローナはそこで自嘲するように笑った。「わたし、矛盾したこと言ってるわね」

「あなたはなかなか鋭いですよ。それで、母はほかに何を言ってましたか？」

「なに、それ、嫌味？　もう、ブライアン、あなたが人嫌いなのは、お母様に聞かなくたってすぐわかるわよ。初めてあなたに会った時、わたしがどう思ったかわかる？　なんて冷たい人だろうって思ったわ！」

「傷つけられるより、傷つけられないように生きたいので」

「まったくもう！　あなたがむかし傷ついたのは知ってる、ものすごく。でも、そんなの言い訳にならない。人生から逃げることはできないの。ブライアン、人はひとりでは生きられないのよ」

ブライアンは、いわれのない攻撃を受けてかちんときた。「何も知らないくせに。誰だって、完全に信用していた人間に裏切られたら——」

ローナがさえぎった。「許すの。もし、また裏切られたら、また許すの。特にそれが自分のお母さんなら……そうでないと、人生、辛いだけ」

車は高速道路を離れて、ケンダルの町にはいった。運転に集中するうちに、ブライアンの癇癪はおさまってきた。

しばらくして、彼は口を開いた。「努力はしているんです」

「努力？」

「この性格を変えようと。他人に興味を持つようにしようと。手始めに、あなたの弟さんに。そうでなければ、今日、こうやって当てずっぽうの調査に、私がしゃしゃり出てくるはずがないじゃないですか」

ローナは振り返って、まじまじと彼を見た。「あなた、マイケルのことなんて何も考えてないくせに！　今朝からずっと、どうやってわたしをスマートに口説こうか、それしか考えてないんでしょ、どうせ」

ブライアンは氷のように冷やかに言った。「心配ご無用です——あなたの身は百パーセント安全ですから……昨日、私の本の校正刷がうちに届いたのをご存じですか？　まだ封を開けてさえいないんです、あなたとマイケルのおかげで」

ローナは泣きだした。声を殺して、さめざめと。「ごめんなさい、ブライアン、わたし、不安で不安で、どうかしてるの。だって、どうしてあの子が電話してこないのか、わからなくて。少しは同情してほしいの」彼が答えずにいると、彼女は付け加えた。「ハンカチも欲しい」

ブライアンはポケットから純白のハンカチを取り出し、無言で彼女に差し出した。

ローナは目元をぬぐった。「もう、この一週間であなたに涙を見せるのは四回目かしら」笑いながらそう言う彼女は半泣きだった。「この記録は誰にも破られてないわ。デイヴィッドにさえ」

デイヴィッドって？　そう訊ねたかった。いや、そんなことをするつもりはない。自分はローナに興味を持っていない。話したければ、どうせ勝手に話すだろう。彼女は話さなかった。

「デイヴィッドって？」気がつくと口が勝手に喋っていた。

「婚約者だった人」彼女はデイヴィッドについて語りだした。自己憐憫（れんびん）の脚色はなく、淡々と事実のみの話だった。

ブライアンは、ふたりのうち、どちらがより愚かなのだろう、と思った。これほどの女性を袖にしたデイヴィッドか、どうしようもない弟のために自分の将来を犠牲にしたローナか。

十時半になり、ブライアンは言った。「どこかでコーヒーでも、と休憩を提案したら、下心があると思われますか？」そろそろスコットランドとの境界が近かった。

ローナはくすりと笑った。「わたしも休みたいわ」

道路沿いのホテルに車を停めた。駐車場を歩いていくと、ローナが腕に手をかけてきた。

「さっきは本当にごめんなさい、ブライアン。あなたにあんな偉そうな口をきいたりして」

「気にしないでください、許します。でも、また同じことをしたら……」――彼はひと呼吸おいた――「……また許します」ふたりは大笑いした。

それでも、車の中に戻ると、ローナはまた同じ話題を蒸し返した。「ブライアン、お母様はあなたのことが大好きよ。それにとても自慢に思ってる」

「知ってます」

「わたしに話してくれたわ、前のことを——その前の、ええと……」

「つまり、母が私を捨てる前のこと、と言いたいわけですか？」

ローナは眉間に皺を寄せた。「わかったわよ。あなたが捨てられる前のこと。あなたはとてもほがらかで、外交的な子だったって……」

ブライアンは笑った。「ローナ、まるで人生相談コーナーだ。何が望みです——ハッピーエンド？」

「当たり前よ、ハッピーエンドに決まってるじゃない。あなたはお母様の望みを知ってる？何よりも望んでることを？」

「いいえ」

「あなたが家に来てくれることよ。一日か二日でいいから」

ローナが勇気のある女性であることは間違いなかった。またもや、ずかずかと踏みこんできたのだから。

ブライアンは言った。「母はひとり暮らしじゃない。配偶者がいて……」

「知ってる。だから言ってるの。もう、水に流していい時期じゃない？」

彼は、憎いアレックス・ワッサーマンの姿を無理やり心の中に呼び出そうとした。が、思いどおりにはならなかった。突然、ひどく遠いむかしのことに思えてきた……

ローナはじっと彼の返事を待っている。「考えておきます」ブライアンは答えた。いつしか風はやみ、渦巻く霧が車を包んできたので、スピードを落とさなければならなかった。空はぼうっと黄色く光っている。

車の中の空気も変わっていた。ブライアンは、何かの入会試験に合格した気がした。ようやく、彼は社会的に受け入れられたようだ。

ローナはさっきからずっと、マイケルに対する心配を垂れ流していた。

「もし、彼が私たちと帰ることを拒否したら？」ブライアンが言った。

「もし、あの子がそこにいて――生きてたら――絶対にわたしたちと一緒に来るわ。だから、その心配は必要ないわよ。だけど、どうして電話してこないの？」

グラスゴーが近づいてくると、いっそう霧が濃くなってきた気がした。一時十五分にはいった街は毛布をかけられたように思えた。

「最初に見つけたホテルで、昼食にしましょう」そう言いながら、ブライアンはとっさに大きくハンドルを切って、急に霧の中から現れたバスを避けた。

「だめよ」ローナは言った。「先にマイケルを見つけて」彼女はひっきりなしに、ブライアンのハンカチをぎゅっと絞っては広げるを繰り返している。

見つけるって、どうやって？　ブライアンのグラスゴーに関する知識は通り一遍(いっぺん)のものだ。ローナに至っては、来たことさえない。そのうえ、霧で十メートル先も見通せないこの状況では……

ブライアンは電話ボックスの前で車を停め、タクシーを一台呼んだ。運転手は、前払いしてくれるなら、タクシーで先導して、目的の住所まで案内すると言った。そればかりか、なんと目的地の特定までしてくれた。メドウランズ街にもブレアクレセントにも鉄道は通っていない、と断言し、ステゴール通りには外回り線が横切っていると教えてくれたのである。「あそこなら、二、三分おきに列車が通るよ」

つまり、もしマイケルが〝デボラ〟にかくまわれているのだとしたら、デボラ・ヒッチコックに違いない。なんにせよ、文学部の出という彼女がもっとも怪しかったのもたしかだ。

「あのタクシー、こんなにのろのろ走る必要ある？」車を出すと、ローナが苛立ったように言った。

「ええ」前のタクシーは時速三十キロしか出していないのに、はぐれないようにするのは難しかった。

「ああ、どうしよう、ブライアン！　あの子、いるかしら！」

「どうでしょう」彼は、マイケルが見つかってほしいのか、自分でもわからなくなっていた。

タクシーは人気のない迷路のような街を自信ありげにすいすいと曲がりながら、北西の川の方に向かって走っていく。やがてタクシーは急坂のふもとで右折すると、交差点を少し行ったところで停まった。ブライアンもそのうしろにつけた。

運転手がやってきた。「これがステゴール通りだよ。番地は？」

「十七番地です」

このあたりの霧は特に濃かった。歩道沿いのイボタノキの垣根の向こうは何も見えない。

運転手はいちばん近くの門の番地を凝視した。「四十九だね」大声でそう言うと、車のそばに戻ってきた。

「線路はどこです?」ブライアンは訊いた。

「あと百メートルくらい先だよ」そう言いながら、霧の奥を指さした。

「わかりました。あとは自分たちで見つけます」ブライアンは心付けの札(さつ)を手渡した。

「こりゃどうも、だんな……そのへんで待ってようか?」

「いえ、大丈夫です」ローナが急いで言った。

ふたりは遠ざかるタクシーを見送った。十メートルも行かないうちに、車は霧に吞(の)みこまれた。

ブライアンはクラッチを入れ、そろそろと走りだした。交差点をひとつ越えると、高架下にはいった。

車を停め、ふたりは外に出た。歩道からは近隣の家の輪郭(りんかく)が見える。ステゴール通りは典型的な郊外の住宅街だった。猫の額ほどの庭があるちんまりした一軒家が並んでいる。

「あの音!」ローナが言った。

それは近づいてくる列車の轟音だった。ほどなくして、窓の光がゆっくりと鉄橋の上を動いていき、通り過ぎる列車の音が大きく反響した。

「これよ!」ローナが言った。「わたしが電話で聞いた音!」

「ガード下はどれも同じ音がしますよ」

「違う、絶対にここだってば、マイケルがいるのは。間違いないわ」

「ガ、ガ、ガード下に家はありませんが」

「そうだけど、きっとあの家よ」

ブライアンは鉄橋からいちばん近くにある門を見た。ローナが言ったとおりだった。十七番地という札の下に〝ヒッチコック〟と記されている。

「とりあえず、中に誰かいますね」彼は言った。

正面の窓は明るかった。

17

「朝ごはんよ！」

まだ寝ぼけまなこだったマイケルは、ぎょっとしてベッドの上で跳ね起きた。トレイを持って立つデボラの姿を見たとたん、全身から緊張が抜けた。彼女はすでに身支度を整えていた。

「悪い夢を見てた」彼はつぶやいた。

デボラはマイケルの前にトレイを置くと、枕を叩いてふくらませた。

ゆでたまごがふたつと、トーストと、バターと、ママレードと、コーヒーがのっている。

「きみはおれを甘やかしすぎだよ」

「そうね」

デボラは彼が食べている間、ベッドの端に坐っていた。

「ベッドから出ていったの、気がつかなかったな」マイケルは言った。

「あなた、全然起きないんだもの……」

マイケルはふたつ目のたまごの殻をむき始めた。「いま何時？」

「もうすぐ十時」

「じゃあ、もう新聞が届いてるかな」

「ええ。新しいことは何もないけど」

よかった。日がたつにつれて恐怖は鈍くなってくる……

デボラの眼は一度も彼からそらされなかった。無垢で情愛の深い、大きな、丸い眼。マイケルは、自分はデボラを愛しているに違いない、と決めた。問題が全部片づいたら……

「朝の十時に淫らな気持ちにさせてくれる女というものはなんと甘美なものか」

「マイケル――」

「姿は男を惑わすセイレーン、顔は清らかな聖女――この組み合わせにあらがえる男はいない」

「マイケル、ちょっと黙って！」彼女の眼は笑っていなかった。「いいかげんに話しあいましょう」

もう何日も前からこのやりとりをしている。彼はいままでずっと、のらりくらりとかわしていた。

「何の？」

「あなた、いつまでうちにいるつもり？」

「あと一日か二日かな」

「一週間前にそう言ってたわね」

「ほとぼりが冷めたらすぐに出ていくよ。どうせすぐに捜査なんて終わるさ」

「そんなわけないでしょう。それに、永遠に逃げているわけにもいかないのよ」

もうこの話はやめてくれないかな、と彼は願った。

「それに、もうひとつ訊きたいんだけど」デボラは言った。「どうしてお姉さんに電話するのやめちゃったの？」

それは、恐怖がいまはもうやわらいだので、ローナが必要なくなったからだった。さらに、ローナは鋭い。これ以上、話を続ければ、いつかこの隠れ場所を勘付かれてしまう気がする。マイケルにしても、自分が幻の楽園にいることくらい、わかっていた。でも、なぜわざわざそこから出なければならない？

「おれを疑ってる？」彼は訊いた。

デボラはかぶりを振った。「いいえ。でも、警察はあなた抜きで事件を解決してしまうかもしれないって心配になってきただけ。マイケル、あなた、自首しなきゃだめよ」

マイケルは時々、自分は女性に庇護欲をかきたてさせる天才なのかもしれないと思った。ローナもシェイラもデボラも……それに、彼女たちほどでないにしろ、その他大勢の女たちも。たぶん、持ち前の頼りなさが母性本能をかきたてるのだろう。しかも、どんなにひどい扱いをしても、彼女たちにかけられた魔法が完全に解けることはないのだ。あのシェイラ・リース＝ジョーンズでさえ、冷たい仮面の下に、愛情の残り火を保っている。

それにしてもデボラ・ヒッチコックは抜きんでていた。グラスゴー大学のディベート大会で出会った時、彼女は眼鏡をかけたまじめな処女だった。二十四時間後、彼女は眼鏡と処女を捨てていた。それから何ヶ月も、マイケルは隔週で、グラスゴーのステゴール通りの家でデボラと週末を過ごした。当時はデボラの寝たきりの母親が存命で、ふたりは壁の向こうの母親のいびきを聞きながら愛しあった。

　デボラとの交際で問題があるとすれば、彼女がとても遠くに住んでいることだった。なんなら家の近くでも受けられるサービスのために、はるばるグラスゴーまで行くだけでも、逢瀬は金がかかる。訪問は次第に間遠になり、そして、彼は言い訳をするようになった。彼からはなんの連絡もせず三ヶ月が過ぎたころ、デボラはあっさりした別れの手紙を送りつけてきた。新しい恋人ができた、釣った魚に餌をやらないから、こんなことになるのよ……

　それでもマイケルは、彼なりに愛していたデボラのことを忘れられなかった。グラスゴーに住む友人から、たまに彼女の消息を聞いていた。デボラが大学を卒業し、グラスゴーの小学校で教えていることも、いまだに未婚で、もとの家に住んでいることも、母親が亡くなったことも。

　いまから一週間前、パニックに陥ったマイケルがブランチフィールドを飛び出して、まず頭に浮かんだのがデボラであった。付き合っていたころ、デボラはマイケルに夢中だった。そして、たとえ別れようが、音信不通になろうが、彼に対する愛が消えることはない、とマイケルは確信していた。そして、彼女はいま、ひとり暮らしだ。

　日曜の夜、マイケルは田舎道の路肩に停めた車の中でひと晩過ごすと、翌朝、カーライルで車を乗り捨て、グラスゴー行きの列車に乗った。昼間はほとんど中央駅で過ごし、午後になると、結婚式に出席しているローナに電話ボックスから電話をかけた。日が落ちてからようやく、歩いてステゴール通りに向かった。

彼はデボラの性格を正しく読んでいた。彼女はほとんど何も聞かずにマイケルをかくまい、食事を用意し、あれこれ世話を焼き、自分のベッドにまで招き入れてくれた。転がりこんだ最初の夜、恐怖で頭がおかしくなりそうだった彼に見せてくれたデボラの優しさを、マイケルは生涯忘れないと思った。

翌日、いつもの時間にデボラはマイケルをひとり家に残して、学校に出勤した。彼にとっては最悪の時間だった。マイケルは人の目を恐れ、窓という窓からできるだけ遠ざかっていた。それでも、いつノックの音がして、追っ手が現れるだろうかとびくびくし続けだった。そしてついに耐えきれなくなると、ただ声を聞いて、元気づけてもらいたいがためだけに、ローナに電話をかけた。

ローナにも、デボラに話した以上のことは喋らなかった。彼はふたりに、自分が警察から逃げているのだと勘違いさせておいた。真実はまったく違った。彼は生きるために逃げているのだ。あと二時間、いや、一時間長く、ブランチフィールドにとどまっていたら、きっと死んでいた。ヒュー・リース＝ジョーンズはマイケルに殺人の罪をかぶせただけで生かしておくような博打を打つ人間ではない。そんな危険で杜撰（ずさん）な計画を立てるはずがないのだ、あの男が。日曜日にラジオでバーバラの死体が発見されたというニュースを聞いた瞬間、マイケルは初めて、この計画が自分をはめるためのものと悟り、用意された結末を見通すことができた。このままブランチフィールドにいれば、ヒューが現れて……翌朝、マイケルの死体が発見されただろう。さまざまな証拠や、罪を自白した署名入りの遺書と共に。自殺したことにされて終わりだ……

マイケルは、時間さえ稼げば、真実が明らかになるはずだと信じていた。いくらリース＝ジョーンズは頭がいいとはいえ、どこかでミスをするはずだ。警察は馬鹿ではない。それに、シエイラも夫を疑っているかもしれない。もしかすると、ローナが事態を動かしてくれるかもしれない。

それでも、ローナにリース＝ジョーンズの名を告げることは、恐ろしくてとてもできなかった。姉は計略や機転とは無縁のまっすぐな性格だ。もしヒューが、ローナに疑われていると勘付けば、ふたり殺しただけで終わりにしないかもしれない。だからマイケルは、ローナがたどるべき道筋のヒントを出すだけにした。そして、ブライアン・アーマーに相談するように助言した。マイケルはブライアンの頭脳を心の底から尊敬していたからである。

マイケルはいつまでも同じ気分を保つことができないたちだった。特に何ごともなく日々が流れると、少しずつ恐怖が薄れてきた。このままなら、ヒュー・リース＝ジョーンズに見つかることは絶対にない。もちろん警察にも。奴らが足跡を見失ってまごついているのは明らかだ。ここにいれば、昼間は読書、夕方はテレビ、夜はセックスという毎日が送れる。これ以上に快適な生活があるだろうか。

しかし、デボラは次第に不安をつのらせるようになった。すでに近隣の住人は、彼女の習慣があれこれ少しずつ変化したことに気づいて、不思議に思っているに違いない。食料品の注文がやけに多くなり、いままでは学校が終わってからだけ出ていた暖炉の煙が昼前から見え、訪問客はぱったり来なくなり……これでは秘密がもれるのも時間の問題だ。

「見つかるより、自首した方が、まともに話をきいてもらえるわ」デボラはそんなことを言う。

「なら、そもそもきみはなんでおれをかくまってくれたんだ?」

「あなたが死ぬほど怖がってたからよ。でも、いまはそうでもないでしょ、ねえ、マイケル」

デボラはわかっていない。恐怖が薄れたのは単に、脅威がいますぐでなくなったからというだけなのに……

「いつ出ていってほしい?」

「明日」彼女はきっぱりと言った。

「わかったよ、明日出ていく……いま、天気はどう?」

デボラは窓に近づいた。「霧が出てる。もっと濃くなりそう」

「そりゃいい」マイケルはトレイを床に置いた。「ふたりでのんびり、日曜の朝をベッドの中で過ごせる」

「マイケル、わたしもう服を着てるの」

「脱がせてやるよ」それでもまだ、デボラが迷っていると、彼は続けた。「ダーリン、今日がおれの最後の日なんだ」

時が過ぎて、彼はささやいた。「本当は明日、出ていってほしくないんだろう?」

彼女はマイケルの髪をくしゃくしゃにした。「いつまでも、一緒にいられたらいいのに……」

*

居間の炎を囲んで、ふたりは遅い昼食をとった。外の霧はますます濃くなった。

「カーテンを引いて、マイケル、電気をつけて」デボラが言った。

マイケルは窓辺に寄った。「門も見えないよ」彼は声をかけた。

言われたとおりにしてから、火にあたっているデボラのそばに戻った。彼女は絨毯の上に坐りこんで、チキンの骨から肉をこそぎ取っている。マイケルは急に、彼女の厚意に胸がいっぱいになった。

疑いなく、彼は恋をしていた。「デボラ、結婚してくれる？」衝動的に彼は言っていた。

彼女は微笑んだ。「いやよ」

「どうして？」

「思い出と生きていく方がいい」

マイケルには理解できなかった。

「あなた、わたしを愛してると思ってるんでしょう？」デボラは続けた。

「〝思ってる〟わけじゃない」

「はいはい、あなたはわたしを愛してるのね。去年、あなたがシェイラ——なんだっけ——リース＝ジョーンズを、そのあとバーバラ・レッチワースを愛してたように……そして来年は——誰を愛してる？　いやよ、マイケル、わたしはそんな行列に戻ってまで、あなたを欲しくない」

「きみは特別だよ、デボラ」彼はそう言いながら、自分の言葉に自信が持てなかった。たしかに、シェイラを愛していた。バーバラさえ愛しているという幻想にひたることができた。彼の愛は薄っぺらで、どうしようもなく頼りなかった。この先、デボラひとすじで絶対に心変わりをしないと、きっぱり約束することなどできない。

そして、デボラはひとりごとのようにつぶやいた。「何より最悪なのは、あなたのあとの男は誰も、愛せなくなったことよ」

部屋がまた震えた。いつもどおり、列車が通過する前触れだ。轟音が鉄橋を響かせ、やがて遠ざかるのをふたりは聞いていた。

「それでも、そう言ってくれて嬉しかったわ、マイケル。わたし——」彼女は、ぴたりと口をつぐんだ。「うちの門よ！」

マイケルは何も気づかなかった。けれども、砂利を踏む足音が聞こえてきた。

呼び鈴が鳴った。

「出るな！」マイケルは言った。

「何言ってんの！　電気がついてるんだから——わたしがうちにいるのなんて、ばれてるでしょ。大丈夫よ、誰も入れないから」

デボラは部屋を出ていった。マイケルは、玄関のドアが開き、誰かが話し、デボラが抗議し、そして小声のやりとりに続いて、廊下に足音が増えるのを聞いた。嘘だろ！　はいってきた！

居間のドアが開いた。「マイケル、お姉さんよ」デボラが言った。

*

ブライアン・アーマーが運転する車は、うしろにマイケルたち姉弟を乗せて、四時に出発した。

「いいお嬢さんね」ローナが言った。マイケルが無言でいると、彼女は優しく言い添えた。「マイケル、気持ちはわかるけど信じて、こうするのがいちばんいいんだから。ほかに、いい方法はないのよ」

いや、ある。ただじっとして、ほとぼりが冷めるのを待てばいい。それがマイケルの哲学だった——臆病とそしられようと、それがいちばん楽だ。けれども物心ついてからずっと、ローナはマイケルをせっつき、小言を言い、だらだらしないで行動しろと無理強いばかりしてきた。そして結果が出れば出たで、ほら行動してよかったでしょう、と恩着せがましく言う……

「とにかく、リース＝ジョーンズが怖いんだったら、いちばん安全な場所は——」とローナは言いかけて、言葉を呑みこんだ。

「留置所かい？」マイケルは言った。

「かわいそうだと思ってるわ、マイケル。あんたには地獄よね。でも、そんなに長く我慢しなくていいから。大丈夫、わたしたちがなんとかしてあげる、ね、ブライアン？」

ブライアンは言った。「ここはどこだろう」

マイケルは窓の外をのぞいた。霧はいっそう濃くなっていた。それでも、ガソリンスタンドが見えた。「次の信号で左折して、そのあと直進だ」

市街地を抜けるのに一時間かかり、次の五十キロを進むだけで二時間かかった。すると、ようやく霧が晴れてきた。

一同は夕食をとるために、小さな田舎のホテルにはいった。

料理が運ばれてくるのを待つ間、ブライアンが言った。「話し合いをしないと」彼は運転に集中していたため、車内ではずっと無言だった。

「私の認識では、ヒュー・リース＝ジョーンズはきみを恐喝していたはずだが、合っているか？」彼はマイケルに言った。

「うん」

「金額は？」

「即金で千ポンド。その後は毎月五十ポンド」

ローナが割りこんできた。「どうやって？　千ポンドなんて、どこで工面したの？」

「金貸しから」

「でも――」

ブライアンが言った。「ローナ、申し訳ありませんが、質問するのは私です」まるで検察官のようだった。

ウェイトレスがスープを運んできた。彼女はマイケルのスープを少しテーブルにこぼした。

ブライアンが続けた。「ヒューは奥さんときみを、言うなれば、現行犯でおさえたわけだ」

「うん」

「しかし、恐喝されて、きみはなぜ、言いなりになっている？　ヒューの性格なら、彼の方こそ、醜聞がおおやけになることを望んでいないはずだ」

「言われたとおりにしなかったら、おれは殺されてた。あの場で、あの時――あの夜に。あいつ、やばいよ……」まだ、咽喉にくいこむ指の感触が、激しい息づかいが、生々しく思い出される。

「なら、そのあとは？　警察に駆けこむこともできたはずだろう」

マイケルはとがった声を出した。「別にいいよ、せんせ、信じてくれなくたって」

ローナが皮肉っぽく言った。「知らなかったの？　ブライアンはどんな可能性も考える人よ。何にでも証拠を求めるんだから。たとえば、あんたとわたしのふたりとも、このスープが少ししょっぱすぎるって言っても、この人は自分の意見を言う前に、まずこれを鑑識に届けちゃうんだから」

ブライアンは大声で笑いだした。次に口を開いた時、詰問する調子がやわらいでいた。「つまり、逆らってひどい目にあわされるのが怖かったというわけか」

そのとおりだ。それはともかく、高利貸から金を借りるのがあんなに簡単だとは知らなかった。自分の首に借金という岩をくくりつけることは、なんとも思わなかった。きっとどうにかなる……

ブライアンは続けた。「支払いを始めたのはいつ？」

「五月の末。そのあとは毎月」

「支払った証拠は？」

「領収書って意味なら、くれたことはない。それに、毎回、現金で払わされた」

「正確な日付はわかるか？」

「大学の手帳にメモしてる」

「どこにある？」

「フラットにあるはずだよ」

「わかった、探そう」

ローナが言った。「日付がどうして重要なの？」

「警察がいまの話の裏を取るなら」ブライアンは説明した。「問題の日付あたりの、リース＝ジョーンズの口座の入金を調べます。あの男が手元に大金を置いておくはずがない」

マイケルのステーキは焼きすぎで、ポテトは粉っぽかった。自由の身でいただく最後の晩餐にしては、実に残念な食事だった。そして、この先に待ち受ける自分の未来を考えると、再びパニックが胸の奥からせりあがってきた。

それなのに、目の前のブライアン・アーマーは涼しい顔でこの事件を、単なる知的クイズかロジック問題のように扱っているではないか。ローナはローナで、そんな彼に心からの賞賛のまなざしを向けている。今日の昼に現れたふたりは、マイケルの前では、互いになんとも思っていないように見せかけているが、実はひかれあっている様子が隠しきれていない。ことによると、ふたりとも自分たちの気持ちに気づいていないのかもしれないが。姉のためを思えば喜ぶべきなのだろう。姉には今度こそ幸せになってほしい。姉にはその権利がある。それなのにマイケルの中には、恨みがましい気持ちしかわいてこなかった。彼がいまいちばん必要としているのはデボラなのに、このふたりは彼女から無理やり引き離したのだ。

ブライアンはさっさと次の論点に移った。「つまり、リース＝ジョーンズはきみから毎月、安定収入を得ていたわけだ。なぜ、それだけで満足できなくなった？ なぜ、きみを誘拐殺人に巻きこむ、こんな手のこんだ計画を立てた？ 何かきっかけがあったはずだ……」

もちろん、きっかけはあった。バーバラ・レッチワースだ、それこそが……

リース＝ジョーンズにバーバラとの関係を話した日のことを、まざまざと思い出す。あれは六月最後の週で、マイケルは月の支払いをするために、動物学科におもむいた。リース＝ジョーンズが恐ろしくてたまらなかった彼は景気づけにウィスキーをひっかけていった。うっかり口をすべらせたのは、間違いなく、その酒が原因だ。

「ああ、マイケル、ありがとう！」リース＝ジョーンズはそう言いながら、封筒を受け取り、札を数えた。「私の誕生日を覚えていてくれて嬉しいよ……来月も誕生日が来るんだ、覚えてるだろう？」

「うん」

「よかった、よかった。私たちのささやかな取り決めが、きみの負担になってないことを、切に願うよ」そう言うと、あの眼が、悪意と憎しみに満ちたまなざしが、マイケルの瞳に突き刺さった。

　思わずマイケルは言わずにいられなかった。「将来は楽になるはずだよ。経済的な見通しがよくなったから」

「どんなふうに？」

「バーバラ・レッチワースと結婚するつもりなんだ」

　いかれている！　ウィスキーのせいに違いない。そのころはまだバーバラにプロポーズさえしていなかった。結婚を申しこんだのは、あれから何ヶ月もあとのことで、しかもバーバラには振られてしまったのだ。

　リース＝ジョーンズの顔に驚愕の色が走った。マイケルはたったいまの言葉を言わなければよかったと後悔した……

　ブライアンが口をはさんだ。「きみが確実な収入源を見つけたことを、彼がおもしろく思わないのはわかる。でも、それなら取り立ての金額を上げるだけでいいんじゃないか？」

「たぶん」ローナが言った。「お金じゃないのよ。あんたがシェイラの身代わりを見つけたことが、ショックだったんじゃないの」

　そう、それこそがリース＝ジョーンズを本当に傷つけた事実だった。自分の妻がバーバラ・レッチワースと同等の女だと――誰とでも寝るふしだらな女のひとりだと、ほのめかされた侮辱が許せなかったのだろう。だからバーバラを殺し、マイケルを道連れにすることにしたのだ。

「ありえますね」ブライアンは言った。「しかし、証拠がない……」

突然、マイケルの気持ちは音をたてて切れた。「もう出る」そう言って、立ちあがった。

「ちょっと、何が気に入らないの?」ローナが声をかけた。

「こいつだよ!」彼はブライアンを指さした。「証拠! 証明! こいつを納得させるのに、あと何を言えってんだ。どうせ、逮捕されてぶちこまれるのは、おまえじゃないよな。ちょうどいい頭の体操だとか、いいところを見せるチャンスだとか思ってんだろ」

「マイケル、やめなさい」ローナが慌てて止めた。ほかのテーブルで、いくつもの頭がこちらを振り向いている。

「うるさい、おれの勝手だ」彼は怒鳴って、大またに出ていった。

このまま、ひとりで車に乗って、夜の中に消えてしまおうかと思った。しかし、もちろん、車は鍵がかかっていた。ブライアン・アーマーが鍵をかけずに車を放置するわけがないのだ。

マイケルは、罰を受けるのを待つ小さな子供のように、しょんぼりと突っ立っていた。五分ほどで、ふたりも出てきた。ブライアンは片腕をローナの肩に回している。きっとふたりで示し合わせて、攻撃してくるつもりだ。

ところがブライアンの第一声はこうだった。「本当に申し訳なかった、マイケル。たしかに私の態度は無礼だった。きみの慰めになるかどうかわからないが、私はきみを信じているよ。私がしつこく探しているのは、きみの無実を警察に納得させるための証拠なんだ」

「姉さんがそう言えって言ったのかよ」マイケルはぼそりと言い返した。

その後は無言のドライブが続いた。が、十キロほど走ったところで、ブライアンが口を開いた。「マイケル、レッチワース卿が身代金を払った夜、どうしてきみも同行したんだ?」

「あの時は、バーバラはもう絶対に死んでるだろうし、リース＝ジョーンズはハローズと同じくらい関わってると思ってた。おれはただ、誰が金を受け取りに来るのか見たかったんだ」

「見たのか?」

「だめだった」そこまでの度胸がなかった。アストンマーティンで金を持ち去った者が見える位置まで近寄るのは無理だった。マイケルがしたことと言えば、みずからの不利な証拠をいっそう増やしただけだ……

十時近くに、車はブランチフィールドまで十キロ足らずというあたりまで来た。マイケルの心臓が早鐘を打ち出した。

「まさか今夜、警察に連れてく気じゃないだろう?」彼は訊ねた。

「あら、行くわよ。なんでだめなの?」ローナは答えた。

「もう疲れた——昼前からずっとだろ。最後にひと晩くらい、おれの部屋で過ごさせてくれよ」

「マイケル——」ローナは噛んでふくめるように言った。「——先延ばしにしてもいいことないわ。明日になっても何もよくならないのよ」

「手帳を見つける」彼は必死だった。「おれなら探しだせる」

ブライアンがうしろに声をかけてきた。「ローナ、今夜は休ませてやりませんか。いまさらひと晩くらい、どうということもないでしょう。みんな疲れていますし」

ローナは渋った。「でも、胸騒ぎがするの——どうしてかわからないけど——なんだか——

よくないことが起きそうで」

「頼むよ、姉さん」

「もう、いいわ。自分でもおかしなことを言ってると思うしね」

十時十分に、車はファーンリー小路にはいっていった。

18

ヒュー・リース＝ジョーンズにとって、日曜の午後は下調べをするための時間だった。来たる会議で取りあげられる事項をじっくり検討し、自分がすり寄るべき方針を見きわめ、質疑応答や意見交換に備えて理論武装しておく。会議での成功は、弁論術の巧みさよりも、事実をどれだけ把握しているかにかかっているものだ。それはつまり、何時間も忍耐強く予習をしなければならないことを意味する。

教職員の多くは、理事会の仕事のために自分の時間を犠牲にするのを渋っていた。実際、理事会の仕事は自己犠牲と言ってよい。リース＝ジョーンズは、こんなことに時間を割かず、ひたすら研究に集中していれば、いまごろ自分は郡内で一、二を争うトップレベルの遺伝子学者になっていたはずだ、と確信していた。しかしまた、自分には理事の才能がある、と自負してもいた——彼はそれを〝神のお召し〟と呼んだ——だからこそ、自分を犠牲にしてその役目を果たしているのだ。

時々、ブランチフィールド大学で博士号を取ったばかりの、科学者としてまだまだ駆け出しだった若いころを、ふっと思い出すことがある。有名な科学雑誌から次々に届く、論文の不採用通知。上梓（じょうし）してくれる出版社がついに見つからなかった、何冊分もの執筆原稿。しかし、そんな不遇も簡単に説明がつく。自分が時代を先取りしすぎていたせいに違いない。世間には見る目がなく、この天才的な才能に気づかなかっただけだ。

学者として成功できなかったから理事会の仕事に逃げたわけでは、断じてない。これが自分の使命と気づいたから役目を果たしているだけだ。たとえば、どこの大学も民主主義的に運営されるべくさまざまな組織が作られるものの、結局は副学長とその取り巻きによる独裁体制になりがちである。たいていは善意によってうまく運営されるが、ともすれば保守的になり、時には不正の温床と化す。だから、常に新鮮な視点から監視し、おかしな点を指摘し、正しい形に直す、勇気ある人物が必要なのだ。

リース＝ジョーンズは、まさにその条件にぴったりの男であった。勇気にもねばり強さにも恵まれ、先見の明も持ち合わせている。いつしか、彼は〝弱者の味方〟と目されるようになっていた。そして、おもしろいことに、彼は毎度毎度、意見をぶつけてばかりの相手からかわいがられていた。その前任の副学長、エイドリアン・キーフ卿はリース＝ジョーンズを〝良心の声〟と――皮肉でもなんでもなく――公言していた。〝職場代表〟という彼のニックネームさえも、好意的な愛称であった。

潮目がいつ変わったのか、リース＝ジョーンズにはわからなかった。要因のひとつは間違いなく、副学長の交替だ。前任者と違い、センピル博士は個人の考えと人間性を切り離して考えることができず、自分に対抗する人間はことごとく敵とみなしたのである。

学部内の異動も、心穏やかならざるものだった。二年前に動物学科の長だったカラザーズが退任したが、空いた席にリース＝ジョーンズが推薦されることはなかった。もともと坐れると思っていなかった椅子だ。大学が、長年にわたる忠誠と惜しみない奉仕より、研究や有名度を重視する方針なのはわかっている。間違っているとは思うが、それが大学の方針なら、しかたがない。受け入れがたかったのは、後任が彼より五歳も若く、動物学者としてのリース＝ジョーンズを小馬鹿にしている、超現代的理論家の若造だったことだ。

しかし、もっとも大きな要因は、ここ数年の大学の変貌である。ブランチフィールド大学は一九六〇年以降、学生数が倍増し、当然、教職員も倍増する必要があった。そんなわけで、教職員の募集は売り手市場となった。聡明な青年たちは、自分たちの価値をよく知っており、複数の大学に応募して、少しでもいい条件の方に就職してしまう。五〇年代に、リース＝ジョーンズが求めて闘ったはずの権利が、現代では当然の権利として認められているのだ。そう、大学における民主主義は、望んでいたよりも深く、早く進みすぎていた。いまや彼は時代遅れの、古い人間になりつつあった。

そんなことはリース＝ジョーンズもわかってはいる。しかし、心というものはそう理性的に働かない。いつしか彼は仕事に生きがいを見いだせなくなり、自分の立場もまわりへの影響力もかすみつつあった。そんな彼が求めたのは、現状がうまくいかないことを正当化する理由だった。ある時、教職員クラブで小耳にはさんだ言葉に、ついにそれを見つけた。「あの人も気の毒にな、奥さんがいれば、出世できただろうに……」

彼のことを話していたのかは定かでないとはいえ、その言葉は実にしっくりきた。もともと、独り身でいることの社会的な不利益は、いろいろ感じていた。友人が極端に少ないのもそのせいだ。同年代の知人の大半は既婚者で、独身者は招待されないことが多い。それに妻というものは――ふさわしい妻であれば――夫の出世に大いに貢献(こうけん)してくれる。もし結婚さえしていれば、自分が学科長の座についていたはずだ――きっとそれこそが、出世の分かれ道だったに違いない。

リース＝ジョーンズは、女性と交際したことがなかった。これまでの人生において、そんな機会がなかったのだ。別に、女を相手にできないわけではない。少年時代には、学校の男子に淡い想いを抱いたりもした。それは思春期の少年ならごく自然な感情だと、何かの本で読んだことがある。さらに歳を重ねると――性的な肉体の接触を求めるようになるものだが、リース＝ジョーンズにとっては、面倒なことになりそうな女子と交わるより、慣れ親しんだ関係を深める方が楽だった。そのことはずっと隠しており、ブランチフィールドの誰も知らないはずだ。

決して、女を相手にできないわけではない。自分は、そう、男も女も愛せる人間だ。程度の差はあれ、たいていの男がそうだろう。いずれ、ふさわしい時が来れば、妻をめとり、いわゆる普通の人生を歩むつもりだ。

というのが、リース＝ジョーンズの性の哲学だった。しかし、あちらこちらから圧力をかけられたことで、そろそろ次のステップに進まざるをえなかった。そして、いざとなると、なかなか難しいことが判明した。花嫁候補の範囲は狭かった。同年代の（当時の彼は三十七歳だった）未婚女性は、いまさら簡単に結婚しようという気がない。かと言って、若い女性の相手は、彼自身が気おくれしてしまう。

ついに彼は、副学長秘書のシェイラ・ホワイトで手を打つことにした。彼女は若いが分別があり、常に他者へ敬意を払いつつ、自分の考えをしっかり持っている娘だった。しかも、艶やかな黒髪とほっそりした身体つきは、実に見栄えがいい。リース＝ジョーンズの頭の中には、シェイラが自宅のディナーパーティーで、大学のお偉方たちをりっぱにもてなす優美な姿が浮かんでいた……

シェイラは、彼を愛していない、と率直に言った。失恋からやっと立ち直ったばかりで、情熱的な恋愛ではなく、安心と信頼が欲しいのだと。リース＝ジョーンズにしてみれば、願ったりかなったりだった。妻に求める資質の中で、情熱的な恋愛感情は、さほど優先順位が高くはない。

そうとはいえ、結婚初夜は悲惨な失望に終わった。かわいそうなシェイラは応えることができなかった。しかたがない、この娘は不感症なのだ――リース＝ジョーンズはそう考えた。シェイラは最初、ひどく取り乱していた。リース＝ジョーンズは気にしなかった。セックスは彼にとって、重要ではない。時がたつと、彼女は落ち着き、幸福そうにさえ見えた。

リース＝ジョーンズの方は、結婚したことで、ほぼ望みどおりのものを得た。以前よりもまわりから敬意を払われるようになった気がして新たに自信がつき、〝うちの女房がね……〟という言葉を会話にはさんで愉しんだりもした。実際、妻はディナーパーティーのもてなしが上手だった。

十五ヶ月ほどが平穏無事に過ぎ、おおかたは幸福に包まれていた。その一撃はまさに青天の霹靂だった。その時、リース＝ジョーンズはロンドンに出張しており、土曜日に帰る予定でいた。しかし、レジー・スミスの具合がよくなかったので、予定を変更し、金曜の午後に会議が終わったらまっすぐ帰宅することにした。彼を乗せた列車がブランチフィールドの町にたどりついたのは、真夜中近くだった。

車寄せに停まった一台の車を——青のミニを——見て驚きはしたものの、怪しいとはまったく思わなかった。そもそも、誰の車か知らなかったのである。シェイラがまだ起きているかもしれないので、妻の寝室をのぞいた。すると、見えた。枕の上にのっている頭が、ふたつ。よりによって、デントンと！　シェイラが気に入っているようだったから、妻のために、自分も仲良くして、いろいろと世話をしてやったのに。デントンのことは、ひょろひょろした痩せっぽちだとずっと思ってきた。しかし、目の前に立って素裸で震えながらぎこちなく服を着ているデントンを見ると、その華奢な身体つきや遊び人らしい色男ぶりを認めないわけにいかなかった。

その後、一階におりた彼は、あやうくデントンを殺すところだった。リース＝ジョーンズをもっとも怒らせたのは、自分には妻を悦ばせることができなかったのに、この堕落した青二才にはできたことだ。一度、リース＝ジョーンズはデントンの咽喉に両手をかけるところまでいったが、その手に力をこめないように、必死にこらえなければならなかった。

あるひとつのことがデントンの命を救った。シェイラが妊娠していると明かしたことだ。最初は、火に油を注いだだけだった。しかし、ふとリース＝ジョーンズは、それが自分の人生を変えることに気づいた。「私のせがれがね……」そんな台詞を言えたら、どんなに気持ちがいいだろう。まわりの自分を見る目はどう変わるだろう。

とはいえ、それはそれだ。デントンは、懲らしめなければならない。まず、命が惜しければ言うとおりにしろと脅して、二度とシェイラに会わないと約束させた。次に、金銭的に償わせることにした。罰金と呼んで、彼は悦に入っていた。いわば正義の鉄槌だ。

金銭はリース＝ジョーンズの欲望の中では、さほど大きな価値を持っていなかった。彼がより興味を持っているのは、力と評判だ。とはいえ、ちょっとした小遣いは、あっても困るものではない。車を新調しなければならないし、シェイラも家のリフォームをしたいようなことを匂わせている。しかし、第一の目的はとにかく、マイケル・デントンを罰し、最終的には、完全に力を奪うことであった。

シェイラは許してやろう。そそのかされただけだ。もう二度と道を踏み外すことはないだろう。金輪際、我が家でデントンの名を出さなければ、赤ん坊は正式に自分たち夫婦の間に生まれた子供になるはずだ。時がたてば、シェイラも自分も、ふたりの間にできた子だと信じるだろう。シェイラは分別のある娘だ、おとなしく従うに違いない。

気に入らないが、マイケル・デントンはブランチフィールド大学に居続けるので、始終、例のことを思い出させられるのだった。彼を見かけるたびに、リース＝ジョーンズは吐きそうになった。

破滅のきっかけは、六月末にデントンが傲慢にも、新たな収入源を得たと明かしたことだった。収入源の名は、バーバラ・レッチワース。しかも、この娘と結婚するとまでぬかしたのだ。〝罰金〟がこたえていないことは、火を見るよりも明らかだった。デントンのような男は、金で困るということがないのだ。誰かがきっと助けてくれるのだから。しかし、問題はそこではなかった。リース＝ジョーンズの血を煮えたぎらせたのは、デントンがこんなにも早く、シェイラの身代わりを見つけたことだ。あの尻軽女を。次の尻軽女……

自分の妻とバーバラ・レッチワースが同類と思うことなど、とても耐えられなかった。バーバラは悪い意味で有名だった――数々の噂は伝説級で、そのすべてが事実なのである。前年度に彼女は大学の礼拝堂で、ある男子学生とひと晩過ごした。ふたりは見つかり、彼女は父親の巨万の富のおかげで無罪放免となった。男子学生は退学になった……。間違っている。報いは誰もが等しく受けるべきだ。

リース＝ジョーンズにはもうひとつ心配ごとがあった。デントンがバーバラ・レッチワースとの関係をあっけらかんと告白したということは、おそろしく信用できない、とんでもなく無責任な男だということではないだろうか。もし、あの男がバーバラに――またはほかの誰かに――シェイラとのことを喋ったら？　子の父親は自分だと自慢したら？　リース＝ジョーンズは、妻を満足させることもできない役立たずだと言いふらしたら――

マイケル・デントンを消したい、とリース＝ジョーンズが思ったきっかけは、そんな考えが頭に浮かんだことだった。マイケル・デントンだけではだめだ、バーバラ・レッチワースもだ。あのふたりは寄生虫だ、ごみだ、役立たずだ。始末することはむしろ、社会貢献だ。最初のうち、それは漠然とした、机上の空論のような、ただの夢想だった。あのふたりを消すには、どうすればいい？　それでも、七月初めの遺伝子学国際会議でロンドンにおもむくころには、計画の骨組みが頭に浮かんでいた。その時はもちろん、単なる想像上の計画だった。実行に移すつもりはさらさらなかったのだ。

ロンドンで、彼はいつもどおり、レジー・スミスと逢った。男というものは、発散する相手が必要な生き物である。かわいそうなシェイラにはその相手がつとまらないのだから、しかたがない。

彼はレジーがちゃちな犯罪を繰り返してきた小悪党であることに、だいぶ前から気づいていた。話をしていて、レッチワース家の巨万の富が話題にのぼった。その財産のほんの一部とはいえけっこうな、お宝の分け前が欲しくないか？　レジーの眼が光った。リース＝ジョーンズは、思い描いていたことを説明した（ひとつだけ、重要な要素を除いて――つまり、レジーも死ぬことだ）。想像上の計画は、この時、本物の計画の萌芽に生まれ変わったのである。

萌芽は七月から八月にかけて、じっくりと養分を与えられ、育った。リース＝ジョーンズは細部にわたって計画を練りあげ、ありとあらゆる不測の事態をしらみつぶしに潰していった。彼はノートをびっしりと計画で埋め、書いたものを燃やし、新たな計画書を作った。何度も書き直すたびに、計画はよりスムーズになり、より洗練され、より穴がなくなった。

実行する上でいちばん難しい問題が、レジー・スミスを学生として大学に引きこむことだった。そしていざ生み出した解決策は、実にみごとなはなれわざだ、とリース＝ジョーンズは自画自賛したものである。誰ひとり、〝クライブ・ハローズ〟と名乗る男が本物ではない、と疑う者はいなかった。いずれ真実が明らかになる時が来ても、リース＝ジョーンズが結びつけられることはないはずだ。

そして十月が来て、新年度が始まった。舞台セットは完成し、小道具の用意は整い、役者たちは台詞を覚えた。しかし、この段階ではまだ、公演をやめようと思えばやめることはできた。実はリース＝ジョーンズの気持ちは少し、揺らいでいたのだ。

ある晩、医学部の校舎を出た時、もう少しで、戸口近くにいたふたりにぶつかるところだった。マイケル・デントンとバーバラ・レッチワースだ。デントンの腕はいやらしくバーバラの身体にからみつき、ふたりのくちびるはよだれを垂らしながら、ひたと密着していた。もう十分だった。幕を上げろ！

レジー・スミスは期待していたより頭の回転が鈍かったので、特訓の期間は長引き、リース＝ジョーンズはいらいらさせられっぱなしだった。それでも、計画のすべり出しは上々であった。第一段階として、まずはロイ・メイソンを陥（おとしい）れる。結果、予定どおりに、メイソンは窃盗の罪で除籍処分になった。続いて、グローブ紙の（レジー・スミスがリークした情報をもとにした）記事をきっかけに、猛烈な抗議運動が起き、それはやがて学内のデモや大規模集会に発展した。かくして、何が起きてもおかしくない不穏な下地が完成したところで、いよいよバーバラ・レッチワースの〝誘拐〟と救出劇という、スリル満点のクライマックスに至る。これこそが、レジー・スミスと何も知らないアーサー・ロビンソンに実行させるために、リース＝ジョーンズが練りあげた筋書きだった。

その後、夜陰に乗じて、狂言誘拐は本物の誘拐にすり替わった。学生による狂言が続いたままと信じている娘を、レジー・スミスが連れ去ったのだ。

同夜遅く、リース＝ジョーンズも軟禁場所におもむいた。その際、デントンのミニを拝借したのは、ミニのタイヤに現場の特徴的な黄色い泥をこびりつかせ、かつ、その場にミニのタイヤ痕を残すためである。事の始まりから、彼らはデントンに不利な証拠を少しずつ、緻密に、積みあげていた。トレーラーハウスのレンタル料の領収書。〝ボージー〟の署名入りの手紙。そして、ミニの細工。

トレーラーハウスにはいったリース＝ジョーンズは、レジー・スミスが椅子に縛りつけておいたバーバラを、みずからの手で始末した。その行為を愉しんでいることに、彼は自分でも驚いた。まるで猫がねずみをおもちゃにするようにさんざんいたぶったあとに、バーバラの眼をじっと見つめたまま、ナイフの刃を身体の奥深くまで突き刺した……この女は、これだけの報いを受けて当然だ。

その後は、レジーのことを片づけなければならなかった。この仕事は愉しめなかった。トレーラーハウスの外で立ち話をしながら、リース＝ジョーンズはおもむろにレボルバーをポケットから取り出し、彼の眉間を撃った。レジーは銃を見たものの、意表を突かれて動くこともできずにいた。弾丸を受けて、レジーは勢いよく回転し、地面に倒れる前に死んだ。リース＝ジョーンズはレジーにはすまないと思った。しかし、この男も寄生虫であることに変わりはない……

彼はレジーの死体をアストンマーティンのトランクに詰めこんでから、ミニに乗ってブランチフィールドに帰り、ファーンリー小路にあるデントンのフラットの外に、ミニを戻しておいた。歩いて家に帰る途中、レッチワース卿宛の手紙を投函し、五時前にベッドにはいった。シェイラは彼が外出していたことさえ気づいていない。寝室が別で、運がよかった……

木曜の夜、公衆電話からレッチワース卿に連絡を取り、身代金の受け渡しについて話をした——この計画の肝の部分だが、リース＝ジョーンズにとって、その金は何の価値もなかった。一万ポンドの金など、何に使うというのだ？

土曜の未明に、彼はミドルシーまで移動し、自分の車をキャンプ場に置いて、アストンマーティンに乗り換えて、ピカリング通りの約束の場所に向かった。そして、姿を隠し、レッチワース卿がやってきて、金を車に積む間、じっと待っていた。卿がいなくなると、彼は車に乗りこみ、走り去った。ヘッドライトが、二十メートルほど先で溝の中にちぢこまっているマイケル・デントンの姿を照らした時、リース＝ジョーンズは仰天したが、同時に喜んだ。計画にはなかった、デントンに不利な〝証拠〟だ。わざわざ自分から材料を持ってきてくれるとは。

リース＝ジョーンズはミドルシーまで引き返すと、村の南端にある絶壁の上に車を停めた。そしてレジーの死体をトランクからおろし、乱暴に運転席に坐らせた。なんとなく、トランクに死体を詰めこんだままにしておくのは、失礼な気がしたのだ。金のはいったスーツケースを取り出すと、車を動かして、崖から飛び出していくのを見守った。やがて、下の岩にぶつかる音が響いてきた。

スーツケースを持ったまま、キャンプ場まで二キロ半ほど歩いて戻り、自分の車に乗りこむと、家に帰った。ガレージの床に敷いた板をはずすと、あらかじめその下に掘っておいた穴にスーツケースを隠し、しっかりと板を敷き直してから、家にはいった。シェイラの部屋の前で耳を澄ますと、妻の規則正しい寝息が聞こえてきた。

残るは最後のひと幕だけだ。リース＝ジョーンズはデントンを処理するまで、二日待った――ちょうど、良心の呵責（かしゃく）に耐えかねて自殺するのに、いい頃合いだろう。決行は日曜の夜だ。

いま一度、運命は彼の手中に転がりこんできた。もしくは、そう思えた。七時半にラジオのニュースで、バーバラ・レッチワースの死体が発見されたと速報が流れたのである。まさに、殺人犯が自殺したくなるきっかけにふさわしいではないか……。八時半になる前に、リース＝ジョーンズはレボルバーとスーツケースとトレーラーハウスを借りた領収書を持って、ファーンリー小路にいた。計画ではデントンにバーバラ・レッチワースとレジー・スミス殺しを告白した遺書を書かせるつもりだったが、たとえそれが無理でも、至近距離で彼を撃ち、自殺の細工をほどこすことに変わりはない。デントンが遺書を書くのを拒んだとしても、彼を犯人に仕立てあげるための証拠は山ほどある。

リース＝ジョーンズは守衛小屋からくすねた鍵を使って、フラットに忍びこんだ。しかし、デントンはいなかった。それどころか、大慌てで逃げた痕跡だらけだ。明らかに、デントンも、ラジオのニュース速報を聞き、その後に何が起きるか、結論を導き出したのだろう。おそらくは、正しい結論を……

痛恨の一撃だったが、それでもリース＝ジョーンズはできるかぎりの努力はした。もはや身代金を入れたスーツケースを置いていくことはできない。この連続殺人は身代金目当てということになっているのだから、デントンが逃げる時に持っていかないはずがないのだ。

リース＝ジョーンズは書き物机に積みあがっている紙の山を調べた。すると、デントンの借金をすべて肩代わりするという、バーバラ・レッチワースからの手紙が出てきた。彼はその手紙を抜き取ると、かわりにトレーラーハウスのレンタルの領収書を置いた。

ついでに、計画にはない、気のきいたアドリブも入れることにした。台所で見つけた肉切り用のナイフが、バーバラにとどめを刺した凶器とまったく同じ品だったので、それを持ち出し、のちに川に投げ捨てた。

デントンのフラットを出た彼は、スーツケースとくだんのナイフを車にしまってから、上の階にあがり、ブライアン・アーマーを訪ね、デントンの居場所を知っているかどうかを確かめた。アーマーは、デントンならいまごろマンチェスターの結婚式に向かっているところだと思いこんでいるようだった。しかし、リース＝ジョーンズは、違うと確信していた……

デントンが逃亡中で行方不明のままなら、リース＝ジョーンズの身は安泰だった。偽の証拠をいくつも、巧みに仕込んでおいたので、警察が導き出せるのは唯一無二の結論しかないはずだ。だいたい、無実の人間なら逃げたりするだろうか?

しかし、警察がデントンを捕まえれば、話は変わってくる。もともとのリース＝ジョーンズの計画には、デントンが弁明する機会はない。デントンの死体と告白書と緻密に積み重ねた偽の証拠をセットにして、警察に差し出すつもりだった。しかし、デントンが話せるとなると……


そんなわけでリース＝ジョーンズはこの一週間というもの、地獄そのものの孤独の中で冷や汗をかきながら、デントンが捕まったという知らせをじっと待っていた。それにしても、あの男はこんなに長い期間、どこに潜伏しているのだろう? 誰かにかくまわれているに違いない。もとの恋人たちの誰かか? シェイラが何か聞いていないか、訊いてみようかとも考えたが、怪しまれても困る。

しかし結局、あの頭の回る生意気な女、デントンの姉のせいで、シェイラの心に疑惑が芽生えてしまった。それどころかシェイラは自分の判断で、リース＝ジョーンズの個人的な書類を漁り、マイケル・デントンからの月々の支払いの件を知ったのである。不運なのは、彼女がその正当性を理解できなかったことだ。デントンはみずからの行いの報いを受けなければならないのに、それがわからないとは。

不運ではあるが、致命的というわけではなかった。その月々の支払いと殺人を結びつける理由は何もない。むしろ、彼がシェイラに指摘したとおり、リース＝ジョーンズにとっては有利な点になるはずだ。シェイラは善良で分別のある娘であり、あまり表には出さないものの、夫を好いてくれている。じきにこの件がすべて片づけば、幸せな結婚生活を続けられるだろう。マイケル・デントンの口さえふさいでしまえば。

リース＝ジョーンズにとってデントンこそが、すべての災厄の元凶だった。あの意志の弱い、ハンサムな顔を思い浮かべるだけで、リース＝ジョーンズの腸は煮えくり返り、全身が震える思いがした。バーバラ・レッチワースの命を奪う時、思い浮かべていたのはデントンの顔だ。彼の身体のつもりで、ナイフの刃をずぶずぶと突き刺していた……

＊

リース＝ジョーンズは、三度目になる手紙の書き直しを始めた。〝学生課長殿〟とタイプライターを打った。〝大学教員協会の地元支部から、電気工学科の講師、レイモンド・クレスウェル博士の件で、指摘を受けたのでご報告します。クレスウェル博士は過去三年間、能率バー制度を理由に昇給されていませんが、実際は――」

彼はそこで指を止めた。あれほど燃えていた、不公平に対する義憤の気持ちはなぜか失せて、クレスウェルのことなどどうでもよくなってしまった。そもそもレイボーンは、クレスウェルが昇給できないのには、それなりの理由があるようなことを匂わせていた気がする。

シェイラが二階からおりてくる音がした。やがて、彼女は書斎をのぞきこんできた。

「お茶をいれましょうか？」彼女はおざなりにそう言った。

「ベッドにはいっていないとだめだと言っただろう」

「もう、これ以上寝てられないわ、ヒュー。じっとしてられない」妻の眼は真っ赤で、腫れていた。そして、怯えているように見えた。

　妻がこんなに取り乱しているのは、前日に押しかけてきた刑事たちのせいだ。シェイラはあれが単なる形式的な聞きこみだと理解していないのだ。ローナ・デントンが当てずっぽうで騒ぎ立てたので、警察もそれを調査せざるをえなくなった。だからと言って、彼らがそう信じているという意味ではないのだが……

「わかった、シェイラ、お茶をもらおうか。おれはあと少しで仕事が終わるから」

　リース＝ジョーンズは彼女がゆっくりと、重たげな動きで部屋を出ていくのを見守った。彼は誇らしく思った。妊娠七ヶ月。私の妻と、私のせがれだ。

　ふたりがお茶を飲んでいるところに、学生課長が訪ねてきた。

「日曜の午後は健康のために散歩をしてるんだ」彼は説明した。「それで、ちょっと寄ってみようと思って」

　まったく説明になっていなかった。レイボーンは夫婦と、そこまで親しいわけでもなく、そもそもこの日はじめじめと肌寒く、霧が出ていて、散歩日和（びより）とは言いがたい。こうして訪ねてきたのには、相応の理由があるはずだった。

「一緒にお茶をいかが？」シェイラが訊ねた。

「やあ、こりゃどうも。ご馳走様」そして、レイボーンはリース＝ジョーンズを見た。「ヒュー、今朝は礼拝堂ですばらしいバリトンを聞けなくて残念でしたよ」

十五年間、リース＝ジョーンズは大学聖歌隊に参加し続け、日曜の朝の礼拝を欠席することはまずなかった。しかし、この日はシェイラが何か馬鹿なことをしでかすかもしれない、と心配で家にとどまったのだ。目を離した隙に、警察に電話をかけるかもしれない。

レイボーンは礼拝のことを話していた。「普段と何も変わらないように見えた」彼は言った。「フェミスターのご老体はいつもどおり居眠りしてたし。自然科学部長はやたらと気取った調子で日課を朗読してた。まったく……あ、いいかな？」彼は身を乗り出すと、クリームケーキをひとつ取った。「ほんとに、いつもどおりの日曜の、いつもどおりの礼拝で、全然代わりばえしなかった。それで説教の間、うとうとしてて、急に思いましたよ。人の記憶ってのは、まったくはかないもんだって。たった十日前のことなんて信じられない、学生がふたりも――うちの大学から仲間がふたりも――むごたらしく殺されて、いなくなっちまったなんて」学生課長はケーキをかじって、もぐもぐと飲みこんでから、言い添えた。「まあ、クライブ・ハローズを学生と呼べるかどうかは微妙ですがね」

リース＝ジョーンズは思った。レイボーンはあまり腹芸がうまくないな。

「そういえば、ヒュー――」やっと来たか。「――ハローズの入学の件でひとつ、不思議に思ってたんです。あなたが大学入学中央評議会に電話をかけた時、なんで向こうは自分たちのところの名簿と照らし合わせなかったんだろう？」

「さあ、私にはわからないな」彼は落ち着いた声を出そうとつとめた。

「もちろん、あなたの過失じゃない。それにしても、入学評議会ともあろうものが、ずいぶんいいかげんじゃないですか、ねえ？」

「そうだね」

「入学評議会の誰と話したんですかね？」

「覚えてないな。名前を聞いたかどうかもわからない」

「ふうん」学生課長の聡い眼がじっとリース＝ジョーンズを見つめていた。知られている、と彼は気づいた……


なぜ来た？　ゲームは終わりだ、と警告に来たのか？

「レイボーンさん、おかわりはいかが？」

「ありがとう、シェイラ……みんな、きみに戻ってほしいと思ってるよ」

「副学長は思ってないでしょ」

「ところがどっこい、あの人はきみがいないと全然だめだ」

シェイラは答えなかった。

レイボーンの話は終わっていなかった。彼の視線はさまよい、やがてテーブルの上にのっている、たたんだ日曜版の新聞の上で止まった。いちばん上のページに、マイケル・デントンの写真がでかでかと載っている。

学生課長は言った。「捕まるのは時間の問題だろうねえ」

シェイラが慌てて言った。「マイケルが？　警察に見つかったんですか？」

「いや、そういうわけじゃない」レイボーンはシェイラ相手に喋っているが、リース＝ジョーンズには、自分に向けて話しているのだとわかった。「お姉さんが居場所の見当をつけて、アーマー先生と一緒に迎えに行ったんだ」

「どこに?」リース＝ジョーンズは訊ねずにいられなかった。

「グラスゴーらしいですよ」

「で、ふたりは警察に引き渡すつもりなのか?」

「たぶん。お姉さんは最初っから、自首してほしいと言ってましたしね。無実なら必ず、汚名を雪げるはずだって」彼は腕時計を見た。「大変だ、もう帰らないと! 女房が心配する……」

お茶をご馳走様、と言い残して、学生課長は去っていった。

「ヒュー、入学評議会がどうのこうのって何のこと?」シェイラが訊いてきた。

「くだらんプライドだろう。入学許可は学生課の仕事だから、外部の人間が手を出すなって思ってるんだ」

しかし、シェイラは穴が開くほど夫を見つめている。妻も疑っている、と彼は気づいた……

リース＝ジョーンズは窓に近寄り、外をのぞいた。レイボーンがいつもの軍隊調のこわばった足取りで玄関から門までの道を歩いていく姿が薄れていく。まだ霧が出ていた。北の方面はさらに霧が濃いらしい。このあたりは川までしかまともに見えなかった。その向こうには、木木の上に突き出す化学工場の屋根が浮かんでいる。門のすぐ外では、近所のチャールズ・ネイスミスが車をいじっていた。

平和な光景だった。典型的な日曜のブランチフィールドの町だ。レイボーンが言ったとおり、何もかもが〝いつもどおり〟だった。とても、いつなんどき——もしかすると今夜、明日にも——パトカーが門から車寄せにはいってきて、〝ヒュー・リース＝ジョーンズ、計画殺人の罪で逮捕する……〟だのなんだのと宣告されるとは、想像もできなかった。

なぜレイボーンは来た？　警告するためか？　しかし、何を期待してだろう？　自首か？　自殺か？　リース＝ジョーンズは闘士だった。逃げる選択などするわけがない。レイボーンもそのくらいのことはわかっているはずである。

そうだ、警告のはずがない。学生課長は疑念を確かめに来たに違いなかった。そして、確信を得たのだ。レイボーンもローナ・デントンとマイケル・デントンの味方に違いない。包囲網が閉じつつあるのを、ひしひしと感じる。

「大丈夫、ヒュー？」

シェイラの声に、我に返った。「ああ。どうして？」

「だって……すごく疲れて見えるから」

「なんでもない。まだ仕事が残ってるんだ」

彼は唐突に妻のそばを離れると、書斎に戻り、爪を嚙みながら考えだした。マイケル・デントンのような、何の価値もない人間のクズのために、自分の人生が破滅させられると思うだけでたまらなかった。その名を思い浮かべるだけで、腸が煮えくり返る。

世間はリース＝ジョーンズが狂っていると言うだろう。しかし、間違っているのは世間だ。こんなにも世の中に貢献してきて、今後も多く貢献できるリース＝ジョーンズの命よりも、デントンや、バーバラ・レッチワースや、レジー・スミスの命に価値を見いだすとは、おかしいのは世間の方ではないか。

グラスゴー。すくなくとも片道四時間、往復八時間。天気予報どおりに霧が深ければ、もっとかかるだろう。連中は、今夜遅くまで戻れない。

まっすぐ警察に行くだろうか？　可能性は高いが、絶対ではない。チャンスはまだある……

リース＝ジョーンズは、自分がもうおしまいだとわかっていた。あまりに多くの人間に知られ、推測されている。それでも、最後の最後まで闘うつもりだった。何もできなくてもデントンだけは道連れにしてやる。

シェイラが書斎をのぞきこんできた。「夕ごはんよ」

もう七時になっていることに気づいて、リース＝ジョーンズは仰天した。二時間があっという間にとけていた。

「いらない」彼は言った。「出かけてくる」

「出かける？　どこへ？」

「野暮用だよ」

シェイラはまた追いつめられた表情を顔に浮かべた。「ヒュー――」

「なんだ？」

彼女はかぶりを振った。「なんでもない……帰りはいつ？」

「遅くなると思う。先に寝ていてくれ」

彼は二階に行き、隠し場所からレボルバーを取り出すと、装塡されているのをあらため、安全装置がかかっているのを確認して、ポケットにしまった。

一階におりていくと、シェイラはまだ階段の下に立っていた。夫のポケットがふくらんでいるのを見た彼女の眼は、恐怖で瞳孔が開いた。彼がなぜ二階に行ったのか、わかったのだろう。

「おやすみ」リース＝ジョーンズはそう言って、妻の頰にキスした。シェイラは夫にキスされた時にいつもするように、顔に皺が寄るほどぎゅっと眼をつぶった。まるで嫌われているようだ、と時々リース＝ジョーンズは感じることがあった。しかし、そんなことがあるはずはない。シェイラには好かれている――少し恐れられているかもしれないが、本心では好いてくれている。リース＝ジョーンズにはわかっていた。

彼は車に乗らなかった。まっすぐファーンリー小路にはいっていくこともしなかった。警察はデントンのフラットを監視下に置いているはずだ。仮に、そうでなかったとしても、すぐにそうなる。いまごろ、シェイラが警察に通報しているだろうから。かわいそうなシェイラ！　夫への忠誠心も、善良な彼女の市民としての義務感には勝てないのだ。

プラッデン通り橋近くの線路を渡り、北から東までとっくりと見晴らした。七時半になると、ビショップス大通りに彼はいた。ビショップス大通りの住宅とファーンリー小路の住宅は庭をはさんで背中合わせに建っているが、庭と庭の間は、高さ三メートルのよじのぼれない塀で仕切られている。しかしリース＝ジョーンズはあらかじめ、デントンのフラットの裏窓から下を観察し、三軒隣にあるビショップス大通り側の庭の、太い桜の樹の枝が、塀の上にさしかかっているのを見て知っていた。

彼はビショップス大通り十一番地の門を、音をたてないように開けると、家の横をしのび足で回り、裏庭にはいった。樹は思ったよりも塀から離れていた。樹の上には楽にのぼれたが、一メートル近く飛ばなければならず、ぎりぎりで塀の上に手をひっかけることができた。苦労して身体を引きあげると、反対側にそろそろとおりていき、指先でぶら下がった。そして、手を離すと、落ち葉の上に着地した。

そのあとは簡単だった。ファーンリー小路側の庭と庭を仕切る低いフェンスを次々に乗り越え、すぐに五番地の庭にはいった。誰にも見られていない自信はあった。裏から侵入されるとは予想していないはずだ。

窓に鍵をかけ忘れているのを期待するのは欲張りすぎだろうか？　たしかに欲張りすぎだった。彼は肘でそっと浴室の窓のガラスに穴を開け、隙間(すきま)から手を入れて、掛け金をはずした。一分後、彼は家の中にいた。

手探り足探りで、家の正面側に向かい、居間の窓から外をのぞいてみた。道路の向かい側では、防水コートを着た背の高い青年が道の前を行ったり来たりしていた。時々、ちらりと腕時計を見るその様子は、まるで恋人を待っているように見える。小路の突き当たりには、黒い車が目立たないように停めてあった。読んでいたとおりだ。警察に監視されている。

ということは、デントン一行がまっすぐ警察署に出向かなくても、捕まることに変わりはないのかもしれなかった。しかし、リース＝ジョーンズはくじけなかった。虫の知らせだろうか、まだ運のつきとは思えなかったのだ。それにしても、家の中は寒い。彼は電気ストーブのスイッチを入れて、その輝きが外にもれないように気をつけた。

さあ、ゆっくり待たせてもらうとしようか。

19

ブライアン・アーマーはファーンリー小路に車を停めて、ようやくほっとした。とにかく疲れた。運転した距離より、むしろ状況のせいだった。霧の中の運転はもうこりごりだ。今夜は警察署に行かないでほしい、と懇願するマイケルの頼みを聞いてよかった。一刻も早く心地よい椅子でくつろぎ、ビールを一杯やりたくてたまらなかった。

向かいの歩道で青年がひとり、ゆっくりと行ったり来たりしていたが、急に向きを変えて、小路の行き止まりに停まっている車に向かってきびきびと歩きだした。あれは警察か？　まあ、しかたない、遅かれ早かればれることだ。

彼はマイケルとローナのあとに続いて、門をくぐった。マイケルは誰にも見られないように、大急ぎで先頭切って歩いていく。ブライアンはローナの腰に腕を回して、親しげに力をこめた。ローナはブライアンを見上げて、微笑んだ。そんな彼女の顔の上に身をかがめてキスするのは、まったく自然なことに思えた。

「なに、はしゃいでるのよ」口がきけるようになると、ローナはそう言った。しかし、その声は温かかった。

マイケルは不器用に鍵をがちゃつかせていた。ドアが開いた。「なんだこりゃ！　北極かよ！」彼は叫んだ。「姉さん、窓を閉め忘れたんだろ」

「絶対に忘れてないわ。ブライアン、一杯やっていってちょうだい」

ローナが寝室に行ってコートを脱いでいる間に、マイケルは開いている窓を探しに行った。

ブライアンは居間のドアを開けて、照明をつけた。この部屋は、思っていたほど寒くない。電気ヒーターのスイッチを入れた時に手が触れた金属部分がほんのり温かかった。まるで、最近までつけられていて、少し前に消されたかのように。いや、まさか。気のせいだ……

　廊下の方から姉弟の声がする。「……バスルームの窓にでっかい穴が開いてる」マイケルが言った。「どこかの悪ガキがレンガでもぶつけたんだな」

「そんなの、あとにしなさいよ」ローナは言った。

　姉弟は揃って居間にはいってきた。その光景はブライアンの記憶にいつまでもはっきりと刻みこまれることになる。ローナとマイケルの姿は額縁のような戸口の中で寄り添っていた。

　ブライアンの眼の端で、何かが窓の近くで動いた気がした。ソファの裏から、誰かが立ちあがろうとしている。

　銃を見たとたん、ブライアンは「危ない！」と怒鳴って、人影の脚めがけて飛びかかった。発光、破裂音、悲鳴。戦っているブライアンは命がけだった。銃を握る手の、手首をつかんだが、リース＝ジョーンズはおそろしく強かった。彼はあえぎながら、レボルバーを上に向けてブライアンを狙おうとしている。長い時間、均衡(きんこう)は崩れなかったが、少しずつ、少しずつ、ブライアンは容赦なくその腕をうしろに向け、手首を逆にひねった。

リース＝ジョーンズはにやりとして、力を抜き、負けを認めた。銃口は彼の眉間をまっすぐ狙っていた。指は引き金にかかったままだ。リース＝ジョーンズは指に力をこめた。彼の身体が一度、大きく跳ねて、静かになった。

ブライアンは身を起こすと、戸口に向かった。マイケルは床にあおむけに倒れ、息をするたびにごぼごぼと咽喉を鳴らしていた。シャツの前に深紅の染みがどんどん広がって、口からは血が糸のように流れている。ローナはひざまずいて、片腕を枕にして弟の頭をかかえ、ささやきかけながら、優しく額をなでていた。

ブライアンは声をかけた。「医者を呼んできます」

彼女は眉を寄せ、かぶりを振った。途切れそうな息の音が続いている。マイケルは意識があったが、その瞳には痛みと恐怖が浮かんでいた。口から、血のあぶくが盛りあがってきた。

呼び鈴が鳴り響いた。ふたりは無視した。

マイケルは喋ろうとしている。「……怖いよ……死に、たくな……」かすれた、嗄れ声だった。

「馬鹿ね、死ぬわけないでしょ」ローナはささやいた。「わたしがいるんだから。大丈夫、心配ないからね」

マイケルは身体の力を抜いて、ふわりと微笑んだ。突然、全身が震え、口から勢いよく血があふれてきた。

もう一度、呼び鈴が鳴ると、今度は、雷鳴のようにドアがノックされる音が響いた。

エピローグ

ブランチフィールド
一九六九年一月十四日

母さんへ

今朝、レスター大学に行く話が決まった。十月の新学期からレスターに移る。だから将来は〝ジーザーさんの研究〟を、いまより母さんの近くでできるよ。

ノット教授がずいぶんショックを受けていた。今日、辞めることになったと挨拶に行ったら、初めて〝学部の屋台骨〟と呼ばれた。いなくなる時になって、ようやく才能を認めてくれても、いまさらなんだが。

シェイラ・リース＝ジョーンズは先週、出産した。男の子だった。マイケルと命名するそうだ。

母さんが知りたいのはローナのことだったね。ウェリングステッド村に帰って、病院のもとの仕事に戻っているよ。ぼくは二度ほど会いに行って、何度も手紙を書いたり、電話をかけたりしている。

母さんの言うとおりだ。ぼくはローナ・デントンを愛している。彼女もぼくを愛しているか、もしくは、いずれそうなると思う。しかし、ぼくたちの間にはマイケルの死が横たわっている。ローナはぼくのせいだと言う。あの夜、ぼくがマイケルにほだされずに、無理にでも警察署に連れていくべきだったと。

ローナは誠実な女性だから、あの結末を予見できるはずがなかったぼくの選択を、いつまでも根に持つはずがない。ぼくはそう自分に言い聞かせている。忍耐強く、ねばり強く、あきらめなければ、いつかはきっと……

もし、だめだったとしても、ぼくはローナに感謝し続けるよ。彼女はぼくを人間にしてくれた。「人はひとりでは生きられない」そう教えてくれたローナの言葉を、この先、決して忘れない。

クリスマスにアレックスと会えて楽しかった。よろしく伝えてほしい。

愛をこめて
ブライアン

解説　乾いた愛のサスペンス〜「犯罪小説家」D・M・ディヴァイン〜

阿津川辰海

――かくて旅路は終点に辿り着く。

D・M・ディヴァイン愛好家の皆様、待ちに待ったこの時がやって来ました。イギリスの兼業作家であるディヴァインの作品は全部で十三（うち、『ウォリス家の殺人』は死後出版）。社会思想社の現代教養文庫ミステリ・ボックスで『兄の殺人者』『五番目のコード』『ロイストン事件』『こわされた少年』の四作が訳された後、十年以上の凪を経て、二〇〇七年に『悪魔はすぐそこに』が創元推理文庫入り。その後、おおむね二年に一度のペースで、丁寧に、ゆっくりと未訳作が訳されていったディヴァインですが、二〇二一年に『運命の証人』が邦訳された時点で、そのうち十二作が訳された状況になっていました。

そして今、いよいよ最後の作品が邦訳されました。それが、この『すり替えられた誘拐』です。

さて、初めましての方をこれ以上置いてけぼりにするわけにいかないので、まずはディヴァインという作家の特徴について軽く紹介しておきましょう。

ディヴァインはクラシカルなフーダニット・ミステリを追求し続けた作家です。半身内(はんみうち)の緊密な人間関係の中に、重い霧のような疑惑を漂わせ、落ち着いた「語り」の中に、しっかりとミスディレクションを忍ばせる。デビュー作『兄の殺人者』がアガサ・クリスティの称賛を受けたことからも分かる通り、ディヴァインもまた、クリスティと同様ミスディレクションの作家としての技巧を研ぎ澄ませてきました。私自身、『兄の殺人者』を読んでグッと引き込まれ、『悪魔はすぐそこに』では大仕掛けなど何一つ使わずともこれほどの驚愕を生み出せるのだと感嘆し、『五番目のコード』の連続殺人劇にすっかり魅了され、それ以来、邦訳の続刊を心待ちにし、大事に大事に読んできたという経緯があります。

こうしたスタイルが、日本のクラシカルなミステリ好きに刺さり、新刊が出るたびに、「本格ミステリ・ベスト10」で輝かしい成績を残してきました。ディヴァインの解説陣を本国での発表順に辿るだけでも、小林晋・森英俊（『兄の殺人者』旧版・新版）、大矢博子（『そして医師も死す』）、真田啓介（『ロイストン事件』）、塚田よしと（『こわされた少年』）、法月綸太郎（『悪魔はすぐそこに』）、中辻理夫（『五番目のコード』新版。旧版は森英俊）、大山誠一郎（『運命の証人』）、古山裕樹（『紙片は告発する』）、鳥飼否宇（『災厄の紳士』）、佐々木敦（『跡形なく沈む』）と、実に錚々たるメンツに評価され、愛されていることが分かります。

しかし、実はディヴァインは、クラシカルなフーダニット作家の顔の裏に、もう一つ、別の顔を忍ばせていたのです。これまでの邦訳作でも、その裏の顔の存在は見え隠れしていたのですが、今回、『すり替えられた誘拐』が邦訳されることで、ミッシング・リンクの最後の環が埋まり、ディヴァインの裏の顔――「犯罪小説家」としての顔がくっきりと浮かび上がってきたように思うのです（ちなみに、『悪魔はすぐそこに』の法月綸太郎解説では、「興味深いのは、このようなディヴァインの作風が、探偵役の扱いや人物像づくり、背景説明といった多くの点で、ジュリアン・シモンズが提唱した「犯罪小説」の定義を満たしていることでしょう」（同書四〇一ページ）、「ディヴァインの作風は、「伝統的な探偵小説」と「新しい犯罪小説」の線引きを無効にしかねない」（同書四〇二ページ）と述べられ、ディヴァインという作家の犯罪小説家の側面を、早くも指摘していることに驚かされます）。

創元推理文庫での邦訳第二弾『ウォリス家の殺人』の、中村有希による「訳者あとがき」では、「ディヴァインの作品には、舞台や登場人物や小道具などに、一定のパターンが感じられるのです」（同書三三〇ページ）と述べられ、邦訳刊行にあたっては、似ている設定の作品が続かないようにし、マニア好みの作品を先にするなど、日本への紹介戦略が練られていたことが明かされています。その意味で、『すり替えられた誘拐』が最後に回されたのは面白いと思います。なぜなら、本書は創元推理文庫の邦訳第一弾となった『悪魔はすぐそこに』の、裏バージョンといった趣の話だからです。

『悪魔はすぐそこに』はハードゲート大学を舞台に、横領疑惑で免職の危機にある大学教員が登場し、彼の変死によって幕を開けます。『すり替えられた誘拐』も同じく大学を舞台にしているのですが、こちらでは窃盗の疑惑を持たれた学生の除籍処分と、それに対する学生たちの抗議集会が描かれます。題材の点でも、まるで裏面をなぞるような話になっているのです。

　本書の原題 Death Is My Bridegroom は作中人物の一人、バーバラ・レッチワースが書いた詩「死がわたしの花婿　墓石がわたしの持参金」（本書九三ページ）から採られています。この詩が象徴する通り、作品全体に、こうした乾いた恋愛観・結婚観が共通のトーンとして流れています。これまでのディヴァイン作品でも、恋愛が上手くいっていない登場人物たちにはお目にかかってきましたが、ここまでのものは珍しいでしょう。『すり替えられた誘拐』は、実に多くの視点人物が登場するのですが、その誰も彼もが、上手くいっていないという具合なのです。著者は『こわされた少年』以降、「三人称多視点」の複数のカメラ・アイを用いて、ミスディレクションを仕掛ける技法を発展させてきましたが、これほどまでに忙しなく視点を切り替えた例はありません。

　ディヴァイン愛好家ほど、ページをめくるたびに、ひしひしと感じるかもしれません――要素やパーツは、いつものディヴァインだ。今回もまた、舞台は大学であり――主要登場人物の血縁者が疑われ、その人物の無実を証明するために素人探偵が捜査に乗り出し――今回も悲しい境遇に生まれた登場人物がおり――視点人物が変わるたびにその人の裏の顔が少しずつ覗く驚きがあり――それなのに、今回は、いつもとちょっと違う。

　本書は、ディヴァインが裏で着々と進めていた「冒険」の成果が、決定的に現れた異色作ではないかと思います。なぜなら、『すり替えられた誘拐』は、クラシカルなフーダニット好きを満足させる強度を備えると同時に、そうした作品としてのみ捉えるには、極めて歪な構成を取った作品だからです。

＊以下では、本書の結末を予測させる表現が含まれます。未読の方はご注意ください。

ここに犯人の名前は明記しないにしても、本書のフーダニットとしての見所は、14章の時点で既に終了してしまっています。九つの条件の一つから、鮮やかな着眼で真犯人の存在が浮上し――結局、その後の視点人物によって、その疑いはほぼ正しいことが読者には明らかになるのですから。読者に残された謎は、なぜその人物がバーバラを殺したのか、という動機の謎です。

全体の三分の二ほどで本格推理小説としては完結し、以後、サスペンスに移行する――こうした構成ゆえに、『すり替えられた誘拐』を読んだ際、私が真っ先に想起したのは、アイラ・レヴィンの『死の接吻』でした（一九五三年発表）。レヴィンの『死の接吻』は、第二部が「彼」の正体を探る本格推理小説として独立して完成しており、第三部は「彼」との対決に筆が割かれるようになります。ディヴァインが読者としてどういう作品に親しんでいたかを知る手掛かりは、残念ながら原書の資料を探してもあまりありませんので、こうした指摘自体、空を切っている可能性も高いわけですが、最後の謎は動機に絞り、追う者／追われる者のサスペンスに注力する――こういった構成はクラシカルなフーダニットの発想からは出てこないものでしょう。

ここでは、文中でも明確に現れた手掛かりとして、警部の名前として使われた「クリスティ」と、後半の重要な人物の名前に使われた「ヒッチコック」を挙げてみましょう。およそミステリ作家が、不用意に自作に登場させるわけがない二大人物名です。

まずアガサ・クリスティ。言わずと知れたミステリの女王です。ディヴァインはクリスティへの挑戦として、クリスティが自作で試みていた、犯罪小説の様々な型を自分でも取り入れ、作品の切り口の多様さを生み出そうとしていたのではないか。これまでの邦訳作を順番に追いかけてみると、キャリアの後半にあたる作ではその傾向が顕著に見られます。

まずは、『五番目のコード』(一九六七年発表)。こちらは文中で『ABC殺人事件』への言及があり、シリアルキラー・サスペンスの型を取り入れています。『運命の証人』(一九六八年発表)の、法廷という「外部の場」を利用することで「今まで見えていたもの」が少しずつ反転していく構図は、『杉の柩』を思い出させます。ジゴロ男を視点人物に据えた倒叙サスペンスに見える『災厄の紳士』(一九七一年発表)では、いよいよ第一の事件が起ころうという瞬間に「ゼロ時間が近づくにつれ」(同書一三六ページ)という一節がまるで刻印のように登場します。一九四四年にクリスティが発表した『ゼロ時間へ』は、殺人の瞬間を「ゼロ時間」と捉え、その瞬間に至るまでの物語として構成された意欲作ですが、これはクリスティが『ナイルに死す』以降「事件前のドラマ」を重視して書いていたことと無縁ではありません。動機の異常性についても、本書に限ったものではなく、『三本の緑の小壜』(一九七二年発表)の真犯人の動機にも、クリスティ作品に共通するものを感じることが出来ます。本書『すり替えられた誘拐』の発表は一九六九年。この二年前に、クリスティが、幸福に見える二人の男女の「結婚」を主軸に置いたノワール・サスペンス『終りなき夜に生れつく』をものしていることは特筆に値するでしょう。

次にヒッチコックですが、この男性映画監督については、ヒッチコック／トリュフォーの対談本『定本 映画術』（晶文社）を手掛かりにしてみましょう。ヒッチコックはこの対談中でたびたび、「サスペンス」と「サプライズ」を区別して表現しています。前者は観客にすべてを知らせておくことを旨（むね）としますが、後者は最後にだけ驚きがある。であるがために、ヒッチコックは「クリスティ流」の犯人探しを嫌うのです（ただ、「クリスティのミステリー小説」とあえて口にしているのはトリュフォーの方で、ヒッチコックはただ「犯人さがしのミステリーというやつはあまり好きじゃない」（同書六二ページ）と言うに留めていることに注意）。

〝つまり、結論としては、どんなときでもできるだけ観客には状況を知らせるべきだということだ。サプライズをひねって用いている場合、つまり思いがけない結末が話の頂点（ハイライト）になっている場合をのぞけば、観客にはなるべく事実を知らせておくほうがサスペンスを高めるのだよ。〟（同書六一ページ）

典型的なのは、ボアロー／ナルスジャックの『死者の中から』を原作とした傑作『めまい』

です。原作と映画には大きな相違点があります。『死者の中から』は二部構成の物語なのですが（第一部の結末に、高所恐怖症の男が塔から墜死した女を見る光景——件の「めまい」の光景があります）、原作では第二部のラストまで隠される、ある登場人物の「秘密」を、ヒッチコックは第二部の冒頭間近で明かしてしまうのです（このエピソードは『定本 映画術』の二五〇～二五三ページで語られています。『死者の中から』のネタバレを含むので引用は控えます）。これなどはまさに、原作者が「サプライズ」として構築したネタを、「この物語はどうなるのか？」という観客の興味をそそる「サスペンス」の文脈に組み替えたことになります。

その意味で、三分の二ほどの時点で、犯人は誰かを早々ににおわせ、あとは「どう決着するか」で興味を持たせていく本書の手法は「サスペンス」の文脈に依っていることになるでしょう。ディヴァインは「サプライズ」に依った犯人探しの本格ミステリの構造を捨て、全体の三分の二の地点で、ヒッチコック流の「サスペンス」の創出に繰り出したことになります。クリスティの足跡を辿りながら、犯罪小説としての自作の可能性を広げる試みが、ヒッチコック流の作法にも拡大したわけです。と同時に、対立項として捉えられる二つの要素——クリスティの「サプライズ」とヒッチコックの「サスペンス」を、ここでは両立させることを試みたのではないでしょうか（なぜなら、犯人の正体が明らかになる瞬間には、確かに「サプライズ」があるのですから）。

クリスティvs.ヒッチコックという対立項自体、私の妄想かもしれません。ディヴァインはそこまで意識していたわけではないのかもしれない。しかし、クリスティ警部という男性の名前が最後に出るのは三〇二ページのことであり、この日は彼が非番の日だった——そして、まさにその同じ章で、まるで非番になった彼と交代するように、三〇八ページ、ヒッチコックという女性の名前が初めて登場するのは、ただの偶然に過ぎないのでしょうか？

（令和五年三月、小説家）

検印
廃止

訳者紹介　1968年生まれ。1990年東京外国語大学卒。英米文学翻訳家。訳書に、ソーヤー『老人たちの生活と推理』、マゴーン『騙し絵の檻』、ウォーターズ『半身』『荊の城』、ヴィエッツ『死ぬまでお買物』、クイーン『ローマ帽子の謎』など。

すり替えられた誘拐

2023年5月31日　初版

著者　D・M・ディヴァイン

訳者　中村有希（なかむら ゆき）

発行所　（株）東京創元社
代表者　渋谷健太郎

162-0814/東京都新宿区新小川町1-5
電話　03・3268・8231-営業部
03・3268・8204-編集部
URL　http://www.tsogen.co.jp
DTP　工友会印刷
暁印刷・本間製本

乱丁・落丁本は、ご面倒ですが小社までご送付ください。送料小社負担にてお取替えいたします。

ISBN978-4-488-24013-4　C0197

21世紀に贈る巨大アンソロジー!

The Long History of Mystery Short Stories

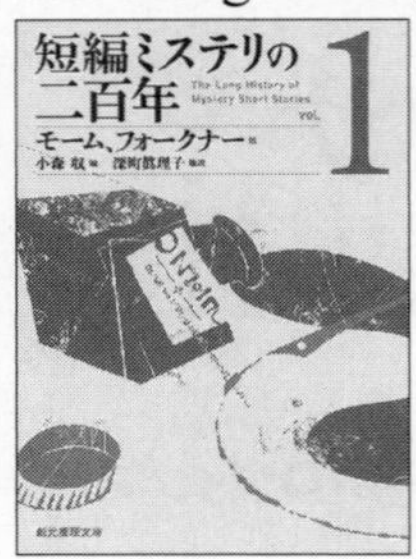

短編ミステリの二百年1

モーム、フォークナー他
小森収 編／深町眞理子 他訳
創元推理文庫

◆

江戸川乱歩編の傑作ミステリ・アンソロジー
『世界推理短編傑作集』を擁する創元推理文庫が
21世紀の世に問う、新たな一大アンソロジー。
およそ二百年、三世紀にわたる短編ミステリの歴史を彩る
名作・傑作を書評家の小森収が厳選、全６巻に集成する。
第１巻にはモームやフォークナーなどの文豪から、
サキやビアスら短編の名手まで11人の作家による
珠玉の12編をすべて新訳で、編者の評論と併せ贈る。

１巻収録作家＝デイヴィス、スティーヴンスン、サキ、
ビアス、モーム、ウォー、フォークナー、ウールリッチ、
ラードナー、ラニアン、コリア（収録順）